DIE LETZTE PIRSCH

Alexandra Bleyer ist (natürlich mit einem Jäger) verheiratet und lebt mit ihrer Familie am Millstätter See in Kärnten. Die promovierte Historikerin ist Autorin mehrerer populärer Sachbücher. In ihren in Kärnten angesiedelten Jägerkrimis geht es mit viel schwarzem Humor nicht nur Vierbeinern an den Kragen.

ALEXANDRA BLEYER

DIE LETZTE PIRSCH

Kriminalroman

emons:

Bibliografische Information der Deutschen Nationalbibliothek
Die Deutsche Nationalbibliothek verzeichnet diese Publikation
in der Deutschen Nationalbibliografie; detaillierte bibliografische
Daten sind im Internet über http://dnb.d-nb.de abrufbar.

© Emons Verlag GmbH
Alle Rechte vorbehalten
Umschlagmotiv: cydonna/photocase.de
Umschlaggestaltung: Nina Schäfer, nach einem Konzept
von Leonardo Magrelli und Nina Schäfer
Umsetzung: Tobias Doetsch
Gestaltung Innenteil: César Satz & Grafik GmbH, Köln
Lektorat: Christine Derrer
Druck und Bindung: CPI – Clausen & Bosse, Leck
Printed in Germany 2018
ISBN 978-3-7408-0461-9
Originalausgabe

Unser Newsletter informiert Sie
regelmäßig über Neues von emons:
Kostenlos bestellen unter
www.emons-verlag.de

Dieser Roman wurde vermittelt durch die Agentur
für Autoren und Verlage, Aenne Glienke, Massow.

Nix håbn is a rinkes Leben.
Kärntner Sprichwort

1

Die Zusatzräume im Erdgeschoss hatten ihre Vorteile. Nicht nur, dass die Polizeiinspektion Obervellach damit einen zeitgemäßen barrierefreien Zugang gewährleisten konnte, nein, viel angenehmer empfand Revierinspektor Martin Schober die Distanz, die zwischen der eigentlichen Inspektion im Obergeschoss und der Dependance lag. Diese ließ sich zwar nur in wenigen Höhenmetern messen, war aber ausschlaggebend, wenn man mit einem Kollegen wie Gerhard Koller Dienst hatte. Sie machte den Unterschied aus, ob man relativ entspannt von einem Tagdienst nach Hause ging – oder seine Stirn wiederholt gegen die Wand schlagen wollte.

Gerhard oder der cholerische Koller, wie er in Kollegenkreisen genannt wurde, hatte heute Innendienst gehabt und das Telefon betreut. Zur Freude aller, aber wirklich aller anderen auf der Polizeiinspektion, zog sich Gerhard dazu gern in den unteren Journaldienstraum zurück, an den sich noch ein Büro zur Einvernahme anschloss. Dort hatte Gerhard seine Ruhe für was auch immer – und seine Kollegen hatten Ruhe vor ihm. Eine Win-win-Situation, wie man so schön sagte.

Allerdings stand um neunzehn Uhr der Dienstwechsel bevor. Ordnungsgemäß und pflichtbewusst hatte Gerhard das Telefon umgeschaltet und war für die Dienstübergabe heraufgekommen. Da die Uhr erst zwanzig vor sieben zeigte und Kerstin Moser, die ihn ablösen würde, noch Zivilkleidung trug, war es eben Gerhard, der das Telefon abhob.

Viel bekam Martin von der hiesigen Seite des Gespräches nicht mit, denn er ergänzte vor Dienstschluss noch schnell einen Akt, wozu er tagsüber aufgrund mehrerer Einsätze nicht gekommen war, und ging dann in den Aufenthaltsraum hinüber. Gleich darauf stieß Kerstin, inzwischen in Uniform, zu ihm. Sie band sich die Haare zu einem lässigen Pferdeschwanz zusammen.

Als sie sich über einen Verkehrsunfall austauschten, polterte Gerhard in den Aufenthaltsraum, griff sich eine Tasse und drosch die Kastentür zu, dass es fast die Scharniere zerriss.

»Geht's noch?«, fauchte Kerstin ihn an.

»Ein so ein Irrer! Da drehst ja durch, wirklich wahr. Meint der, wir haben keine anderen Probleme? So ein Vollidiot!«

»Krieg keinen Koller!«, frotzelte sie.

»Krieg keinen …« Gerhard schnappte nach Luft. »Ich soll keinen Koller kriegen?«

Ernst nahm den Gerhard, wenn er seinen Rappel hatte, auf der Dienststelle keiner mehr. Und das brachte diesen nur noch mehr in Rage. Ein Teufelskreis. Aber ehrlich: Der Gerhard erinnerte stark an das Rumpelstilzchen, wenn er mit knallrotem Kopf ausflippte und vor Zorn beinahe auf und ab hüpfte. Martin setzte sich auf die Eckbank und stützte das Kinn in die Hand, um sein Grinsen hinter den Fingern verbergen zu können.

»Ich sag's euch: Der ist paranoid! Der hat nicht mehr alle Tassen im Schrank!«

»Von wem redest du überhaupt?«, fragte Martin.

»Von einem zweiten Michelitsch!«

Ach herrje. Otto Michelitsch war jedem auf der Polizeiinspektion ein Begriff. Er war ein Witwer von beinahe siebzig Jahren und zunehmend verwirrt. Dennoch sträubte er sich mit Händen und Füßen dagegen, in ein Heim oder auch nur in ein Betreutes Wohnen zu ziehen. Sein Sohn und seine Schwiegertochter, die sich um ihn kümmerten, hatten ihre liebe Not mit ihm, zumal Michelitschs Temperament fast wie das von Gerhard Koller war. Wenn man ihn am Telefon hatte, musste man sich auf eine Schimpftirade allererster Klasse gefasst machen, wobei sich seine Beleidigungen selten gegen die Polizei richteten, sondern mehr gegen seine Angehörigen, von denen er sich bestohlen und verfolgt fühlte.

»Ein zweiter Michelitsch? Und wer soll das sein?«, wollte Kerstin wissen.

»Ein gewisser Gerfried Ragger«, antwortete Gerhard. »Weißt, was der anzeigen wollte?«

»Hm, der Michelitsch behauptet ja gern, dass ihm seine Schwiegertochter Essen aus dem Kühlschrank fladert.« Dass er deswegen den Notruf wählte, fand Martin zwar nervig, aber im Grunde harmlos.

»Schlimmer! Ragger ist felsenfest davon überzeugt, dass ihn jemand umbringen will. Und weißt, warum? Ha?« Voller Empörung sah Gerhard von einem zum anderen. »Weil er sich einbildet, dass jemand heimlich in sein Haus eingedrungen ist und die Zeitung umgeblättert hat! So ein Vollkoffer, ein dämlicher.« Koller lief immer noch auf Hochtouren.

Kerstin lachte laut auf. »Geh, nimm das doch nicht so ernst! Es rufen doch ålle Ritt Durchgeknallte bei uns an. Da musst schon drüberstehen.«

»Hat er gesagt, wer ihm nach dem Leben trachtet?«

Gerhard verschluckte sich an seinem Kaffee. »Sollen wir jetzt mit der Spurensicherung anrücken, Martin? Fingerabdrücke nehmen? Der gehört doch ins Irrenhaus!«

Martin dachte an Otto Michelitsch, der vor etwa einem halben Jahr den Diebstahl seiner Brieftasche mit vierhundert Euro angezeigt hatte, überzeugt, sein Sohn Markus hätte das Geld entwendet. Entsprechend verbal aggressiv hatte er sich gegenüber dem Beschuldigten verhalten. Schließlich hatte der Sohn selbst verzweifelt auf der Dienststelle angerufen. Martin war dann mit Kerstin in Michelitschs Wohnung gefahren, wo sie die Brieftasche nach kurzer Nachschau in einer Kommode im Flur gefunden hatten, samt vollzähligem Inhalt, versteht sich. Als sich Martin unter vier Augen mit Markus Michelitsch unterhalten hatte, berichtete der ihm beinahe entschuldigend, dass sein Vater dement wäre.

»Du, der Michelitsch hat Alzheimer. Der macht das nicht absichtlich«, klärte er Gerhard auf. »Vielleicht ist Ragger auch –«

»Na und? Ich lass mich doch nicht tratzn! Meinst, der Notruf ist dafür da? Ha? Der Michelitsch hat heute drei Mal angerufen, und jetzt auch noch der Ragger! Zwei von der Sorte pack ich nicht. Mir reicht's!«

»Mir a!«, polterte Kommandant Georg Treichel. »Sind wir im Kindergarten oder was? Was soll das Gschra, Gerhard?«

»Dem Michelitsch muss man das Telefon wegnehmen. Der bringt mich in den Wahnsinn«, kollerte Gerhard.

»Er ist dement«, wiederholte Martin. »Er weiß nicht, was er tut. Da kann er kaum dafür verantwortlich gemacht werden, oder?«

Da war Gerhard aber ganz anderer Meinung; Kerstin mischte sich in das Gespräch ein, das an Lautstärke zunahm.

»Ja, das mit der Demenz ist ein zunehmendes Problem«, stellte Treichel stimmgewaltig fest. »Und was machen wir mit einem Problem?« Erwartungsvoll sah er mit einem aufgesetzt breiten Lächeln, das ansteckend wirken sollte, aber seine Mitarbeiter eher irritierte, in die Runde. Nach kurzem Zögern hob er schwungvoll die linke Faust, in der rechten hielt er ein Blatt Papier. »Wir lösen es!«

Martin hoffte, dass die Nachwehen des Führungskräfteseminars mit Schwerpunkt Mitarbeitermotivation, das der Chef letzte Woche besucht hatte, bald abklangen. Die einstudierten Floskeln und Gesten – wahrscheinlich von einem sauteuren Experten entwickelt – passten nicht zu einem Urgestein wie Georg Treichel. Martin wünschte sich seinen authentischen Kommandanten zurück.

»Das trifft sich gut, ich habe heute ein Mail vom Innenministerium bekommen. Die haben ein neues Projekt vorgestellt: ›Einsatz Demenz‹. Eine Schulung –«

»Damit wir lernen, dass Tepate tepat sind, oder was?«

»Jetzt rede ich, Gerhard«, antwortete Treichel unaufgeregt. »Da steht, dass die Krankheit in der Bevölkerung noch enorm zunehmen wird. Es kann nicht schaden, wenn wir uns damit befassen und«, er schielte auf den Mailausdruck in seiner Hand, »mehr Kompetenzen im Umgang mit an Demenz Erkrankten erlangen.«

»Willst uns auf Schulung schicken oder was? Wenn's in ein schönes Wellnesshotel geht, bin ich dabei«, meinte Kerstin und rieb sich schon die Hände.

»Schulung ja, Hotel nein. Das ist ein Anleinkurs.«

»Oh, oh … online«, spielte Kerstin grinsend auf den aufgelegten Versprecher an. Ja, der Treichel und die Fremdwörter, das würde wohl nie was werden.

»Genau. Das könnts euch dann in euern Bildungspass eintragen. Hm.« Er studierte das Papier. »Das sollten wir alle machen. Wenn mindestens siebzig Prozent der Bediensteten der Dienststelle den Kurs erfolgreich absolviert haben, gibt's ein Zertifikat!«

»Und das picken wir uns dann aufs Klo? Ohne mich! Das tue ich mir nicht an!«

Glücklicherweise verzichtete Treichel auf das im Seminar Erlernte und besann sich auf die seinem Wesen entsprechenden, ursprünglichen Methoden der Mitarbeitermotivation. Andere Kommandanten würden vielleicht ihren Rang hervorkehren; Ober sticht Unter, wie man beim Bundesheer sehr schnell gelernt hatte. Treichel genügte es, nah an Gerhard heranzutreten. Mindestens fünfundzwanzig Zentimeter Größenunterschied – von der Gewichtsklasse ganz zu schweigen – reichten aus, um jedem zu zeigen, wer hier der Silberrücken war und wer zu wem aufschauen musste.

»Gerhard, dir wird das am wenigsten schaden.«

»Was müssen wir da machen?«, fragte Kerstin.

»Ein Lernprogramm zum Thema Demenz und dann folgt ein Wissenscheck. Bei dem müssts mindestens fünfundsiebzig Prozent erreichen, dann habts bestanden.«

Gerhard zog sich einen Stuhl hervor und setzte sich rittlings darauf. »Das kenn ich schon. Seitenlanges Blabla und dann gibt's einen Kreuzerltest wie jeden Sonntag in der ›Kronen Zeitung‹. Den bestehst mit a bisserl Hausverstand von allein, da brauchst kein Lernprogramm!«

»Noch besser.« Treichel grinste nicht, er fletschte die Zähne. »Du kannst uns gleich zeigen, wie's geht. Jetzt, sofort. Ich schreib dir sogar eine Überstunde, wenn's sein muss.«

»Ist das eine Dienstanweisung?«

»Nein, natürlich nicht. Das geschieht alles auf rein freiwilliger Basis. Alles eine Frage des Willens … und du willst ja auch über Weihnachten freihaben, oder?«

»Den Schas mach ich mit links.«

Treichel reichte ihm den Ausdruck mit dem Link, über den er sich einloggen konnte, und Gerhard marschierte in den Journaldienstraum. Treichel folgte ihm ein paar Sekunden später.

Als der Uhrzeiger auf sieben stand, hätte Martin eigentlich nach Hause gehen können; ohne lange zu überlegen schickte er Bettina ein SMS, dass es später werden würde.

»Wie geht's euch beiden, alles klar?«, erkundigte sich Kerstin, die das mitbekommen hatte.

»Es könnte nicht besser sein.«

»Feierts bald euren ersten Jahrestag?«

Martin lachte. »Das ist schwierig. Wir wissen nicht, welches Datum wir da nehmen sollen.«

Die Beziehung zu Bettina war recht holprig gestartet, mit Offs und Ons, wie man heute sagte. Er konnte nicht genau sagen, ab wann sie fix zusammen waren. Bei ihm eingezogen war sie ebenfalls nach und nach, ohne dass große Worte gefallen waren. Erst ein Kulturbeutel im Bad, dann eine Garnitur Wechselgewand, wenn sie bei ihm übernachtete. Erst hatte er ihr ein Fach im Kleiderkasten frei gemacht; jetzt war er froh, wenn er überhaupt eines für seine Sachen fand. Sie mussten unbedingt zusehen, dass sie einen ordentlichen Jahrestag schufen, fand Martin. Der Hochzeitstag würde sich ganz wunderbar eignen.

»Du strahlst wie ein neuer Euro, wenn du an sie denkst.« Kerstin knuffte ihn in die Rippen. »Liebe muss schön sein. Wenn ich groß bin, kauf ich mir auch ein Kilo.«

»Wachsen wirst wohl nicht mehr«, erwiderte Martin gespielt ernst.

»Nein. Aber heuer bin ich ein Vierteljahrhundert alt geworden …«

»Torschlusspanik?«

»Tick, tack, tick, tack.«

»Das waren ganz gemeine Fangfragen!«, beschwerte sich Gerhard, der hinter Treichel in den Aufenthaltsraum zurückkehrte.

»Nur siebzehn Prozent hast erreicht.« Treichel stellte sich hinter einen Stuhl und stützte seine Hände darauf ab. »Leitln, ich bin dafür, dass wir das machen, nicht nur wegen dem Michelitsch. Seids dabei?«

»Yes, Sir, yes!«, brüllte Kerstin zackig.

Martin gab ebenfalls seine Zustimmung.

»Klasse! Wenn wir das Gütesiegel von der Uni kriegen, spendier ich euch an Backhendlschmaus.«

Scheiß auf Expertenseminare: Treichel beherrschte die Mitarbeitermotivation aus dem kleinen Finger.

»Von welcher Uni ist das?«, fragte Kerstin.

Treichel grinste verschämt. »Lachts jetzt nicht. Ich hab's vergessen.«

2

Teixl eine! Das gibt's doch nicht!

Sepp Flattacher hob langsam den Kopf vom Gewehr und starrte das Hirschtier an, das keine vierzig Meter von ihm entfernt verhoffte und ihn fragend anblickte.

Er blinzelte.

Das Tier bewegte sich nicht. Völlig ungerührt vom lauten Tuscha stand es weiterhin breit da. Nicht der geringste Hinweis auf ein Schusszeichen.

Sepp war ebenso festgefroren. Seine linke Hand umklammerte noch immer den in den Boden gerammten Stock, den er als Auflage verwendet hatte, um einen vermeintlich todsicheren Schuss abzugeben. Das hat's noch nie gegeben. Das konnte es nicht geben. Das durfte nicht sein!

Gfalt!

Er, Sepp Flattacher, hatte ein Hirschtier auf vierzig Meter nicht getroffen!

Dessen Lauscher zuckten.

Ein nicht unweit abgegebener Schuss erlöste Sepp aus seiner Schreckstarre. Völlig ferngesteuert knickte er seine Ferlacher Bockbüchsflinte und schob eine neue Patrone ein. Doch bevor er das Gewehr erneut anlegen konnte, schnaubte das Hirschtier und sprang durch das dichte Gebüsch ab.

»Treffen liegt bei Villach, und Villach ist nicht da! Ha, hast gfalt? Ausgerechnet du?«

Und ausgerechnet der Brugger Toni hatte es mitbekommen, der ein paar Meter weiter den Forstweg hinauf abgestellt worden war. Statt auf seinem Stand zu bleiben, schlenderte er in aller Ruhe ganz gemütlich zu ihm her.

Zugegeben, Toni gehörte zu jener Handvoll Mitglieder des Jagdvereins Hubertusrunde, die Sepp noch am ehesten ertragen konnte. Sofern er keinen Rausch hatte, konnte man halbwegs normal mit dem Toni reden. Aber wenn Sepp einmal in seinem langen Leben ein peinliches Malheur passierte, wollte er gar keine Zeugen.

»Bist zu hoch abgekommen, Sepp?«

Und er wollte vor allem nicht darüber reden.

»Oder«, Toni keuchte entsetzt, »hast eppa gemuckt?«

Scharf sog Sepp die Luft ein. Er und mucken! Er hatte Nerven wie … wie … Eisenbahnschwellen, da kniff er beim Abdrücken doch nicht die Augen zusammen. Nein, er hatte kein Problem damit, durchs Feuer zu schauen! Als ob er sein Ziel jemals aus dem Blick verlieren würde. Er nicht! Eine Frechheit war's vom Toni, so etwas auch nur zu vermuten.

»Also? Was war? Ha?«

Toni verstand nur eine klare Sprache. »Halt doch dei blede Pappm!«

Die Hubertusjagd war für Sepp gelaufen. Langsam packte er seine Sachen zusammen. Am liebsten wäre er nach Hause gefahren, um seine Wunden zu lecken. Wie konnte er faln? Er! Auf vierzig Meter! An jedem anderen Tag des Jahres hätte er das Weite gesucht.

Doch am heutigen 3. November folgte auf die traditionelle Treibjagd die ebenso traditionelle Hubertusmesse in der Obervellacher Schattseiten. Das war ein Pflichttermin für jeden gestandenen Jäger, der die grüne Tracht mit Stolz trug. Da hätte es keines SMS – oder drei – durch Irmgard Leitner bedurft, die ihre Schäfchen ermahnt hatte, ja zu kommen. In rund zwei Wochen konnte sie ihren ersten Jahrestag als Obfrau feiern. Sepp erinnerte sich nur zu gut daran, wie sie im letzten November davon gesprochen hatte, frischen Wind in den Jagdverein bringen zu wollen. Von wegen frischer Wind. Ein Wirbelsturm war's! Darauf hätte Sepp verzichten können.

Warum konnte nicht alles so bleiben, wie es immer gewesen war? Kruzitürken, sie waren ein Jagdverein; sie wollten jagen. Punkt. Was brauchten sie da Öffentlichkeitsarbeit, und warum sollten sie netzwerken? Aber nein, Irmi hatte ihren Sturschädel durchgesetzt und beispielsweise erreicht, dass sich der Jagdverein mit einem eigenen Stand am großen Erntedankfest der

Marktgemeinde Obervellach beteiligte. Es gab ein zünftiges Hirschgulasch, das Irmi im gusseisernen Kessel am Dreibein über offener Flamme gekocht hatte. Das war gar nicht schlecht gewesen, also, das Gulasch. Da hatte sich Sepp sogar einen zweiten Teller genehmigt. Aber ehrlich gesagt hätte er das Essen mehr genossen, wenn ihm nicht die anderen Jäger zu dicht auf den Leib gerückt wären. Und auf die vielen Besucher, die das Spektakel mit Umzug und Tamtam angelockt hatte, hätte er gut und gern auch verzichtet. Das Gulasch, a resche Semmel dazu und ja, die Irmi. Das wär's gewesen.

Wenig später zeigte sich bei der Streckenlegung, dass weder die Mitglieder der Hubertusrunde noch die zur Treibjagd eingeladenen Jagdgäste viel Anblick gehabt hatten.

»Bescheiden ist sie, die Strecke«, meinte Jagdleiter Karl Hartmann bedächtig. »Aber solange kein Treiber dabei liegt, ist's immer gut. Haha!«

»Viel ist nicht«, gab Toni seinen völlig überflüssigen Senf dazu. »Wir hätten ja ein Stück mehr, wenn der Sepp –«

»Hardigatte!«, unterbrach Sepp ihn hastig. »Wer hat den Schmalspießer da geschossen? Wer?«

Er zeigte auf einen jungen Hirsch, der wie die anderen erlegten Tiere auf Fichtenästen gebettet am Boden lag. Die Schulter wies einen sauberen Schuss auf.

»Ähm … das war ich.« Vinzenz Hinteregger hob zaghaft die Hand.

»Ah, unser Herr Kassier«, schoss sich Sepp auf den Übeltäter ein.

»Was passt denn nicht?«

»Was nicht passt? Sag, gehst du in deinem Job auf der Raiffeisenbank auch so schlampat mit Zahlen um? Kennst den Unterschied zwischen zwanzig und dreißig, Vinzenz?«

Umringt von den anderen Jägern und unter Beschuss, kam die Antwort als vorsichtige Frage heraus. »Ja?«

»Und, wie viel hat der Schmalspießer auf?«

»Ähm …«, stotterte Vinzenz.

»Ähm? Ist das deine kompetente Antwort, wenn wer wissen will, wie viele Zinsen es gibt? Reini, geh her da und sag's uns.«

Reinhard Hader, mit Mitte zwanzig mit Abstand der Jüngste in der Runde und erst seit letztem Winter auf Sepps Fürsprache hin Jagdvereinsmitglied, beugte sich über den Hirsch und kniff ein Auge zu. »Fünfundzwanzig, nein, eher dreißig Zentimeter.«

»Und was haben wir ausgemacht für die heutige Treibjagd? Wie viel dürfen die Schmalspießer maximal aufhaben?« Sepp kam so richtig in Fahrt.

»Zwanzig Zentimeter«, kam es sofort wie aus der Pistole geschossen.

Mit Reinis Antworten zufrieden, nickte Sepp. Immerhin war der Jungjäger durch seine harte Schule gegangen, war sozusagen sein Lehrbua gewesen. Von der Pike auf hatte Reini bei ihm das Waidwerk gelernt.

»Siehst den Unterschied, Vinzenz?«

»Das ist doch keine große Sache. Die paar Zentimeter –«

»Ein paar Zentimeter mehr oder weniger entscheiden, ob du a Prinz bist oder a Prinzessin!«, schnauzte Sepp Vinzenz an.

Bockig wie ein kleines Kind schob der Schuldige sein Kinn vor.

»Jetzt lasst uns kein Drama daraus machen«, mahnte Irmi, deren Stimme als Obfrau immerhin auch ins Gewicht fiel.

Sepp sah sie an und bemerkte zu seinem Ärger, dass sich der Wichtschas Haribert Maierbrugger unter die Umstehenden gemischt hatte und sich auffällig unauffällig an Irmi heranschob. Der Herr Rechtsanwalt hatte im Jagdverein keine offizielle Funktion und würde, solange Sepp ein Wörtchen mitzureden hatte, auch nie was werden. Allerdings versuchte er bei jeder Gelegenheit, sich vor Irmi aufzuplustern.

»Juristisch gesehen, also vom Jagdgesetz her, fallen die Schmalspießer alle in dieselbe Kategorie«, riss er, wie zu erwarten war, groß die Klappe auf.

»Na und? Wir haben vereinbart, dass heute zwanzig Zentimeter die Obergrenze sind. Oder brauchen wir keine Regeln mehr? Schießt ab jetzt jeder, was er will? Nicht mit mir als Aufsichtsjäger!«

»Nun, so viel drüber ist der Hirsch ja nicht. Da kann man sich beim Ansprechen schon vertun«, versuchte sich Karl als Streitschlichter.

»Ein echter Jäger hat ein ordentliches Augenmaß.« Sepp wandte sich an Reini: »Sei so guat und hol eine Zeitung.«

Er ignorierte die hitzige Diskussion der anderen, wie genau man auf hundert Meter durchs Zielfernrohr einschätzen konnte, ob das Geweih fünf Zentimeter mehr oder weniger lang war. Erst als Reini zurückgehetzt kam und ihm die »Kleine Zeitung« in die Hand drückte, ergriff Sepp wieder das Wort.

»Schau her da, du Schlåmpatatsch«, forderte er Vinzenz auf. »Das sind zwanzig Zentimeter« – er hielt die Zeitung quer, dann stellte er sie auf – »und das dreißig. Den Unterschied sieht man.« Sepp rollte die Zeitung zusammen und knallte sie dem anderen vor die Brust.

»Geh, Sepp, du bist ein so ein I-Tüpfel-Reiter!«, klagte Vinzenz. »Ein bisserl mehr –«

»Bewirb dich als Verkäufer beim Spar. Hinter der Wursttheke kannst fragen, ob's a bisserl mehr sein darf. Bei mir gibt's das nicht.«

»Und? Der Hirsch liegt da. Jetzt können wir nichts mehr machen.« Als Jagdleiter machte Karl alles andere als eine gute Figur. Entscheidungsfreudigkeit und Durchsetzungskraft waren noch nie seine Stärken gewesen. Aber wozu gab es eine Obfrau?

»Irmi, ich beantrage, dass wir den Vinzenz vereinsintern ein Jahr auf männliches Schalenwild sperren, damit er's sich merkt.«

»Was?«, schrie Vinzenz.

»Ist das nicht etwas übertrieben, Sepp?«, zauderte Irmi.

»Keinesfalls. Es geht schließlich um unsere Zukunft. Aber von vorausschauender Planung hat ein Bankmensch wie der

Vinzenz natürlich keine Ahnung. Sonst täten die ganzen Banken ja nicht dauernd tschare gehen.«

»Also wirklich«, protestierte Vinzenz halbherzig.

»Schauts euch den Schmalspießer an. So ein starkes Stück und so viel auf! Das war ein Zukunftshirsch. Mit zehn Jahren wäre das ein Einserhirsch gewesen. Oder interessiert das außer mir keinen?« Er verschränkte die Arme vor der Brust und starrte einen nach den anderen an.

»Wissts was, der Vinzenz zahlt eine Runde und es passt«, schlug Karl vor.

Die anderen nickten zustimmend; niemand heftiger als Toni Brugger.

»Das letzte Wort ist noch nicht gesprochen!«, beharrte Sepp.

»Reden wir ein anderes Mal weiter, Sepp«, wiegelte Irmi ab. »Schauts, der Herr Pfarrer will mit der Messe anfangen.«

Tatsächlich schaute der Pfarrer, der mit seinem weißen Talar und der giftgrünen Stola aus der dunkelgrün gewandeten Masse geradezu herausstach, zu ihnen und klopfte vorwurfsvoll auf sein linkes Handgelenk. Dann zog er sich mit den beiden Ministrantinnen in das kleine, von einem hölzernen Jägerzaun gebildete Viereck zurück, in dem sich die Hubertuskapelle befand. Sie war dem Anlass entsprechend mit Nadelbaumzweigen sowie Tirkntschurtschen geschmückt.

Etwas Gutes hatte die Sache mit dem Schmalspießer: Das von Sepp gfalte Hirschtier juckte niemanden mehr.

Mit den anderen schlenderte er zu den vor der Kapelle aufgestellten Bierbänken, die sich langsam füllten. Dabei hätte ihn der Maierbrugger fast über den Haufen gerannt. Ungläubig beobachtete er, wie der Herr Doktor – natürlich in der ersten Reihe – umständlich ein aufblasbares Ansitzkissen auf der Holzbank platzierte. Dann faltete er eine grau karierte Decke nochmals zusammen.

Sepp trat an ihn heran. »Was wird denn das, wenn's fertig ist?«

»Hm?« Maierbrugger legte die Decke fein säuberlich auf das Sitzkissen. »Du, die Bank ist so hart …«

Oh. Mein. Gott. Maierbrugger verlieh der Bezeichnung »Weichei« eine ganz neue Bedeutung.

»Spielst jetzt Prinzessin auf der Erbse? Genierst dich nicht vor den anderen Leuten?«, maulte Sepp ihn an. »Sollen wir eppa für deinen knochigen Hintern die Hochsitze mit Polstersesseln ausstatten?«

Der Herr Rechtsanwalt nahm seine Brille ab, prüfte den Durchblick – der fehlte ihm eindeutig! – und setzte sie wieder auf.

»Äh … aber, Sepp, was denkst denn.« Er lachte verlegen. »Das ist doch nicht für mich.«

Sepps Brauen zuckten hoch. Nicht für …

»Irmi!«, rief Maierbrugger und winkte ihr zu. »Ich habe einen Platz für dich reserviert.«

»Geh, sie braucht auf der Bierbank doch kein Kissen«, schimpfte Sepp.

Die Irmi war eine gestandene Jägerin. Doch statt ihm beizupflichten, stemmte sie die Hände in die Hüften und funkelte ihn geradezu böse an.

»Was soll denn das heißen? Willst sagen, dass *ich* gepolstert genug bin?«

»Was?« Sepp rieb sich den plötzlich schweißnassen Nacken. »A wansche Tudl bist.«

»Na, Irmi ist doch nicht dick!«, warf Maierbrugger im Ton größter Empörung ein.

»Nein, gmiatlich habe ich gemeint. A wansche Tudl eben. Wie sich's ghört. Nicht so ein Knochengestell, bei dem der Fetzn lei anstandshalber mitgeht.«

Sie presste die Lippen zusammen, schüttelte den Kopf und setzte sich auf die von Maierbrugger ausgepolsterte Bank.

»Ma, wie bequem. Danke, Haribert! Du bist halt ein Kavalier der alten Schule. Gentlemen gibt's heute leider viel zu selten.«

Wenn Maierbrugger noch näher an Irmi heranrücken würde, würde er auf ihrem Schoß sitzen. Dass der mehr von der verwitweten Jägerin wollte, sah ein Blinder.

»So was Ånghabiges«, murmelte Sepp verärgert und ging zur hintersten Bank.

Ein wenig mehr Abgeschiedenheit täte der Hubertuskapelle Sepps Meinung nach gut. So war das Ensemble zwischen der Waldschenke Hadt und einem großen Nutzbau eingepfercht. Nur wenn man sich richtig hinstellte, konnte man die Gebäude ausblenden und die Kapelle – wie es sich gehörte – mit Bäumen als Hintergrundmotiv genießen. Umso schöner war jedoch der Ausblick, den man von hier über Obervellach hatte, bis hinunter zum Danielsberg. Eine eindrucksvolle Kulisse, die er jetzt leider nicht in Ruhe genießen konnte.

Toni spielte heute Klette. Verschwörerisch stieß er ihm den Ellenbogen in die Rippen. »Der Maierbrugger jagt Stöckelwild. Stöckelwild! Verstehst?«

Nur gut, dass Sepp als ehemaliger Eisenbahner Erfahrung darin hatte, lästige Menschen wie Toni beinhart zu ignorieren. Das war eine seiner ersten Lektionen gewesen, als er vor vielen Jahren zu den Österreichischen Bundesbahnen gekommen war. Wer seine Ohren nicht auf Durchzug schalten konnte, war am Schalter schlichtweg verloren. Wann fährt der nächste Zug? Wartet der Anschlusszug auch sicher? Vielleicht noch Extrawünsche wie eine Sitzplatzreservierung im Nichtraucherabteil? Oder die im hysterischen Tonfall geäußerte Standardfrage am Gepäckschalter: Wo ist mein Koffer?

»Man muss die Leute zu mehr Selbstständigkeit erziehen«, hatte Fritz Klampferer, der in den sechziger und siebziger Jahren am Villacher Hauptbahnhof den hoffnungsvollen Nachwuchs einschulte, täglich gepredigt. »Sonst hat man nie seine Ruhe.«

Ja, der Klampferer, der war schon ein Vorbild gewesen. Der hatte nicht einmal aufgeschaut von seinem Kreuzworträtsel, wenn eine Kundschaft vor ihm stand und etwas wissen wollte.

Die monotone Leier des Pfarrers half Sepp beim Abschalten. Mit geschlossenen Augen atmete er tief durch und stellte sich die entscheidende Frage: Warum zum Teufel hatte er das Hirschtier nicht getroffen? Stimmte etwas mit seinem Gewehr nicht, war die Optik beschädigt? Die Montage? Anders konnte sich Sepp den Fehlschuss nicht erklären. Ehebaldigst würde er das am Schießstand überprüfen.

»Und jetzt stimmen unsere geschätzten Jagdhornbläser aus dem Katschtal noch ein Liadle an«, verkündete der Hegeringleiter und klang dabei weit salbungsvoller als zuvor der Pfarrer.

»Noch ans?« Toni stöhnte laut genug auf, dass sich sogar die Leute in der ersten Reihe nach ihm umdrehten.

»Pst! Reiß di zåm«, zischte Sepp ihm zu.

Er fühlte Irmis vorwurfsvollen Blick; er brannte förmlich auf seiner Haut. War er denn seines Jagdkameraden Hüter? Mit zusammengekniffenen Lippen griff er in die Jackentasche, zog sein Frakale heraus und bot es dem anderen an.

»Pfui Teifl! Ist das wieder dein grauslicher Enzianschnaps?«

Eindeutig: Toni und er hatten schon viel zu viele Treibjagden zusammen erlebt. Nur unerfahrene Jagdgäste und neue Treiber – oder schier Verzweifelte – griffen nach Sepps mittlerweile schon berüchtigtem Schnapsflascherl.

»Willst oder willst nit?«

Toni griff zu.

Endlich sprach der Hegeringleiter die erlösenden Worte: »Jetzt gehen wir zum gemütlichen Teil über.«

Bedauerlicherweise hatte die Waldschenke als Jausenstation zugesperrt; heute hatte sie nur ausnahmsweise anlässlich der Hubertusmesse ihre Pforten geöffnet. Und richtig gemütlich fand Sepp den gemütlichen Teil nicht, den er pflichtschuldig zwischen seinen Vereinskollegen Karl und Toni absaß. Der einzige Lichtblick am Tisch war Reini. Karl hatte zwar auch Vinzenz eingeladen, sich zu ihnen zu setzen, aber nach einem Blick auf Sepp hatte der doch eins und eins zusammengezählt und sich einen weit, weit entfernten Platz gesucht.

Das war nicht Sepps Tag. Nicht einmal das Essen war ihm vergönnt.

»Was hör ich? Du hast ein Tier verfehlt?«

Dröhnte Karls Stimme immer so laut? Warum konnte Toni

nicht einfach den Mund halten, sein Bier saufen und Sepp in Ruhe lassen?

Stattdessen setzte er noch eins drauf: »Ja, auf sechzig, siebzig Meter!«

Sepp schaufelte sich eine Gabel voll Sauerkraut in den Mund. Er sah keinen Grund, Toni zu korrigieren. Seine Jagdkameraden hatten es eindeutig nicht mit Längenangaben, was ihm in diesem Fall nur recht sein konnte. Vierzig Meter! Noch peinlicher ging es fast nicht.

»Ist das zu fassen!« Karl schüttelte den Kopf wie der verstaubte Wackeldackel, der seit Ewigkeiten auf seiner Hutablage saß. Jedes Mal, wenn Sepp zufällig hinter Karl fuhr, zipfte ihn das Glumpat an.

»Geh, das ist doch keine große Sache«, mischte sich Reini ein. »Es hat doch schon jeder was verfehlt. Was soll's?«

Karl nickte bedächtig. »Bei jedem lassts amål noch. Wir werden hålt a nit jünger, ga, Sepp?«

Vom Selchwürstl hatte er ein zu großes Stück erwischt; fast blieb es Sepp im Hals stecken. Er schluckte schwer.

»Die Optik muss was haben«, murmelte er. »Oder vielleicht war die Ladung von der Patrone nicht in Ordnung. Ein Fabrikfehler.«

»Hm.« Karl schürzte die Lippen und stierte ihn an. »Warst schon beim Augenarzt? Ich mein, es ist ja ganz normal, wenn man in unserem Alter eine Brille trägt. Ich mein, ich brauch nur eine zum Lesen. Aber –«

»Meinen Augen fehlt nix!«

»Na, musst ja nicht gleich angfressen sein.«

Sepp warf das Besteck auf den Teller und wischte sich den Mund ab.

»Bei solchen Waidkameraden muss man an Grale kriegen, ist doch wahr.«

Abrupt stand er auf. Beim Gehen kam er an dem Tisch vorbei, an dem Irmi und Maierbrugger saßen und die Köpfe zusammensteckten. Sepp runzelte die Stirn. Seinen Ohren fehlte zum Glück genauso wenig wie seinen Augen.

»… dem Nachwuchs unser jagdliches Wissen vermitteln …«, hörte er Irmi sagen.

»… wer wird die Aufsicht …«

Was, Aufsicht? Der Aufsichtsjäger im Jagdverein war immer noch er! Wenn Maierbrugger glaubte, er könnte Sepp aufs Abstellgleis schieben, hatte er sich getäuscht.

»… großartig, wenn du das mit mir zusammen übernimmst, Haribert …«

Aber sicher nicht!

Ohne zu zögern, trat Sepp an den Tisch heran, zog einen freien Stuhl heraus und ließ sich darauf niederplumpsen. »Vergessts nicht, dass ich auch noch da bin!«, knurrte er böse.

»Sepp? Ich hätte nicht gedacht, dass dich die Nachwuchsförderung interessiert.« Ganz unschuldig tun konnte die Irmi.

»Im Gegenteil, die liegt mir sehr am Herzen. Schau dir an, was aus meinem Reini geworden ist.«

Als ob Sepp nicht danebensitzen würde, wandte sich Maierbrugger mit gesenkter Stimme an Irmi. »Meinst denn, dass der Sepp dafür geeignet –«

»Besser als du bin ich allemal! Wem willst denn du was über die Jagd beibringen? Du hast doch keine Ahnung vom Tuten und Blasen. Ich jage seit fünfzig Jahren. Ich hab schon mehr vergessen, als du jemals glernt hast!«

»Hast denn nächsten Donnerstag Zeit, Sepp?«, fragte Irmi.

»Selbstverständlich.«

»Das ist der Vorteil, wenn man in Pension ist«, stichelte Maierbrugger. »Ich bin als Anwalt in meiner Kanzlei ja noch voll eingeteilt.«

»Dann ist es für dich eh besser, wenn du dich um deine Paragrafen kümmerst und ich mit der Irmi … das … die Nachwuchsförderung übernehme.«

»Gut, dann treffen wir uns am Donnerstag um neun auf dem Parkplatz vor dem Gemeindeamt, Sepp.«

Sepp grinste. Den Juristenheini hatte er elegant in die Schranken verwiesen.

»Ach, und wegen der Homepage für den Jagdverein«, hob Maierbrugger an.

»Was brauchma als Verein eine Homepage?«, brauste Sepp auf.

Maierbrugger sah ihn über seine Brille hinweg oberlehrerhaft an. »Irmi will eine für die Öffentlichkeitsarbeit.«

»Wir müssen uns als Verein präsentieren. Dazu gehört im 21. Jahrhundert nun mal ein Webauftritt«, erklärte Irmi.

»Das haben wir noch nie gebraucht und –«

»Sepp, sei doch nicht so åltfatrisch!«

Unsinn! Er war keineswegs der Zeit so hintennach wie der Obfraustellvertreter Karl Hartmann, der sich als gelernter Maurer was darauf einbildete, noch nie in seinem Leben einen Computer angefasst zu haben. Sein Enkel hatte ihm ein Seniorenhandy gekauft, und selbst mit dem war Karl überfordert. Hingegen war Sepp, bevor er sich im Alter von zweiundfünfzig Jahren von den ÖBB in den Ruhestand verabschiedet hatte, noch dazu gezwungen gewesen, sich im Berufsleben mit der modernen Technik auseinanderzusetzen und einen PC zu bedienen. Auch das Internet war ihm nicht fremd. Nur hatte er nie das Bedürfnis verspürt, sich privat einen Computer anzuschaffen. Er konnte gut ohne WWW, E-Mail und weiß der Kuckuck was leben. Mochten andere davon schwärmen, wie praktisch es doch war, sich Unterlagen zu mailen oder Fotos am Smartphone zu erhalten – solange er ohne den Schas auskommen konnte, würde er das tun.

»Ohne Internet läuft heutzutage nichts mehr«, bemerkte Maierbrugger.

»Dann geh doch im Internet auf die Jagd und überlass den Wald den echten Jägern.«

Der Wirt trat zu ihnen heran und fragte nach weiteren Wünschen.

»Eine Runde noch, geht auf mich«, antwortete Maierbrugger. »Für den Sepp hier bitte einen Asbach Uralt. Der passt zu ihm.«

So ein Arsch! Dabei war Sepp gerade mal sechs Jahre älter

als der zweiundsechzigjährige Maierbrugger. Und die Irmi war siebenundfünfzig. Das wusste Sepp, weil er – rein zufällig – beim Durchblättern der Jagdvereinsunterlagen über ihr Geburtsdatum gestolpert war und es sich gemerkt hatte.

»Weißt, Irmi, die Homepage-Programmierung könnte ich übernehmen. Ich kenn mich gut mit dem Computer aus«, machte Maierbrugger auf jung und dynamisch.

Lächerlich machte er sich damit!

Maierbrugger holte sein Smartphone heraus und zeigte Irmi ein paar Seiten anderer Jagdvereine.

»Das schaut doch gut aus. Oder was meinst du, Sepp?«, versuchte Irmi ihn miteinzubeziehen.

Richtig provokant und sichtlich widerstrebend hielt Maierbrugger ihm das Handy für den Bruchteil einer Sekunde unter die Nase. Am liebsten hätte Sepp es ihm aus der Hand gerissen und in seinem Glas versenkt!

»Liebe Irmi, darf ich dich nächste Woche mal auf ein exquisites Steak ins Restaurant GrillKunst einladen? Dann können wir in Ruhe die Details besprechen, nur« – Maierbrugger beugte sich weiter vor und zeigte Sepp die kalte Schulter – »wir zwei.«

»Gern«, stimmte sie sofort und mit einem Lächeln zu.

Sepp klopfte mit seinen Fingerknöcheln auf den Tisch und verabschiedete sich knapp.

Das Stamperl mit dem Asbach Uralt ließ er stehen.

Das passte nicht zu ihm.

3

Blut ist dicker als Wasser. Bla, bla, bla. Irmi versuchte mit diversen Strategien der Selbstmotivation, sich die Situation schönzureden. Aber wenn sie ganz ehrlich war, trieb sie allein das Pflichtgefühl an diesem Sonntagnachmittag nach Leutschach.

Ihr Großonkel Gerfried Ragger feierte heute seinen fünfundachtzigsten Geburtstag und hatte sie in den letzten Tagen mehrmals angerufen, um nachzufragen, ob sie wohl käme. Ganz untypisch war es für ihn, zum Telefon zu greifen, und er hatte einen nahezu ängstlichen Eindruck gemacht. Vom Sterben hatte er geredet, aber das war in seinem Alter wohl auch nachvollziehbar.

Im eigentlichen Sinn feiern würde der alte Griesgram kaum. Warum er sie also unbedingt dabeihaben wollte, konnte sie sich nicht erklären. Aus seinen Andeutungen, dass er dringend unter vier Augen mit ihr reden müsste, war sie nicht schlau geworden. Mit dem Alter wurden sie eigen, die Leute. Dennoch gehörte es sich, ihm die Aufwartung zu machen und ihm zu gratulieren.

Nachdem sie vor dem Stall eingeparkt hatte und ausgestiegen war, sah sie nachdenklich zur Keusche hinüber, die seit sie zurückdenken konnte, den Altbauern als Auszugsstiberl gedient hatte. Früher hatte es ihre Großmutter bewohnt, nun lebte Gerfried darin. Es war ein wenig abseits gelegen; um es zu erreichen, musste man den Gemeindeweg überqueren sowie einen hölzernen Steg über den schmalen Bach, der vom Pfaffenberg herunterrann. Von der hiesigen Seite konnte man gar nicht mit dem Auto zufahren. Als damals für die Großmutter die Rettung gebraucht wurde, musste diese über die Gratschacher Seite herauf- und über den Grund des Nachbarn fahren. Das Auszugsstiberl war in traditioneller Blockbauweise errichtet worden, das Holz beinahe schwarz, wovon sich die mit weißem Kalk gestrichenen Fugen umso markanter abhoben. Mit den grünen Balken vor den winzigen Fenstern war es ein richtiges Knusperhäuschen.

Irmi hob den schweren Geschenkkorb vom Rücksitz, überlegte kurz, ging dann aber zuerst ins Haupthaus. Sie war auf dem Gehöft der Familie Ragger vulgo Lerchbauer aufgewachsen. Wirklich zu Hause hatte sie sich hier jedoch nie gefühlt, sondern ein bisserl wie ein Fremdkörper. Dabei war sie keine Zuagraste, sondern wie ihre Mutter Linde eine geborene Ragger. Irmi war eine ledige Tochter. Nicht, dass das etwas Besonderes gewesen wäre. In Kärnten waren außerhalb des Ehebetts beziehungsweise vor der Hochzeit geborene Kinder – man sprach auch von einer Kärntner Hochzeit, wenn die Braut zumindest schwanger vor den Altar trat – eher die Regel als die Ausnahme. Das wäre nicht das Problem gewesen.

Das Problem war, dass es eine Hochzeit hätte geben sollen. Linde Ragger war eine stolze, junge Bauerntochter; auf leichtfertige Bettgeschichten hätte sie sich nie eingelassen. Zur Freude ihrer Eltern und auch der künftigen Schwiegereltern war sie mit einem benachbarten Bauernsohn verlobt, der als Ältester einmal den dortigen Hof übernehmen sollte. Eine gute Partie. Mehr noch: Linde hatte Oswin ihr Herz geschenkt, und er hatte ihr seine Liebe geschworen. Verständlich, dass sie mehr als unschuldige Zärtlichkeiten austauschten, oder? Sie wollten ja heiraten, so bald wie möglich. Doch dazu kam es nie.

Erst sehr viel später, als Irmi alt genug war, entschieden Antworten einzufordern, hatte sie herausgefunden, was passiert war. Noch jetzt zerriss es ihr das Herz, als sie sich daran erinnerte, wie sich die Mutter damals die Hände vors Gesicht geschlagen und bitterlich zu weinen begonnen hatte.

»Jetzt sag doch. Ich habe ein Recht darauf, es zu erfahren! Habt ihr euch gestritten?« Weltklug, wie man sich nur als Teenager fühlte, hatte Irmi beharrlich nachgebohrt. »Hat er eine andere gehabt … oder du …?«

»Nichts davon.«

Ein Feld. Ein fruchtbares Feld im Tal unten war schuld

gewesen. Die Mutter hatte es ihr sogar gezeigt, mit eigenen Augen hatte Irmi das Stück Dreck gesehen, das so viel Leid verursacht hatte. Oswins Vater hatte es als Teil der Mitgift gefordert, Irmis Großvater Rochus Ragger hatte es nicht hergeben wollen. Immer wieder war der Hochzeitstermin verschoben worden, da sich die Familienoberhäupter nicht einig werden konnten. Selbst als Linde schon hochschwanger war, hatte keiner der beiden Bauern nachgegeben.

»Dann ist's nix geworden mit der Hochzeit«, hatte die Mutter unter Tränen geflüstert, Irmi hatte mitgeheult.

»Aber warum hat Oswin« – Papa hatte sie ihn nicht nennen wollen – »sich nicht durchgesetzt? Wenn er dich geliebt hat und du ihn?«

Schluchzend hatte sie in den Armen ihrer Mutter gelegen. Sie hatte es nicht begreifen können. Überwand Liebe nicht alle Hindernisse? Was zählte ein blödes Feld, wenn zwei Menschen zusammen sein wollten? Sie hatte so eine Wut im Bauch gehabt, so eine Mordswut. Wenn es möglich gewesen wäre, hätte sie ihren Erzeuger schon damals zur Rede gestellt, ihm seine Schwäche vorgeworfen und ihm auf den Kopf zugesagt, was für ein feiger Hund er gewesen war, dass er sich nicht gegen seine Eltern durchgesetzt und für seine Linde gekämpft hatte! Sie hasste ihn! Sie verachtete ihn. Nur sagen konnte Irmi ihm das nicht mehr, ihrem leiblichen Vater, den sie wie jeden x-beliebigen Nachbarn gegrüßt hatte, der ihr nie ein Vater gewesen war, denn Oswin war bei einem Traktorunfall tödlich verunglückt. Doch vor ihrer Mutter hatte sie ihren Zorn nicht zurückhalten können.

»Ach, Irmi, er hat ja auch nix dafür können. Sein Vater war der Bauer, und er bestand darauf, dass er das Feld kriegt.«

»So ein gieriger Arsch!«

»Ein Scheit allein brennt nicht. Er wollt das Land haben, meine Eltern wollten es nicht hergeben. So war's.«

Irmi hatte ihre Mutter bei der Schulter gepackt und ihr ins Gesicht gesehen. »Und du? Warum hast du nicht versucht, Oma und Opa umzustimmen?«

Wenn Irmi früher etwas haben wollte, ließ sie nicht locker, wie bei den Plateauschuhen, die sie bei einer Freundin gesehen hatte. Da ging es nur um dumme Schuhe. Wie hartnäckig würde sie erst sein, wenn die große Liebe auf dem Spiel stand?

»Was glaubst denn du? Alles habe ich versucht, alles.« Der Mutter war die Stimme weggebrochen. »Gebettelt und geweint und ihnen alles versprochen. Alles hätte ich gegeben …«

An den Großvater konnte sich Irmi nicht erinnern; wenn er aber Großonkel Gerfried ähnelte, dann musste er ein kalter, barscher Mann gewesen sein. Sie konnte sich gut vorstellen, dass er zu stur war, um ein Feld herzugeben, obwohl er genug Land hatte.

Und die Großmutter, Maria Ragger? Ja, sie war streng und kannte nichts als Arbeit. Sie war eine harte Nuss, aber durchaus zu knacken, wie Irmi wusste, als sie an die Plateauschuhe in ihrem Kasten dachte. Sie hatte so lange gepenzt, bis ihr die Oma das Geld dafür in die Hand gedrückt hatte, um endlich ihren Frieden zu haben.

»War denn die Oma nicht auf deiner Seite? Sie hat sich doch beim Opa für dich eingesetzt, oder nicht?« So wie Irmi das von ihrer Mutter kannte, die sich für sie stark machte und die sie nie, nie, nie im Stich lassen würde. »Nein?«

Irmi hatte geschluchzt und verständnislos den Kopf geschüttelt. »Aber es ging doch um deine große Liebe! Und … und mich auch … ich bin ja auf die Welt gekommen 1961 …«

Die Mutter hatte ihr über den Rücken gestreichelt, und ihre nächsten Worte hatte sie fast nicht verstanden, so leise hatte die Mama gesprochen.

»Liebe vergeht, Hektar besteht. Das haben s' gesagt, deine Großeltern.«

Das Geständnis, dass Irmi der Mutter mit so viel Beharrlichkeit entlockt hatte, erwies sich als zweischneidiges Schwert. Einerseits wusste sie mehr über ihre Herkunft, andererseits fiel es ihr schwer, nun der Oma noch unbeschwert entgegenzutreten. Noch schwerer war es, das Versprechen zu halten, dass die Mutter ihr abgerungen hatte: Kein Wort darüber zur

Oma. »Das alles ist lange her und vorbei. Es hat keinen Sinn, alte Wunden aufzureißen.«

Aber manche Wunden verheilten nicht. War es das offene Gespräch mit ihrer pubertierenden Tochter gewesen, das Linde Ragger darin bestärkte, sich vom Elternhaus abzunabeln? Sie hatte wenig später eine Anstellung bei der Oberkärntner Molkerei in Spittal gefunden und, mit Irmi im Schlepptau, dem heimatlichen Hof ein für alle Mal den Rücken gekehrt. Das musste 1975 gewesen sein.

Nur einen einzigen Menschen hatte Irmi damals vermisst: Edeltraud Ragger.

Umso mehr freute sie sich, dass sie Traudl jetzt und noch dazu allein in der großen Küche antraf. »Grias di!«

»Irmi!« Traudl zog sie in eine rasche Umarmung und schniefte. »Ma, du hast dich lang nicht sehen lassen.«

»Na, so lange ist es nicht her …«

»Ostern war's.«

»Tatsächlich.«

Ach herrje. Wie schnell die Zeit verging.

»Muss ja nicht immer ein Feiertag oder ein Geburtstag sein, damit wir uns sehen, oder?«, sagte Traudl und zuckte die Schultern. »Na, in unserem Alter werden es bald die Begräbnisse sein. Da kommt dann die Familie zusammen, wenn sonst schon nie.«

Traudl hatte recht, wie Irmi sich mit schlechtem Gewissen eingestand. Wenn es keinen besonderen Anlass gab wie den heutigen Geburtstag Gerfrieds, mied sie den Lerchbauer. Bevor sie jedoch – durchaus passend zum tristen Novembertag, an dem sich die Sonne nicht zeigen wollte – noch weiter in düsteres Sinnieren abgleiten konnte, stieß sie Traudl mit dem Ellenbogen an.

»Ganz recht, *Tante*«, antwortete sie und zwinkerte.

»Ich geb dir gleich eine Tante!«

Irmi lachte und holte Kaffeehäferln aus dem Schrank. »Aber du bist und bleibst doch meine Tante. Meine Lieblingstante!«

Als Kinder hatten sie sich schwergetan, die Verwandtschaftsverhältnisse am Hof zu durchblicken, bis Großonkel Gerfried an einem Winterabend ein liniertes Blatt Papier genommen und einen groben Stammbaum skizziert hatte.

»So, schauts genau her«, hatte er gesagt. »Das erklär ich euch nur ein Mal! Da fangen wir an, mit meinem Vater, Franz, da teilt es sich.«

Mit einem dicken Strich von oben nach unten teilte er das Blatt in zwei Hälften. Links schrieb er in die erste Reihe Rochus und Maria, das waren Irmis Großeltern. Von ihnen gingen die drei Kinder Rudolf, Linde und der jüngste Sohn Adolf ab. Sowohl bei Rochus wie auch bei Rudolf malte er ein Kreuz und schrieb die Jahreszahl 1966 dazu. Es war zu traurig: Zuerst war Opa Rochus gestorben, wenige Monate später Rudolf, der als Bauer den Hof übernommen hatte. Vom Großvater war bekannt, dass er schwer krank gewesen war. Woran Rudolf gestorben war, wusste Irmi im Kindesalter nicht; erst viel später erfuhr sie, dass er sich erhängt hatte. Doch darüber wurde in der Familie nicht gesprochen.

Großonkel Gerfried schrieb ihren Namen unter Linde und kreiste ihn ein. »Da bist du.«

Auf die rechte Seite schrieb er in dieselbe Zeile wie Rochus und Maria seinen Namen und den seiner verstorbenen Frau. Darunter folgten seine Kinder Heinz und Edeltraud.

»Schauts her, wer in einer Zeile steht. Der Rochus und ich waren Brüder. Rudolf, Adolf und die Linde stehen in einer Linie mit Heinz und Traudl. Sie sind Cousins und Cousinen. Aber weil die Traudl in einer Zeile über dir steht, Irmi, ist sie deine Tante, deine Tante zweiten Grades, um genau zu sein.«

»Das geht doch gar nicht. Sie ist zwei Jahre jünger als ich. Wie kann sie da meine Tante sein?«

»Das ist halt so. Das hat nichts mit dem Alter zu tun, sondern mit der Generation. Mein Bruder Rochus war viel älter als ich, und deshalb sind seine Kinder auch älter als meine. Und in diesem Fall hat seine Tochter, die Linde, schon ein Kind kriegt, nämlich dich, bevor meine Traudl geboren wurde … Das ist kompliziert. Schau dir einfach den Stammbaum an.«

»Und ich habe gar niemanden in meiner Zeile?«, klagte Irmi.

»Na ja« – Großonkel Gerfried deutete auf die leere Fläche unter Adolfs Namen – »wenn dein Onkel Adi mal heiratet und Kinder hat, hast du auch Cousins oder Cousinen.«

Irmi tippte auf die andere Seite. »Und wenn der Heinz oder die Traudl Kinder haben, sind das dann meine Großcousinen?«

Gerfried kratzte sich ausgiebig an der Nase. »Geh, schleichts eich! Wenn ihr älter seids, werdets es schon verstehen.«

Unbehindert von den Verwandtschaftsgraden waren Irmi und Traudl fast wie Schwestern gewesen, dickste Freundinnen. Erst später hatten sie sich auseinandergelebt. Irmi hatte geheiratet und zwei Söhne bekommen; die Familie und der Installationsbetrieb ihres Mannes, in dem sie ihn tatkräftig unterstützte, nahmen fast ihre ganze Zeit in Anspruch.

Für Traudl hingegen, die ledig geblieben war, gab es nur den Lerchbauer. Sie war zufrieden damit, dem früh verwitweten Vater und dem Bruder Heinz den Haushalt zu führen und als einzige Frau am Raggerhof das weibliche Kommando zu führen.

Jetzt saß Irmi mit Traudl, von Kindesbeinen an vertraut, beim Kaffee zusammen und wusste nicht so recht, worüber sie reden sollte. Sie starrte auf die Geburtstagstorte für den Großonkel, die mitten am Tisch einen Ehrenplatz einnahm.

»Wie geht's denn dem Gerfried?«

»Ach, er wird auch immer spinnerter. Aber solang er alleweil sumpern kann, ist er zufrieden. Wirst es eh gleich sehen. Wie tuat's der Linde?«

»Körperlich ist sie noch guat beinänd für ihre sechsundsiebzig Jahre. Aber die Demenz wird schlimmer. Zum Glück fühlt sie sich sehr wohl im Heim. Die Leute dort schauen ganz lieb auf sie.«

»Das Alter bring nix Guats. Wer weiß, wie's bei uns werden wird. Wir sind ja auch schon im Herbst unsres Lebens.«

»Spätsommer, liebe Traudl, höchstens!«

Noch war der sechzigste Geburtstag in weiter, weiter Ferne, und Irmi fühlte sich aktiv und voller Tatendrang. Im Ernst, sie kam erst richtig in Schwung und wollte, wie ihre Karriere im Jagdverein zeigte, noch viel erreichen. Alt werden konnte sie später einmal, viel später.

Sie fuhr sich durch ihr schwarzes Haar, das dank ihrer Friseurin keine einzige graue Strähne verriet. Gern hätte sie Traudl geraten, mehr für sich zu tun und den biederen Hausmütterchen-Look gegen etwas Modischeres zu ersetzen. Mit den ergrauten Haaren im einfallslosen Standardkurzhaarschnitt und ohne eine Spur von Make-up wirkte Traudl ausgewaschen wie ein alter Fetzen. Dabei hatte sie ein so hübsches Gesicht. Konnte sie ihr einen gemeinsamen Einkaufsbummel in Spittal schmackhaft machen, um der alten Zeiten willen? Shoppen, Kaffeetrinken, es sich gut gehen lassen. Vielleicht gelang es, etwas von der Nähe und Vertrautheit ihrer Kindheit zurückzugewinnen.

Zwei Stunden kämpfte Sepp mit sich. Sollte er oder sollte er nicht?

Nach einer nahezu schlaflosen Nacht hatte er sein Haus auf den Kopf gestellt, jedes Kastl durchsucht, aber nicht mehr gefunden als eine Dose mit eingetrocknetem Leim, die ihn kein Stück weiterbrachte.

Er strich sich mit der Hand über das bärtige Gesicht und fasste die Fakten zusammen.

Es war Sonntag.

Die Geschäfte waren geschlossen.

Er wusste, wo er dennoch bekommen würde, was er brauchte.

Die Frage war nur: War es ihm das wert? Bis morgen warten oder …

Leise vor sich hin fluchend zog er sich eine Jacke über und verließ das Haus. Den enttäuschten Blick, den ihm sein Wachtelhund Akko zuwarf, ignorierte er. Zügig eilte er die Einfahrt entlang bis zur Straße. Dann jedoch verlangsamten sich seine

Schritte von selbst. Er ging ein paar Meter weiter, dann wieder zurück. Haderte mit sich.

Wenn er noch eine Nacht überstand, konnte er morgen im Geschäft einfach kaufen, was er benötigte. Dann musste er niemanden fragen.

Sepp beugte sich vor und stützte die Hände auf seinen Oberschenkeln ab. Was tun?

Er richtete sich auf und straffte die Schultern. Wie ein Soldat, der in die Schlacht zog, marschierte er auf das Nachbarhaus zu und presste den Finger auf den Klingelknopf.

»Schau, dass zwegnkommst, du …«

Hoppla. Die Szene kam ihm irgendwie vertraut vor. Als ob er gerade diesen Moment schon einmal erlebt hätte. Wie in einem Traum. Na, es musste ein schlechter Traum gewesen sein.

Der Eindruck verstärkte sich, als Heinrich Belten die Tür öffnete. Mit einer ausgebeulten Cordhose, in Hemd und ausgeleiertem Pullunder war er schlawuzig angezogen wie immer; die zerzausten grauen Haare standen in alle Richtungen ab. Er hatte einen Polsterabdruck im ohnehin schon zerknitterten Gesicht.

»Hast schon wieder Stund ghåltn? Du verschläfst ja dein halbes Leben!«

»Flattacher?«, fragte er ganz tramhapat.

»Belten.«

»Was willst du hier?«

»A ja, ich brauch an UHU.«

Belten steckte sich einen Finger ins Ohr und schüttelte ihn. »Was?«

Für langes Hin und Her hatte Sepp keine Geduld. »Ich brauch an UHU«, wiederholte er barscher. »Hast an?«

»Einen Uhu?«, wiederholte Belten langsam.

»Kruzitürken, mit dir hat man immer a Gscher! Hast an UHU oder hast kan?«

»Flattacher. Sepp. Geht es dir nicht gut?«

»Nein, mir geht's nicht guat! Wenn's ma gut gehen würde, würde ich kaum bei dir aufkreuzen, oder?«

Belten zog die Brauen hoch, öffnete dann aber die Tür weiter und winkte ihn herein.

Das hätte Sepp nun doch nicht erwartet. Immerhin war es fast ein Jahr her, seit er Beltens Haus zuletzt betreten hatte. Gutnachbarlich konnte man ihre Beziehung nicht unbedingt nennen.

»Komm in die Küche.« Belten drängte sich an ihm vorbei und füllte ein Glas mit Wasser. »Hier, Sepp, trink. Setz dich hin. Oder noch besser, leg dich auf den Boden!«

»Was? Spinnst du?«

Belten rieb die Hände aneinander und nickte eifrig. »Ja. Auf den Boden. Ich habe im Fernsehen gesehen, dass Hinlegen gut ist. Und die Beine hochlagern.«

Sepp blieb stocksteif stehen, wo er war. Eine Nacht zu warten erschien im Nachhinein doch klüger. Er hatte vergessen, wie tepat sich der Belten immer anstellte; voll neben der Spur war er, der alte Todl.

Irritiert sah er, wie Belten sich das Handy vom Küchentisch schnappte.

»Alles wird gut, Sepp. Ich rufe Hilfe. 1-4-4.« Er tippte die Nummern ein und hob das Handy ans Ohr.

»Was soll der Schas? Meinst, die Rettung bringt uns an UHU? Ruf doch gleich die Feuerwehr!«

In Sepps Alter, aber längst nicht so fit wie dieser, wehrte Belten sich doch kräftiger als gedacht. Dennoch gelang es Sepp, ihm das Handy zu entreißen und auf das rote Telefonsymbol zu drücken.

»Jetzt hör auf mit die Spompanadeln und streng dein Hirnkastl an! Ich brauch an UHU.«

Belten machte zwei Schritte zurück und streckte Sepp die Hände entgegen. Wild schüttelte er den Kopf. »Warum zum Kuckuck sollte ich eine Eule haben? Ich bin doch kein Ornithologe.«

Sepp schlug sich auf die Stirn. »An UHU! An Klebstoff, du Depp! Zum Picken.« Am liebsten würde er Belten eine picken. »Bei deiner langen Leitung solltest Elektriker sein.«

»Ach, UHU meinst du? Sag das doch gleich! Ich dachte, du hast einen Schlaganfall und redest wirres Zeug.«

»Glaub mir, bei einem medizinischen Notfall frag ich garantiert nicht dich um Hilfe. Da kann ich mich ja gleich erschießen!«

»Pfffh.« Trotzig verschränkte Belten die Arme. »Einen Alleskleber willst, und da kommst du zu mir. Warum sollte ausgerechnet ich dir etwas leihen? Wir sind keine Freunde, wie du mehr als deutlich gemacht hast mit deinem ... deinem ... Elektrozaun!«

»Ma, bitte, das ist doch Schnee von gestern. Bist immer so nachtragend?«

»Ich habe ein Gedächtnis wie ein Elefant. Ich vergesse nichts.« Belten tippte sich an die Stirn.

»Dann denk einmal schnell weiter, wie ich dir geholfen hab. Also hör auf mit die Tanz.«

»Ich tanz ja gar nicht.«

Mit dem aus Norddeutschland zugezogenen Nachbarn zu diskutieren war selbst nach Jahrzehnten eine Qual. Der brauchte ja ein Vokabelheft!

Immerhin ging Belten zum Tisch und zog die Lade auf. Neben fein säuberlich geschlichteten Bleistiften, Notizblättern und einer Schere fanden sich sogar zwei UHU-Varianten, ein Stick und ein Flüssigklebstoff. Na bitte! Sepp hatte wieder einmal den richtigen Riecher gehabt.

»Ich nehm beides.«

»Danke!« Belten klopfte ihm auf die Finger, als er seine Hand nach dem UHU ausstreckte. »Man sagt Danke, du ... du ... ungehobelter Flegel, du Rüpel, du ...!«

Sepp grinste breit. »Siehst, das ist das Schöne am Kärntnerischen. Da brauchst nicht so viele Wörter. Sag einfach Pülcha, du Piefke!«

»Bilcher!«

»Musst noch ein bisserl üben mit der Aussprache.«

Widerstrebend reichte Belten Sepp den Klebstoff. Ein Danke bekam er dafür nicht. Wäre ja noch schöner.

Schon wandte sich Sepp zum Gehen, als er eine BILD-Ausgabe erspähte. Mit den großen Buchstaben auf der Titelseite kam sie ihm gerade recht.

»Hast die Zeitung schon gelesen?«, fragte er höflich. Von wegen Pülcha.

»Ja. Wieso?«

»Weil ich sie brauche.« Er schnappte sie sich.

Bis hin zur Haustür schwieg Belten. Dann brach es aus ihm heraus: »Wieso?«

Sepp zögerte und dachte an sein Vorhaben. Es war eine richtige Todlarbeit, die ihm bevorstand und auf die er sich nicht gerade freute.

»Willst mitkommen und mir helfen?«

Eh klar, dass Beltens Neugierde stärker war als alle etwaigen Bedenken.

Als sein Herr Nachbar die Haustür hinter sich zuzog, bemerkte Sepp das kleine gelbe Schild. Es war eindeutig neu. Und eindeutig ein schlechter Witz. »VORSICHT! Wachsamer Nachbar«. Er fühlte sich betroffen – und brüskiert.

»Was soll das?«, knurrte er.

»Das? Das habe ich von der Polizei. Die haben das beim letzten Vortrag zum Thema Sicherheit für Senioren verteilt.«

Sepp verdrehte die Augen, als Belten *ihm* einen Vortrag zu halten begann. Prävention sei wichtig und die Polizei auf die Mithilfe der Bevölkerung angewiesen, und man soll lieber dreimal zu viel anrufen als einmal zu wenig, wenn man etwas Ungewöhnliches bemerkt und überhaupt und sowieso. Belten schien nicht einmal Luft zu holen.

»Ein aufmerksamer Nachbar ist Gold wert.«

»Ich bin dein einziger Nachbar weit und breit!«, polterte Sepp.

»Eben.« Belten tippte auf das Schild. »Wir müssen wachsam sein und aufeinander aufpassen. Das Schild dient als Abschreckung. Prävention!«

Sepp schnaufte über und versuchte ganz ruhig mit Belten zu reden, wie mit einem … Tepaten.

»Wen bitte soll das Schild denn abschrecken?«

»Na ja, Postenkommandant Treichel hat erklärt, wenn so Einbrecherbanden aktiv sind, dass die dann vorher die Häuser auskundschaften. Und wenn sie so ein Schild –«

»Was für Einbrecherbanden?«

»Na, wie man immer in der ›Kronen Zeitung‹ liest. So Diebesbanden aus dem Osten und überallher. Es können auch Einheimische sein, hat Treichel gesagt, weil nicht alle Kriminalität kommt aus dem Ausland, das wäre ein Vorurt–«

»Und du meinst wirklich, wenn Räuber zwegnkommen, dass sie das Schild lesen und sich denken: Nein, den rauben wir nicht aus?«

Belten schob nachdenklich den Unterkiefer hin und her. Er nickte ganz vorsichtig.

»Denk einmal logisch nach. Meinst, dass ausländische Diebe genug Deutsch können, um sich ›wachsamer Nachbar‹ zu übersetzen? Depp!«

»Selbst Depp! Die Frage hat nämlich bei dem Sicherheitsvortrag auch so ein Wichtigtuer wie du gestellt. Und weißt, was der Herr Treichel gesagt hat? Weißt du das?« Belten zeigte mit dem Finger auf das Polizeilogo am Schild. »Da, das Logo kennt jeder, und ›Polizei‹ kann jeder Gauner in fast jeder Sprache lesen. Das allein schreckt schon ab. Ätsch!«

»Ich geb dir gleich ein Ätsch!«

»Willst du auch so ein Schild haben? Ich habe noch eines in Reserve.«

»Sicher nicht.«

»Aber … wir müssen doch auf uns aufpassen.«

»Ich habe schon ein Schild für Möchtegerneinbrecher am Einfahrtstor. ›Vorsicht, scharfer Hund‹ mit dem Bild von einem Rottweiler. Glaub mir, das wirkt besser, als wenn ich draufschreib ›Achtung, tepata Nachbar‹.«

Belten schaute beleidigt drein, doch als Sepp zu seinem Haus zurückging, zockelte er brav wie ein Pudel hinter ihm her.

In Sepps Küche angelangt, hob Akko nur kurz den Kopf,

um den seltenen Gast zu bestaunen, und schlief dann weiter. Umso größer wurden Beltens Augen, als er das Kramasure am Küchentisch bemerkte. Zeitungen, eine Schere, ein großer Karton.

»Was machen wir jetzt?«

»Du setzt dich da hin und schneidest Buchstaben aus, immer andere, in verschiedenen Größen.«

»Wieso?«

»Tua einfach, was man dir anschafft.«

»Wie –«

»Belten! Ich vertrag's nicht, wennst ständig ›wieso‹ fragst. Das wirst du mit deinem Elefantenhirn ja wohl noch wissen.«

Belten nickte hastig und rieb sich die Wange. Oh ja, er erinnerte sich, dachte Sepp und grinste.

»Klåppan weg«, schnauzte Sepp ihn an und schlug Belten sicherheitshalber noch auf dieselben.

Wollte sich der schneidfreudige Nachbar doch glatt an der aktuellen Bezirksausgabe der »Woche« vergreifen, die Sepp noch nicht in Ruhe hatte lesen können. Obwohl nur eine Gratiszeitung, hatte sie sich vom Werbeblatt zu einer für ihn lesenswerten Lektüre entwickelt, in der regionale Themen Platz fanden, die im Vergleich zu den Ereignissen der Weltgeschichte viel zu unbedeutend waren, um von den Tageszeitungen aufgegriffen zu werden. Als politisch interessierter Mensch verfolgte Sepp aber nicht nur die Entwicklungen auf Bundes- und Landesebene, was ihm regelmäßig den Appetit verdarb, sondern er wollte auch wissen, was sich vor seiner Nase in der regionalen Politik abspielte. Dabei bewahrheitete sich leider immer wieder, was schon sein Vater über Politiker gesagt hat: Egal, welche Farbe die Fåckn haben, die Sau, die am Trog steht, die frisst.

Gut, fairerweise musste er sagen, dass gerade auf den unteren Ebenen und in der Ortspolitik die meisten Akteure das Rückgrat an der Tür nicht abgaben; vielleicht, weil auf dem Land jeder jeden kennt. Die Regionalpolitiker blieben überwiegend ehrlich und aufrecht und leisteten solide Arbeit, so wie die neue Bürgermeisterin von Obervellach, Veronika Schwarzenbacher. Allerdings hatte ihr Vorgänger Max Müller bewiesen, dass es auch auf Gemeindeebene verdammt schwarze Schafe geben konnte.

Sepp freute sich schon auf die nächste Ausgabe der »Woche«, denn er war gespannt, wie die Geschichte mit dem Bürgermeister im Bezirk weiterging, dessen unverhältnismäßig hohe Förderung eines Pimperlvereins Fragen aufwarf. Nicht nur, weil die Obmannstellvertreterin des Bürgermeisters Schwiegermutter war. Auf den ersten Augen öffnenden Bericht hin war eine gepfefferte, wortgetreue Gegendarstellung des Bürgermeisters veröffentlicht worden. Ein Schuss ins Knie, wie Sepp mit Genugtuung festgestellt hatte. Denn die Journalistin war auf Zack und wies im begleitenden Text mit spitzer Feder auf Widersprüche hin, in die sich der Bürgermeister in seiner Panik verstrickte, fast so wie damals der Donald Trump, der vermutlich besser gefahren wäre, wenn er einfach mal sei blöde Pappm gehalten hätte. Oder im amerikanischen Fall hätte einer der Berater im Weißen Haus seinem Chef einfach mal so richtig kräftig auf die Finger hauen müssen, damit dem das Herumspielen auf dem Smartphone verging.

Egal, Amerika war weit weg. Aber auch im schönen Mölltal schaufelte sich jemand gerade sein eigenes Grab. Ha! Und es schadete nichts, dass die Journalistin kein unsauberes Madl war, sondern a fesche Gitschn. Sepps Augen waren nämlich noch voll in Ordnung.

Mit einem Stanley-Messer trennte er den Boden des großen Kartons heraus, damit er eine gerade Fläche hatte. Dann suchte er eine zweite Schere und begann, die Titelseite der BILD-Zeitung in einzelne Worte zu zerlegen.

»Haben wir genug?«, fragte Belten schließlich, als er einen Haufen Papierfutzerln vor sich liegen hatte.

»Ja.«

Sepp rückte den Karton zurecht und begann, die einzelnen Buchstaben und Wörter darauf anzuordnen.

»Sepp«, flüsterte Belten.

»Was ist?«

Belten zupfte nervös an seinen Fingern herum und sprach noch leiser. »Du willst aber nicht … du …«

Was hatte der senile Depp denn jetzt schon wieder für ein Problem? »Red normal, wenn du was willst.«

Sepp nahm sich ein besonders groß gedrucktes Wort und legte es mit einem selbstzufriedenen Lächeln ganz oben hin.

BOMBE.

4

»Wie du ausschaust! Zieh dir was anderes an.« Traudl war aufgesprungen und fuchtelte mit den Händen herum, als ob sie ein Huhn verscheuchen wollte. »Schnell. Geh.«

»Was hast denn für a Gneat?«, fragte Heinz Ragger, der gerade in die Küche gekommen war und sich von seiner jüngeren Schwester wenig herzlich begrüßt sah.

Er reichte Irmi die Hand und nahm sich einen Kaffee.

»So dreckat kannst di nit hersitzen zu uns.«

»Seit wann ist's denn a Schånd, bei der ehrlichen Arbeit dreckat zu werden?«, gab er zurück und zwirbelte seinen Schnurrbart.

»Sonntag ist, und der Papa hat Geburtstag!«

»Und? Kommt der Pfarrer, oder warum machst so einen Aufstand?«

»Nein, der Pfarrer war schon da.«

Ungerührt setzte sich Heinz hin. Nur die Stallstiefel hatte er ausgezogen, denn jetzt trug er abgewetzte Hausschuhe.

»Aber es kommen ja noch andere Leute!«

Anscheinend war Großonkel Gerfried nicht der Einzige, der sich aufs Sumpern verstand. Irmi schalt sich selbst für ihren giftigen Gedanken; sie steckte ja nicht in Traudls Haut und musste nicht Vater und Bruder hinterherputzen.

»Außer der Familie wird wohl keiner kommen. Freunde hat der Vater ja keine mehr. Entweder sind sie am Friedhof, oder er hat sie mit seiner Art vergrault.«

»Heinz! Wie kannst denn so etwas sagen« – Traudl warf einen Blick zu Irmi hin – »vor Besuch.«

»Irmi ist Familie, oder etwa nicht? Seit wann hat man in der Familie Geheimnisse voreinander?« Heinz' Stimme klang ungewohnt scharf, und hart war auch sein Gesichtsausdruck. Traudl sagte nichts mehr, sondern kniff die Lippen zusammen.

»Wer kommt denn noch?«, fragte Irmi in die drückende Stille hinein.

»Nun, der Adi, wenn er vom ersten Stock runterfindet. Wenn er nicht … verschläft.«

Als Teil der Familie und mit den Verhältnissen bestens vertraut, wusste Irmi, dass »verschlafen« synonym für Rausch ausschlafen stand. So lange sie zurückdenken konnte, hatte Onkel Adi ein Problem mit Alkohol. Oder, wie es Heinz auszudrücken pflegte, hatte Adolf kein Problem mit Alkohol, aber ohne.

»Klopfst hålt an seiner Tür, wenn du hinaufgehst und dich umziehst.«

»Du gibst keine Ruhe, was?« Heinz stand auf. Er knallte seine leere Tasse vor Traudl auf den Tisch. »Kein Wunder, dass dich kein Mann wollen hat!« Er stürmte hinaus und drosch die Tür hinter sich zu.

Betreten starrte Irmi Traudl an. Sie wusste nicht, was sie sagen sollte, und streckte ihre Hand nach ihr aus.

Traudl zuckte zurück. »Das stimmt gar nicht«, brach es aus ihr heraus. »Dass mich keiner nehmen wollt!«

»Natürlich nicht. Es war gemein von Heinz, so etwas zu sagen.«

»Seit fast zwei Wochen haben wir einen Feriengast, unten im Troadkastn. Dem gefall ich sehr wohl! Er hat sogar gesagt, er will länger bleiben.« Traudl beugte sich vor und zeigte mit dem Finger auf ihre Brust. »Wegen mir.«

»Das ist schön.« Irmi freute sich aufrichtig für sie. »Wo kommt er denn her?«

»Aus Linz ist er. Aber er will weg aus der Stadt, am Land ist es besser, sagt er. So wie bei uns.« Traudl strahlte über das ganze Gesicht. »Vielleicht bleibt er ja da? Das wär was.«

»Wie heißt er?«

»Viktor Riedl. Er ist so an die sechzig, schätze ich. Geschieden. Und das Beste ist, er geht gerade in Pension. Es gibt nix, was ihn in Linz halten würde.«

Hörte Traudl schon die Hochzeitsglocken läuten? Nach

nicht einmal zwei Wochen Bekanntschaft. Irmi scheute jedoch davor zurück, ihr die rosarote Brille herunterzureißen und ihr – zumal sie selbst Riedl noch gar nicht kennengelernt hatte – mit lauter Was-Wenn-Fragen die Laune zu verderben. Was, wenn er gar nicht Single ist? Was, wenn … Vielleicht war er ja doch ein ganz patenter Kerl. Und wenn nicht, was soll's? Solange er Traudl nicht das Herz brach, schadete ein Flirt nicht, wenn es sie glücklich machte, und sei es nur für kurze Zeit. Mit Mitte fünfzig waren Irmi und Traudl zwar schon in die Kategorie »reif« einzuordnen, aber gestorben waren sie noch lange nicht! Und zum Verlieben war man nie zu alt.

»Sollen wir den Papa holen gehen?«, wechselte Traudl das Thema. »Von selbst wird er nicht herkommen, obwohl er weiß, dass wir hier feiern wollen.«

»Wieso denn das?«

»Ach, wegen dem Heinz. Weißt, Irmi, es steht nicht so gut mit dem Hof. Die Zeiten sind nicht guat für uns Bauern.« Traudl rieb sich mit beiden Händen über die Wangen. »Heinz will investieren und den Betrieb umstellen. Modernisieren. Aber ihm fehlt das Geld dafür. Er würde ja Holz hacken lassen, aber …«

»Aber?«

»Der Papa erlaubt es nicht.«

Irmi spielte mit ihrer Kaffeetasse. »Das verstehe ich nicht. Großonkel Gerfried hat den Hof doch schon übergeben?«

Schon war gut gesagt. Erst vor drei Jahren hatte er endlich den Übergabevertrag unterzeichnet, und auch erst dann, als Heinz damit gedroht hatte, seine Sachen zu packen und wegzugehen; bereit, sein Erbe aufzugeben, für das er sein Leben lang geschuftet hatte und von dem ihm bis dahin nicht ein Quadratmeter Boden gehört hatte. Zwar besaß Onkel Adi gut die Hälfte des Besitzes, doch jeder wusste, dass Heinz der Bauer war und alles bewirtschaftete. Adi interessierte sich für nicht viel in seinem Leben und war mit seinen mittlerweile fast fünfundsiebzig Jahren längst zu alt, um mitanpacken zu können. Von Gerfried gar nicht zu reden. Alles hing an Heinz.

»Das stimmt. Aber den Übergabevertrag musst einmal lesen, die Auszugsleistungen haben es in sich. Der Papa hat sich auch das Recht behalten, dass er bestimmen kann, ob ein Wald geschlägert wird oder ob ein Feld verkauft wird. Allein kann Heinz gar nichts entscheiden.«

Irmi wusste, dass viele Bauern Angst hatten, den Hof an die jüngere Generation zu übergeben und aufs Altenteil abgeschoben zu werden. »Übergeben, nimmer leben«, lautete ein alter Spruch, der allerdings nicht mehr in seiner ursprünglichen Härte zutraf, seit auch Bauern pensionsversichert waren. Davor aber hatten sie mit der Hofübergabe sehr wohl ihre Einkünfte verloren. Sie wurden, wenn sie gar keinen Arbeitsbeitrag mehr zu leisten imstande waren, im schlimmsten Fall als unnütze Esser und Last für die nächste Generation betrachtet. Daher stammte wohl die Sorge um das eigene Wohlergehen im Alter, und entsprechend trachteten sie danach, im Übergabevertrag die Ausgedingeleistungen bis ins Detail festzuschreiben, schließlich bildeten diese die Grundlage für den weiteren Lebensunterhalt. Ein Feilschen war das, das war unvorstellbar. Irmi hatte von Fällen gehört, da wurde um jeden Liter Milch, die den Altbauern wöchentlich zukommen sollte, gestritten.

Doch auch die jungen Bauern hatten es nicht leicht, wenn Hofbesitzer die Übergabe hinauszögerten oder die potenziellen Erben fast erpressten. Die künftigen Bauern arbeiteten und investierten und konnten doch nie sicher sein, dass sie den Hof auch tatsächlich erbten. Was, wenn es sich der alte Bauer noch anders überlegte? Heinz hätte schön blöd geschaut, wenn vor drei Jahren – da war er selbst schon fast sechzig – nicht er, sondern Traudl den Hof überschrieben bekommen hätte.

Sie machten sich zusammen auf den kurzen Weg zum Auszugsstiberl, dem aus der Labn, einer Wohnküche und einem Schlafzimmer bestehenden einstigen Bauernhaus. Großonkel Gerfried hatte den Umzug nach der Hofübergabe noch so lange wie möglich hinausgeschoben.

»Aus den Augen, aus dem Sinn«, hatte er geklagt.

Aber Heinz hatte in die ursprüngliche Rauchkuchl ein barrierefreies Badezimmer einbauen lassen und sich mit dem Argument, dass der Vater mit seinen über achtzig Jahren nicht mehr die steile Treppe im Haupthaus steigen sollte, durchgesetzt. Im ebenerdigen Auszugsstiberl wäre er viel besser aufgehoben.

Sie trafen Großonkel Gerfried über einer Tasse Tee brütend in der Küche an. Er murmelte halblaut unverständliche Worte vor sich hin und zuckte erschrocken zusammen, als er sie bemerkte. Irmi gab ihm zur Begrüßung einen Kuss auf die ledrige Wange und gratulierte ihm.

»Gemma ume ins Haus?«, schlug Traudl vor. »Ich habe dir für deinen Ehrentag eine Sachertorte gebacken!«

Gerfried klammerte sich an Irmis Hand, als sie in die Labn traten. Traudl ging voraus, doch bevor Irmi ihr folgen konnten, hielt er sie zurück. Heimlichtuerisch drängte er sie in sein Schlafzimmer und schloss die knarzende Holztür hinter sich.

»Irmgard, du musst es wissen«, raunte er ihr zu; sein Blick war unstet, und seine Hand zitterte. »Die wollen mich umbringen!«

Traudl hatte recht, Gerfried wurde immer spinnerter.

»Wie bitte? Wer? Wie kommst denn auf so was?«

»Ich war im Haus drüben und wollte grad gehen. Da hat der Pauli vor der Tür gelauert und sie genau dann aufgestoßen, wie ich rauswollte. Umgeschmissen hat er mich! Damit ich mir das Genick breche!«

»Pauli Schindler. Der Knecht.« Irmi schüttelte den Kopf.

Es war ein offenes Geheimnis, dass Gerfried sich immer gegen die Anstellung eines Knechts gewehrt hatte. Er war der Ansicht, dass die Familienmitglieder die Arbeit gut allein bewältigen konnten; schließlich lebten seine Kinder am und vom Hof, da sollten sie auch anpacken. Er wollte keine Fremden. Solange er als Bauer das Sagen gehabt hatte, waren deshalb weder eine Magd noch ein Knecht aufgenommen worden. Heinz' berechtigte Klagen, dass er die Arbeitslast allein nicht mehr bewältigen konnte, waren auf taube Ohren gestoßen.

Was also hatte Heinz getan, sobald sein Vater den Übergabevertrag unterzeichnet hatte? Richtig. Noch am selben Tag Pauli Schindler angestellt. Gerfried hatte geschimpft wie ein Rohrspatz und die Stunde verflucht, zu der er seinem Sohn den Hof überlassen hatte. Runterwirtschaften würde er ihn mit seiner verschwenderischen Art! Dabei erhielt Pauli, geistig ein wenig beeinträchtigt und daher Frühpensionist, neben Kost und Logis nur ein Taschengeld.

»Hast mich verstanden, Irmgard? Umbringen wollte er mich, der Pauli!« Furchtsam klammerte er sich an sie.

»Ich glaube nicht, dass er dich absichtlich umgestoßen hat.« Sie tätschelte seinen Arm. »Das bildest du dir bestimmt nur ein.«

Noch wahrscheinlicher war es ein gewiefter Versuch Gerfrieds, um Pauli loszuwerden. Irmi wollte die Tür öffnen, aber Gerfried stemmte sich dagegen.

»Warum soll dir der Pauli etwas antun wollen?«, fragte sie ungeduldig.

»Was weiß denn ich? Vielleicht hat ihn der Heinz aufgehusst!«

»Blödsinn.«

»Wirst schon sehen!« Er rückte so nahe an sie heran, dass ihr bei seiner feuchten Aussprache Speicheltröpfchen ins Gesicht flogen. »Die werden mich umbringen! Der Heinz …« Er verstummte kurz. »Der Rudolf …«

Beim letzten Namen wurde Irmi hellhörig. Schließlich litt ihre Mutter schon eine Weile an Demenz, und sie kannte Anzeichen dafür: Namen wurden verwechselt und Verstorbene für noch am Leben gehalten.

»Was ist mit Onkel Rudolf?«, fragte sie.

Gerfried ließ sie abrupt los und riss die Tür auf. Er stolperte hinaus in das Vorhaus und Irmi hatte Mühe, ihn am Arm festzuhalten, damit er nicht stürzte. Das würde er ihr sonst sicher auch als Mordversuch ankreiden.

»Erinnerst du dich an Onkel Rudi?«, hakte sie nach. »Wie alt ist er?«

»Mit ihm hat's angefangen«, murmelte Gerfried.

»Was?«

Gerfried schüttelte nur den Kopf. »Gar nichts.« Er verlor kein Wort mehr darüber.

Irmi bestand darauf, dass sich Gerfried bei ihr einhakte. Langsam gingen sie zum Haupthaus, wobei er zweimal stehen blieb. Nicht um zu verschnaufen, sondern um sich aufzuregen.

»Schau dir an, so a Gstätten!« Mit weit ausholender Geste deutete er auf den Garten und den Vorplatz.

Irmi wies ihn nicht darauf hin, dass November war und zu dieser Jahreszeit kaum ein Bauerngarten in voller Pracht und Blüte stand. In Gedanken zählte sie die Minuten, bis sie von hier verschwinden konnte. Wie hielt Traudl das nur aus?

»Alles lassen sie verkommen, die Jungen. Ich hätte den Hof nie übergeben dürfen, nie!«

Gerfried hörte erst mit dem Lamentieren auf, als sie die Küche des Haupthauses betreten hatten. Traudl hatte bereits den Tisch gedeckt. Heinz saß – in sauberem Gewand – vor dem Fenster auf der Eckbank und blätterte die bunte Sonntagsbeilage der »Kronen Zeitung« durch.

»Rutsch rein«, wies Gerfried ihn an. »Das ist mein Platz.«

Heinz sah nicht einmal auf. »Mein Haus, meine Bank.«

»Mein Gott, der Papa hat heute Geburtstag!«, herrschte Traudl den Bruder an.

»Seit wann ist das ein Verdienst?«, konterte er rüde.

»Bitte, um des lieben Friedens willen«, verlegte sich Traudl aufs Flehen.

Heinz starrte seinen Vater kurz an, dann stand er auf und setzte sich auf einen Stuhl. »Der Klügere gibt nach, oder?«

Bevor Gerfried zurückkeifen konnte, polterte Onkel Adi herein.

Unwillkürlich verglich Irmi Onkel und Großonkel: Obwohl gut zehn Jahre jünger als Gerfried, machte Adolf mit verschwollenen Lidern und mit geplatzten Äderchen auf der roten, knolligen Nase einen schrecklich ungesunden Eindruck. Außerdem musste er, seit sie ihn zuletzt gesehen hatte, noch ein paar Kilo zugenommen haben. Gerfried wirkte nicht nur gepflegter, er nahm es mit der Körperhygiene auch eindeutig genauer. Denn als Adi ihr die Hand reichte, schlug ihr seine Ausdünstung entgegen. Sie hüstelte.

»Magst einen Kaffee?«, fragte Traudl ihn, nachdem sie Gerfried eine Tasse serviert hatte.

»Nein, gib mir was Flüssiges«, nuschelte Adi und ließ sich auf einen Stuhl plumpsen.

Irmi wollte sich nützlich machen und schenkte ihm ein Glas Wasser ein.

»Was Flüssiges! Für den Durscht«, wehrte Adi ab. »Traudl, bring mir a Bier.«

Wortlos holte Traudl eine Flasche aus dem Kühlschrank, öffnete sie und stellte sie auf den Tisch.

Adi fingerte in seinen Hosentaschen, bis er ein åbgnudeltes Zigarettenpackerl fand. Er zündete sich einen Tschick an.

»Warten wir noch auf wen?«, fragte Heinz und stibitzte sich eine Zuckerblume von der Torte.

»Na, deine Tochter wird wohl noch mit dem Kleinen kommen, wenn der Opa seinen Fünfundachtzigsten hat«, antwortete Traudl spitz. »Obwohl ich bei der Mutter nicht weiß, was die Miriam an Kinderstube mitbekommen hat.«

Bedauerlicherweise würde es als sehr unhöflich gelten, wenn Irmi vor dem Anschneiden der Torte gehen würde. Der heutige Nachmittag zeigte ihr aber einmal mehr, warum sie so selten auf den Hof kam.

»Sie kommt gegen drei, hat sie gesagt«, erwiderte Heinz.

Irmi sah verstohlen auf die Uhr, die zehn nach drei anzeigte.

»Hat die Monika wenigstens angerufen, um dem Papa zu gratulieren? Er war ja immerhin ihr Schwiegervater«, stichelte Traudl weiter.

»Verdammt noch mal, warum sollte sie? Wir sind seit mehr als fünfundzwanzig Jahr geschieden, oder hast das vergessen? Warst ja nicht ganz unbeteiligt dran.«

»Wie bitte?«

»Du hast dich ihr gegenüber ja wohl aufgeführt wie die größte Keifzångan!«

Traudls Gesicht verzog sich zu einer Grimasse. »Was soll denn das heißen?«, zischte sie und unterstrich damit Heinz' Aussage. »Ich kann nichts dafür, wenn du dir a so ane ins Haus holst! Ånpåck hat sie kan gehabt, die Monika, aber an Unfrieden bringen auf unseren Hof.«

Irmi duckte sich hinter ihrem Kaffeehäferl. Heinz' kurze Ehe mit Monika war ein wunder Punkt für Traudl. Eine andere war als Bäuerin auf den Hof gezogen und hatte ihr die Rolle als Frau im Haus streitig gemacht. Die beiden hatten von Anfang an keine Köpf zusammen gehabt. Besonders schlimm wurde es dadurch, dass sie sich im Haus die Küche und sogar das Bad im ersten Stock teilen mussten.

Im Auszugsstiberl hatte damals noch Irmis Großmutter gelebt, sodass es für Traudl keine Ausweichmöglichkeit gegeben hatte. Wenn sie überhaupt hätte weichen wollen. Irmi kannte Traudl als verträglichen, umgänglichen Menschen. Doch Monika gegenüber hatte sie die Krallen ausgefahren, was vorher kaum vorstellbar war. Als ob sie als Schwägerin die Funktion der fehlenden bösen Schwiegermutter erfüllen wollte; das war ihr mit Bravour gelungen.

Jeden Versuch Monikas, als Jungbäuerin zumindest in Teilbereichen eigenständig zu entscheiden, und wenn es nur darum ging, was im Garten angepflanzt oder mittags gekocht wurde, hatte Traudl gekonnt hintertrieben, indem sie Gerfried vorgeschoben hatte. Dass sich dadurch auch die Beziehung zwischen Gerfried und Heinz, der zwischen alle Fronten geriet, verschlechtert hatte, war verständlich.

Allzu viel hatte Irmi vom Kleinkrieg auf dem Gehöft nicht mitbekommen, da sie damals als Jungverheiratete mit der Gründung einer eigenen Familie beschäftigt war. Sie kannte Monika vor allem von Traudls Erzählungen; ihren Schilderungen nach war Heinz' Ehefrau alles, nur kein Mensch, schon gar keine Bäuerin. Das Drama endete damit, dass Monika ihre kleine Tochter Miriam gepackt hatte und auf und davon ging. Heinz hatte – abgesehen von seiner Tochter, die alle heiligen Zeiten auf Besuch kam – keine Frau mehr auf den Hof gebracht.

»Wennst wenigstens an Bua ghabt hättest, nit lei a Kind«, warf Gerfried mürrisch ein. »Dann wär ein Stammhalter da!«

»Hättets eben die Monika nicht aus dem Haus getrieben. Dann hättest du vielleicht mehr Enkelkinder als nur die Miriam. Die Traudl hat ja ausgelassen, oder?«

Gegen Traudls Protest griff sich Heinz ein Messer, schnitt die Geburtstagstorte an und fing an zu essen.

»Wir müssen den Besitz erhalten«, ereiferte sich Gerfried. »Wer soll denn den Hof einmal übernehmen? Der Lutscherno?«

»Luciano«, korrigierte Heinz die Aussprache.

»Der wächst in der Stadt auf. Was soll denn der von einer Landwirtschaft wissen? Wie wird der einmal den Hof führen!«

Heinz schob seinen leeren Kuchenteller zurück und fixierte seinen Vater mit einem harten Blick. »Darüber brauchst du dir deinen Schädel nicht zerbrechen. Oder glaubst, dass du das noch erleben wirst?«

»Was wird das?«

»Hm?«

»Ich lasse mich nicht für dumm verkaufen. Das! Sieh dir das genau an, Sepp Flattacher.« Belten klatschte seine Hand auf den Karton.

»Jetzt bring mir die Buchstaben nicht durcheinander!« Sepp legte den Kopf schief und betrachtete sein noch unvollendetes Werk. »Zugegeben, ein bisserl vawordagglt ist es, aber das macht ja nix. Es muss ja keinen Schönheitswettbewerb gewinnen.«

»Was hast du vor damit?« Beltens Stimme überschlug sich. »Oh Gott, da sind auch meine Fingerabdrücke drauf!«

»Ja, und? Wen interessieren deine Fingerabdrücke?«

Akko jaulte auf, als Belten hektisch aufsprang und mit seinem Fuß wohl den armen Hund getroffen hatte.

»Pass doch auf.«

»Sag mir sofort, was du damit vorhast. Ich lasse mich von dir nicht in eine kriminelle Sache verstricken!«, schrie Belten.

»Hast sie noch alle?«

»Willst du wen erpressen? Das wird ein Erpresserbrief, oder? Ich kenn das aus dem Fernsehen! Da schneiden sie auch die Buchstaben aus den Zeitungen aus, damit man das Schriftbild nicht zuordnen kann.«

»Belten, du bist ein so ein Depp!«

Sepp stellte den Karton auf, der sicher einen halben Quadratmeter maß. »In was für ein Kuvert sollte ich denn das stecken, ha?«

»Schwöre, dass du keine Dummheiten machst!«

Langsam erhob sich Sepp und legte seine Hand schwer auf die Schulter des anderen. Er beugte sein Gesicht nah an Beltens heran, dass sich ihre Nasen fast berührten. »Ich glaube, es ist besser, wenn du jetzt gehst«, sagte er bedrohlich leise. »Bei dem, was ich vorhabe, brauche ich keine Zeugen.«

Belten suchte das Weite, und Sepp setzte sich grinsend hin. Er kraulte Akko hinter dem langen Schlappohr.

»So ein Depp, was? Der lasst sich so leicht anschmettan.«

Die Wahrheit hätte er dem neugierigen Nachbarn nie verraten, nicht einmal unter Androhung von Folter. Sepp klebte die letzten Teile auf. Einen zusammenhängenden Sinn ergaben die Worte und Buchstaben nicht.

Dann ging er ins Wohnzimmer hinüber und stellte den Karton aufrecht auf die Kredenz. Er rieb sich das Kinn und schlurfe ans andere Ende des Zimmers. Vier Meter waren keine vierzig Meter.

Mit dem Rücken zur Wand hielt er sich die Hand vor das linke Auge und konzentrierte sich auf seine provisorische Tafel.

»A. für. BOMBE. K. Braut. M«, er stutzte. »Oder doch N? Scheiße!«

Es passten einfach nicht alle Uniformhemden in seinen Spind. Nicht mit den sperrigen Kleiderbügeln. Verärgert packte Martin die Kleidungsstücke und stapfte in den Aufenthaltsraum. Er räumte zuerst ein paar Kaffeetassen ab, die den Weg vom Tisch in den Geschirrspüler allein nicht geschafft hatten, und begann mit der mühsamen Arbeit, die Hemden zusammenzulegen. Platzsparend lautete das Motto. Gut, beim Bundesheer würde er mit dem Ergebnis kaum glänzen, aber für das Mölltal reichte es allemal, entschied er frustriert. Wozu er sich beim Bügeln angestrengt hatte, wenn er die Hemden jetzt ohne Rücksicht auf Verluste in den Spind quetschen musste, wusste er auch nicht.

»Schei–«

»Zeit für einen Kaffee«, trompetete Treichel gut gelaunt.

»–benkleister.«

Treichel warf die Maschine an. »Was hast denn vor, dass du so viele Ersatzhemden mit hast? Ich erwarte mir einen ruhigen Sonntagsdienst. Das ist quasi eine Dienstanweisung.«

Martin lachte und salutierte zackig. »Zu Befehl!«

»Das will ich meinen. Ich will mit den Demenzmodulen weiterkommen. Wie steht's bei dir?«

»Ich bin schon fast durch.«

Die Theorie war gar nicht so ohne, sondern ganz schön umfangreich und komplex. Allerdings wurden die Inhalte durch Filmsequenzen aus »Honig im Kopf« aufgelockert und veranschaulicht. Martin hatte darüber nachgedacht, was er anders und besser machen könnte, wenn er noch einmal in eine solche Situation käme wie damals bei Otto Michelitsch, als der seine Brieftasche vom Sohn gestohlen geglaubt hatte.

»Schön, schön. Kommst also mit diesem Ei-Lernen am Computer gut zurecht?« Treichel drehte sich um und ließ sich einen zweiten Kaffee herunter. »Bei mir fuchst immer wieder das Programm, immer gerade dann, wenn ich die Testfragen beantworten will.«

Martin grinste Treichels breiten Rücken an. »Soll ich mir das nachher mal ansehen, Georg?«

»Hm, ja. Wenn es weiter so ruhig bleibt, könntest dich vielleicht dazusetzen und mir zuschauen. Nicht, dass ich wieder was Falsches drücke und rausfliege.«

»Klar.«

Sichtlich erleichtert schlenderte Treichel mit seinem Kaffee in der Hand an den Tisch heran. »Also, was ist mit den vielen Hemden? Gibt's mittags Spaghetti?«

»Die kommen in den Spind.«

»Alle?«

»Theoretisch ja.«

Mit den hellen Kurzarmhemden für den Sommer bildete Martin einen zweiten Stapel, der nur geringfügig niedriger ausfiel als der erste. Zwei Uniformhosen sowie je eine Winter- und Sommerjacke hingen bereits im Spind, im untersten Fach stand schon das zweite Paar Einsatzstiefel. Auch die Repräsentationsuniform, die er als kleiner Revierinspektor maximal zweimal im Jahr anzog und die er sorgsam in einem Kleidersack aufbewahrte, wollte noch untergebracht werden.

Martin stieß einen Seufzer aus.

Treichel nahm geräuschvoll einen Schluck Kaffee.

Die über der Tür hängende Uhr tickte.

»Martin, sollen wir schauen, ob wir einen zweiten Spind für dich finden?«

In der beruhigenden Gewissheit, dass seine Uniform vor unfreiwilliger Aus- und Umquartierung sicher war, machte sich Martin nach Dienstschluss auf den Weg nach Hause. Er pfiff leise vor sich hin, als er im Stiegenhaus immer zwei Stufen auf einmal nahm und dann die Wohnungstür aufschloss. Der Duft nach würzig gebratenem Fleisch wehte ihm entgegen.

Erst gestern hatte Bettina bei einem Glaserl Rotwein erneut betont, dass sie noch auf der Suche nach sich selbst wäre. Bei all dem, was sie hinter sich hatte, mit Scheidung und Rückkehr nach Kärnten und so weiter durchaus verständlich. Was sie bereits an sich entdeckt hatte, war die Lust am Kochen. Den Bonus wusste Martin sehr zu schätzen.

Freilich wäre Bettina nicht Bettina gewesen, wenn sie einen möglicherweise aufkeimenden Verdacht, sie könnte sich zu einem biederen Hausmütterchen entwickeln, nicht sofort im Keim erstickt hätte. In die Rolle einer vom Mann finanziell abhängigen Frau wollte sie sich nie wieder begeben; die hatte sie bei ihrem Ex-Mann gespielt und anlässlich der im Frühjahr erfolgten Scheidung zusammen mit seinem Namen endgültig abgelegt.

Schon seltsam, wie schnell Hans-Jürgen Piroschek dann doch in die Scheidung eingewilligt hatte, die er zuvor hartnäckig verweigerte. Der Grazer war ganz selbstverständlich davon ausgegangen, dass ihm Bettina seinen Seitensprung verzeihen würde. Da kannte er sie aber schlecht! Na ja, noch schlechter hatte er Bettinas Vater gekannt. Raimund Hader war kein Mann vieler Worte, aber er konnte sehr überzeugend sein; vor allem mit einer Schrotflinte in der Hand.

Bettina war richtig aufgeblüht, als das Kapitel Hans-Jürgen abgeschlossen war und sie wieder ihren Mädchennamen trug. Sofort hatte sie sich an der Universität Klagenfurt eingeschrieben, und sie war fest entschlossen, ihr Studium zu beenden. Martin war froh, dass sie wieder ein Ziel vor Augen hatte; auch die Unterstützung ihrer Eltern war ihr gewiss, von seiner ganz zu schweigen.

Nach einer kurzen Begrüßung mit einem nicht ganz so kurzen Begrüßungskuss – zwölf Stunden Dienst waren eine lange Zeit – hastete Martin ins Bad. Eine Dusche später stand er, das Handtuch um die Hüften geschlungen, vor dem Kleiderkasten. Dass er sich durch Bettinas BHs wühlen musste, um an seine Unterhosen zu gelangen, war nicht mehr neu. Doch wo heute Morgen noch seine T-Shirts waren, stapelten sich jetzt Bettinas Pullover.

»Schatzi? Hast du den Kasten umgeräumt?« Schon wieder! »Ich finde meine Leiberln nicht.«

»Rechts, ganz oben«, schallte es aus der Küche.

Martin öffnete die äußerste Tür des immerhin viertürigen Kastens, ein größerer hätte in das enge Schlafzimmer leider

nicht gepasst. Dafür hatte er ein besonders hohes Modell gewählt, das bis an die Zimmerdecke reichte.

»Ich habe mir gedacht, du bist so groß« – nur ein paar Zentimeter fehlten ihm auf die ein Meter neunzig – »du kommst
da leicht dazu.«

Mit dem Kochlöffel in der Hand und einem verlegen-schel-
mischen Gesichtsausdruck lehnte sich Bettina an den Türrah-
men zum Schlafzimmer.

Wenn Martin sich auf die Zehenspitzen stellte und ordentlich reckte – Dehnungsübungen waren gesund –, kam er mit
den Fingerspitzen gerade noch so … Er ächzte.

»Du, wenn es ein Problem ist, räum ich die Sachen wieder
um.« Bettina strich sich eine blonde Strähne aus dem Gesicht.

»Nein, nein. Ich komm schon zurecht, mein Schatz.«

Seine Zwei-Zimmer-Wohnung bot nur wenig Stauraum.
Doch er ließ seine Kleidung gern in die hintersten Winkel des
Kastens verbannen und nahm in Kauf, dass er seinen Rasierer
in einem bunten Wirrwarr an Haarbändern suchen musste,
wenn er dafür Bettina in seinem Leben hatte. Das und noch
viel mehr war sie ihm wert.

»Sollen wir noch eine Kommode fürs Schlafzimmer kaufen?«

»Wohin willst sie denn stellen?«, fragte Bettina und schaute
sich ungläubig um.

»Na, da hinter der Tür. Okay, die geht dann nicht mehr ganz
auf, aber das ist ja egal. Was meinst du?«

»Das musst du entscheiden, Martin. Es ist deine Wohnung.«

Er biss sich auf die Innenseite seiner Wange und schloss die
Kastentür bewusst leise.

Bettina ging zurück in die Küche; er folgte ihr und legte ihr
von hinten die Arme um die Mitte.

»Es gibt mit Schinken und Käse überbackene Koteletts.
Magst das?«

»Wenn es nur halb so gut schmeckt, wie es riecht, ja.« Er
vergrub sein Gesicht in ihrem Nacken und atmete tief ein.
Nichts roch so gut wie Bettina.

»Können wir nachher noch zu mir heimfahren?«

»Du meinst, zu deinen Eltern?«

»Für mich ist gestern ein Paket angekommen.«

Martin zögerte kurz. »Wäre es nicht einfacher, wenn du dich bei mir anmeldest und einen Nachsendeauftrag machst?« Er knabberte an ihrem Hals. »Du bist ja schon bei mir eingezogen –«

»Bin ich nicht!« Mit einer unerwartet heftigen Bewegung löste sich Bettina aus seiner Umarmung. »Ich übernachte nur oft bei dir.« Seit Weihnachten jede Nacht, wie Bettina wissen musste. Für Martin war das ein Zusammenleben. Sie redete immer schneller. »Weil … weil es ist praktischer bei dir als bei mir daheim mit meinen Eltern im Nebenzimmer. Das heißt aber nicht, dass ich fix bei dir eingezogen bin.«

»Okaaay.« Um nicht unbedacht etwas zu sagen, was er schwer zurücknehmen konnte, wandte er sich ab und begann den Tisch zu decken. Die Mahlzeit verlief recht schweigsam. Martin schickte sich an, die Teller abzuräumen, als Bettina ihre Hand auf die seine legte.

»Entschuldige. Ich habe es nicht so gemeint.«

»Wir sind zusammen, oder?«, fragte Martin.

»Ja«, kam die prompte Antwort, entschieden, ohne nachdenken zu müssen.

Er lächelte. »Wir wohnen auch quasi zusammen?«

»Quasi.« Sie beugte sich vor und drückte ihm einen Kuss auf die Lippen. »Es tut mir leid, dass ich es so kompliziert mache … so kompliziert bin. Aber … das mit Hans-Jürgen … Ich bin einfach ein Feigscheißer.«

Er stand auf und zog sie mit sich hoch in eine feste Umarmung. Es war wohl nicht der richtige Zeitpunkt, ihr zu verraten, dass er schon seit Wochen nach einer größeren Wohnung Ausschau hielt, mit genug Platz für all ihre gemeinsamen Sachen und mindestens einem Schlafzimmer mehr, das vielleicht einmal als Kinderzimmer dienen könnte.

»Bitte, dräng mich nicht«, wisperte sie. »Ich brauche meinen Freiraum, Zeit, um mich zu fi–«

»… finden. Ich weiß.« Zärtlich fuhr er ihr durch die Haare und küsste sie. »Soll ich dir suchen helfen?«, flüsterte er ihr ins Ohr. Er ließ seine Hände unter ihr T-Shirt wandern. Sie war kitzlig, und das nutzte er schamlos aus. Bettina kicherte und wand sich wie ein Aal, ohne aber den geringsten Versuch zu unternehmen, ihm zu entkommen. Im Gegenteil, sie presste sich noch fester an ihn. »Ich hätte eine Idee, wo wir mit der Suche anfangen könnten.«

5

Am Mittwoch fand beim Gratschacher Wirt auf Irmis Initiative hin eine spontane Ausschusssitzung des Jagdvereins statt. Sepp hatte gehofft, Vinzenz Hintereggers Schmalspießer von der Hubertusjagd aufs Tapet zu bringen, aber Irmi blockte sein Ansinnen ab.

»Wir haben Wichtigeres zu besprechen«, kehrte sie ihre resolute Seite heraus. »November ist, und mit unserem Abschussplan hinken wir gewaltig hintendrein.«

»Na ja, da sind wir ja nicht der einzige Jagdverein in Kärnten«, schwächte Karl Hartmann ab.

»Segewohl, Karl. Aber uns geht's nichts an, was im Rest Kärntens passiert, sondern wie weit wir in unserem Jagdgebiet kommen. Als Obfrau mache ich mir da schon meine Gedanken.«

»Gibt's exakte Zahlen dazu?«, fragte Vinzenz, typisch Bankmensch.

»Natürlich gibt's Zahlen!«, fuhr Sepp ihn an. »Sag amål, was liest denn du am Klo? Tuast lei in Pornoheftln Bilder schaun? Du kriegst doch auch den ›Kärntner Jäger‹. Da ist die Statistik groß drinnen gestanden. Neunundfünfzig Prozent hat die Abschusserfüllung letztes Jahr in ganz Kärnten betragen. Von fast zweiundzwanzigtausend freigegebenen Stück Rotwild sind nicht einmal dreizehntausend geschossen worden!«

»Boah.«

»Also, juristisch gesehen …«

Sepps Hirn schaltete aus, als der Herr Doktor zu einem Monolog ansetzte. Ihm war schon der Feitel im Sack aufgesprungen, als Haribert Maierbrugger wie aus dem Nichts aufgetaucht war und sich dazugesetzt hatte. Der Gschaftlhuaba hatte nichts, aber schon gar nichts bei einer Ausschusssitzung verloren, worauf Sepp selbstverständlich hingewiesen hatte. Nur war ihm Irmi ins Wort gefallen – sie hatte Maierbrugger eingeladen. Die Meinung eines Rechtsanwaltes könnte nur von Vorteil sein. Von wegen! Mit den Paragrafenreitern wurde nur alles komplizierter.

»Vor allem beim Kahlwild haben wir Aufholbedarf«, betonte Irmi.

Seit wenigen Jahren galten seitens der Kärntner Jägerschaft bei Rotwild die neuen Abschussrichtlinien mit der Vorgabe eins zu vier, was bedeutete, dass auf einen Hirsch vier Stück Kahlwild geschossen werden mussten. Ein nahezu unerreichbares Ziel, erlegten doch die meisten Jäger – auch die in der Hubertusrunde und Sepps beharrlichen Mahnungen zum Trotz – bevorzugt Trophäenträger, um sich die Geweihe an die Wand hängen zu können.

»Wir müssen die Vereinsmitglieder dazu motivieren, mehr auf Tier und Kalb zu gehen«, redete der Maierbrugger wieder gschwoln daher.

»No na net!«, kommentierte Sepp die überflüssige Feststellung.

»Ja, das Kahlwild ist ein großer Brocken. Die Reduktion vom Rotwild funktioniert aber nur über die weiblichen Tiere. Ich meine, uns geht's eh gut in unserem Revier. Aber was sie in anderen Gebieten für die Wildschäden zahlen müssen, das ist ein Wahnsinn«, sagte Vinzenz, der als Kassier ganz wichtig auf die roten und schwarzen Zahlen schielte.

»Meine Herren, was machen wir? Vorschläge?«, fragte Irmi in die Runde.

Ha, da fiel dem Juristen juristisch nichts ein! Sepp griff nach dem vom Bezirksjägermeister vorgegebenen zweijährigen Abschussplan für ihren Verein, den Irmi vor sich liegen hatte und in den sie die bisherigen Abschusszahlen eingetragen hatte. Die Differenz zwischen Soll und Haben war groß.

»Wir müssen den Mitgliedern ordentlich Feuer unterm Arsch machen«, meinte Sepp.

»Etwa mit vereinsinternen Strafzahlungen?«

»Nein, Vinzenz, Mäuse fängt man mit Speck!«

Dem Herrn Kassier klappte der Kiefer hinunter. »Willst du

eine Art Bonus auszahlen?«, fragte Vinzenz, der Vereinsgeizkragen, entsetzt.

»Schau nicht so daschiacht. Hast du nur Geld im Schädel?« Sepp versetzte ihm einen – leichten – Schlag auf den Hinterkopf; so was förderte bekanntlich das Denkvermögen. »Wir haben noch vier gute Hirsche frei, sogar ein Einserhirsch ist noch zum Ernten. Auf den sind alle ganz heiß, oder nicht?« Sepp verzog die Lippen zu einem schiefen Grinsen und blickte herausfordernd von einem zum anderen. Alle nickten. »Gut. Dann geben wir vereinsintern die Regel aus, dass nur der einen Trophäenträger schießen darf, der mindestens vier Stück Kahlwild vorgelegt hat. Werdets sehen, wie schnell wir den Mitgliedern den Schlendrian austreiben.«

Nach einer kurzen Denkpause und Gemurmel war es Irmi, die ihr Glas Rotwein hob. »So machen wir's.«

»Ja, das könnte wirken, weil die Gier ist ein Schwein«, stimmte Toni Brugger zu und leerte auf einen Zug sein Bier.

Sepp formulierte im Kopf schon einen passenden SMS-Text für die Vereinsmitglieder. Und er überlegte, wo er den Einserhirsch erwischen könnte. Schließlich hatte er bislang mit Abstand am meisten Kahlwild erlegt.

»Das war eine sehr gute Idee, Sepp«, erklärte Irmi.

Er richtete sich in seinem Stuhl auf und nahm die Schultern zurück. »Man tut, was man kann«, winkte er bescheiden ab. »Und wie gesagt, ich jage nicht erst seit gestern.«

Sepp überlegte sich einen guten Schmäh, aber Maierbrugger drängte sich dazwischen.

»Irmi, soll ich dir den ersten Entwurf für die Homepage zeigen?«

»Gern! Wow, bist du schnell!«

»Ja, der Maierbrugger ist schnell und überall.« Sepp war stolz, dass ihm so spontan ein passender Witz einfiel. »Schnell miad und überall im Weg.«

Toni Brugger war der Einzige, der mitkam und lachte. Irmi schaute nur groß, und Maierbrugger konzentrierte sich mit gerunzelter Stirn darauf, sein Notebook aufzubauen.

»Da haben wir's.« Maierbrugger drehte den Laptop so, dass Irmi eine gute Sicht darauf hatte, und rückte nah an sie heran. Er nahm die Brille ab und hielt sie zwischen Daumen und Zeigefinger der linken Hand, während er wild mit der Maus herumklickte. »Da haben wir den Home-Button, da die Mitglieder und die aktuellen Fotos. Ein Gästebuch habe ich auch angelegt. Schau, ein Probeeintrag von mir …«

Außer dem Vinzenz, der auf Irmis anderer Seite saß und sich vorbeugte, bekam niemand am Tisch etwas von der Homepage mit. Ungeduldig drehte Sepp sein halb leeres Glas zwischen den Fingern. Toni rief die Wirtin herbei und bestellte noch eine Runde. So wie es aussah, konnte es heute noch länger dauern.

»Und, wie gefällt sie dir?«, fragte Maierbrugger, seine Brille affektiert hin und her schaukelnd.

»Hm. Ja. Ganz vielversprechend.« Irmi tippte sich mit dem Zeigefinger auf die Lippen. »Es ist lei …«

»Was? Passt was nicht?«

Kleinlaut starrte Maierbrugger auf den Bildschirm und fuhr mit der Maus hin und her.

Irmi druckste herum. »Es ist … die Farbkomposition. Die harmoniert nicht so ganz mit unserem Image als naturverbundenem Jagdverein.«

»Hä?«

Ha! In letzter Sekunde verschluckte Sepp ein von Herzen kommendes »Schlecka Patzl!«. So kindisch war er nicht.

Hilfeheischend sah sich Irmi um, und natürlich stand Sepp ihr bei. Er griff nach dem Notebook und drehte es zu sich herum.

»Da hat die Irmi völlig recht. Die Farbkomposition passt ja gar nicht!«, verkündete er.

Was immer sie darunter verstehen wollte. Sepp warf einen zweiten Blick auf den Homepage-Entwurf. Der kräftige dunkelviolette Text auf gelbem Hintergrund war seiner Einschätzung nach gut lesbar, ebenso die blauen, fett gesetzten Zwischenüberschriften, die sprangen einem richtig ins Auge. Vielleicht störten Irmi die als Bildlegende eingesetzten grünen

Textfelder mit der kursiven Schrift? Oder war es die alles andere überragende Schwarz-Weiß-Grafik eines Hirschgeweihs mit dem Logo des Jagdvereins? Egal, Sepp war ja kein Experte. Es zählte nur, dass Maierbrugger in Irmis Augen nun auch keiner mehr war.

»Was?«, stotterte das verkannte Genie.

»Setz sie hålt wieder auf, deine Gogolore«, feixte Sepp. »Dann siehst es selbst!«

Nein, Maierbrugger sah es nicht. Schlussendlich schlug Irmi vor, dass sich ihr Sohn Bastian das Projekt einmal ansehen sollte; immerhin studierte er irgendetwas mit Medien.

»Gute Idee«, stärkte Sepp ihr den Rücken. »Wenn man was Ordentliches haben will, geht man zum Schmied und nicht zum Schmiedl.«

Seltsamerweise hatte es Maierbrugger danach eilig, auszutrinken und sich zu verabschieden.

»Sepp, kann ich dich noch kurz unter vier Augen sprechen? Draußen.«

Er folgte Irmi hinaus auf den Parkplatz, wo sie die Heckklappe ihres nagelneuen braunen Dacia Duster öffnete.

»Das musst dir anschauen.«

»Schönes Auto«, meinte Sepp ein wenig ratlos.

Sie seufzte, kramte aus einem Korb ein in Alufolie gewickeltes Etwas heraus und drückte es Sepp in die Hand. »Du weißt, was das ist?«

»Ja«, brummte er, nachdem er die Folie auseinandergekletzelt hatte.

Es sah fast ein bisserl aus wie Rindenmulch, doch der typische Mostgeruch war unverkennbar. Apfeltrester. Also das, was beim Pressen von Apfelsaft von den Früchten übrig blieb.

»Sepp, weißt auch, was das bedeutet?«

»Oh ja.« Seine Hand ballte sich von selbst zur Faust.

Traudl füllte zwei Schöpfer vom dampfenden Gerschbrein in den Warmhalteteller. Wenn Papas Lieblingsgericht ihn nicht dazu bringen konnte, aus seinem Schmollwinkel herauszukommen, dann half alles nichts mehr. Seit dem heftigen Streit am Sonntag – ausgerechnet an seinem Geburtstag – hatte er sich im Auszugsstiberl vergraben. Am Montag hatte er sie wenigstens noch in seine Keusche hineingelassen, als sie ihm sein Mittagessen brachte. Seit gestern aber war die Haustür versperrt.

Selbst wenn Traudl einen Ersatzschlüssel hätte, würde sie ihn nicht benutzen. Wenn der Alte spinnert war, sperrte er sich gern ein, und es war am besten, ihn in Ruhe zu lassen. Die Lektion hatte sie gelernt, als er ihr einmal zornig einen Zoggl nachgeworfen hatte. Was harmlos war im Vergleich zur Håckn, mit der er Heinz gedroht hatte. Nein, ein Sicherheitsabstand war angeraten. Er würde sich schon wieder beruhigen.

Als sie wenig später an seiner Haustür und dann noch an den Fenstern klopfte, reagierte er nicht. Sie versuchte, beim kleinen, vergitterten Küchenfenster hineinzuspähen, doch die Gardine war zu dicht, als dass sie etwas hätte erkennen können. Sie stellte ihm den Teller vor die Tür.

Traudl ging zurück Richtung Haupthaus, schlug dann aber den Weg hinunter ein. Sie umrundete den Garten – da müsste der Heinz auch mal ein paar morsche Lattln austauschen – und blieb dann unter dem Kastanienbaum stehen.

Auf dem Roan darunter befand sich der Troadkastn, den sie seit Jahrzehnten nicht mehr für Getreide nützten, sondern zum Ferienhaus umgebaut hatten. Sie sah Viktor Riedls Auto und gleich darauf ihn selbst. Er war nur ein paar Zentimeter größer als sie, von untersetzter Statur und damit nicht gerade das, was man landläufig ein stattliches Månsbüld nennen würde. Sein hellbraunes Haar war schon recht schütter, die langen Strähnen kämmte er sich über den Oberkopf, um die kahlen Stellen zu verbergen. Aber ihr Herz schlug schneller in ihrer Brust.

»Guten Abend«, rief sie hinunter, bevor er mit dem Einkaufsackerl in der Hand im Ferienhäuschen verschwinden konnte.

»Edeltraud!«

Er bestand darauf, sie bei ihrem vollen Namen zu nennen.

»Du bist nicht nur eine Traudl, du bist eine ganz Edle«, hatte er gesagt.

Seine charmante Art war es, die sie anzog. Er interessierte sich für sie. Wenn er sie aus seinen warmen braunen Augen anblickte, fühlte sie sich nicht länger unscheinbar, sondern als Frau, die durchaus noch die Chance hatte, als Topf ihren Deckel zu finden. Sie war nie viel herumgekommen, nicht einmal als junges Madl.

»Lass das schtiazln gehen«, hatte der Papa immer geschimpft, wenn sie den Wunsch geäußert hatte, mit Gleichaltrigen auszugehen. Als mahnendes Beispiel hatte er Cousine Linde angeführt, die mit nicht einmal achtzehn Jahren Irmi auf die Welt gebracht hatte. »Ein Bankat! Mit so was kommst du mir nicht heim! Willst eppa gâr a Flitschale werden? Glaubst, dass dich dann noch ein anständiger Mann heiratet? Du hast nix herumzuschtrawanzn, es gibt am Hof genug für dich zu tun.«

Traudl hatte sich nie in Verruf gebracht. Einen braven, anständigen Mann hatte sie dennoch nicht gefunden; oder ein solcher hatte sie nicht gefunden, wo sie doch mehr oder weniger am Hof versauerte. Heinz' hartherzige Bemerkung, dass keiner sie hatte haben wollen, war schmerzhaft gewesen. Er hatte einen wunden Punkt getroffen, und sie wollte nichts mehr, als ihm und sich selbst beweisen, dass es anders war.

»Möchtest du mir ein wenig Gesellschaft leisten?«, fragte er mit seiner weichen Stimme. »So sehr ich die ländliche Ruhe schätze, ist mir mit dem Fernseher allein doch ein wenig fad.«

»Ähm … es ist Zeit fürs Nachtmahl. Ich muss … Also … ein wenig später vielleicht? Oder«, sie nahm ihren ganzen Mut zusammen, »magst mitkommen und mit uns essen? Es ist nichts Besonderes, ein Gerschbrein.«

Viktor zögerte. »Ich weiß nicht. Aufdrängen will ich mich nicht.«

Kein klares Nein war so viel wie ein Ja.

»Das tust du nicht. Außerdem, wir bieten Urlaub am Bauernhof an, da gehört der Familienanschluss sozusagen zum Paket. Also, wenn du magst.«

Lang sagte er nichts, sein Blick war fest auf sie gerichtet. Verlegen biss sie sich auf die Lippe. »Mögen würde ich schon. Wenn du sicher bist, dass deine Familie nichts dagegen hat? Ja, dann gern.«

Traudl lachte aufgedreht, als Viktor nach ihrer Hand griff und sie gemeinsam zum Haus hinaufspazierten. Eigentlich eh gut, dass Papa bockte und nicht aus seiner Stube kam. Wenn die beiden Streithansln nicht zusammenkamen, würde das Nachtmahl sehr viel friedlicher verlaufen. Sie wollte vor Viktor keinen schlechten Eindruck machen.

Heinz, der würde Augen machen, wenn sie einen Mann mitbrachte.

6

»Wie heißt der weibliche Fuchs, Matthias? Das habe ich jetzt schon zwei Mal erklärt!«

Sepp sah auf seine Armbanduhr. Erst halb elf. Wie mit Irmi verabredet, hatten sie sich an diesem vermaledeiten Donnerstag pünktlich um neun vor dem Gemeindeamt getroffen. Aber erst als sie nach kurzem Fußmarsch ihr Ziel erreicht hatten, erkannte Sepp: Er hatte einen Fehler gemacht. Einen großen Fehler. Und er war Mann genug, es sich selbst – obwohl niemals anderen gegenüber – einzugestehen.

Jetzt hockte er in seiner speckigen Kråchanen auf dem ungemütlichen Holzstuhl, der viel zu klein war für ihn. Er fühlte sich von Irmi und Maierbrugger nach Strich und Faden hereingelegt. Jagdliches Wissen an den Nachwuchs weitergeben. Von wegen! Er hatte Jungjägerinnen und Jungjäger mit halbwegs einem Vorwissen erwartet, die er nur noch in die Feinheiten des Waidwerks einweihen müsste, so wie den Reini. Aber nein. Die Deppen vor ihm wussten ja nicht einmal die grundlegendsten Dinge, eine Schande war das.

Und Irmi wusste genau, dass sie ihn aufs Glatteis geführt hatte. Sie wusste es! Denn kaum hatten sie das Gebäude betreten, hatte sie ganz süffisant gefragt, ob sie die Leitung übernehmen sollte und er ihr assistieren wollte. So weit kommt's noch! Dem Maierbrugger hatte sie es doch auch zugetraut. Sepp hätte sich lieber den linken Arm abgeschnitten, als sich die Blöße gegeben, vor der Aufgabe zurückzuschrecken. Er würde es ihr zeigen.

Nur drohte er an Matthias zu scheitern, der ihn als Lehrer dumm dastehen ließ, weil er sich einfach nichts merkte. Der hatte ein Hirn wie ein Nudelsieb.

»Denk nach, du …« Den Rest verschluckte Sepp.

Matthias sah aus, als ob er gleich zu weinen anfangen würde.

Sepp klatschte sich mit der Hand auf den Oberschenkel, um mehr Aufmerksamkeit zu erreichen.

»Für was erkläre ich euch die Bezeichnungen für das Wild, wenn ihr euch gar nichts merken könnt. Weiß irgendjemand, wie der weibliche Fuchs heißt?

»Fähe«, schrie die vorlaute Gitschn mit dem langen blonden Zopf.

»Richtig, ähm … du da.« Er hatte sich den Namen der Streberin nicht gemerkt. War ja auch egal.

»La-ris-sa. Das habe ich *dir* schon dreimal gesagt!«

Larissa sah ihn böse an. So richtig böse. Als ob sie ihm gleich an die Gurgel springen würde. Sepps Hand zuckte zu seinem Hals hoch. Er wich ihrem Blick aus und beugte sich zu seinem Lodenrucksack hinunter, der zu seinen Füßen lag. Ein Ass hatte er noch im Ärmel.

Der bisherige absolute Höhepunkt war seine Bockbüchsflinte gewesen. Vor allem die Burschen hatten sich geradezu darum gerissen, wer als Erster durch das Zielfernrohr schauen durfte. Mit dem Halten hatten sie sich noch ein wenig schwergetan – keine Muckis! –, aber mit seiner Hilfe hatte sich selbst der Matthias nicht allzu blöd angestellt. Nur war er enttäuscht gewesen, dass es keinen Tuscha machte, als er den Abzug drückte. Als ob er ihm ein geladenes Gewehr überlassen hätte.

Sein scharfer Knicker war zugegeben nicht die allerbeste Idee gewesen. Andererseits hatte Irmi bei der Gelegenheit gleich einen Erste-Hilfe-Schnellkurs integrieren können. Ein Pflasterl oder zwei später, und schon war alles wieder gut. Nix passiert. Ihr provokantes »Messer, Gabel, Schere, Licht …«, in das die anderen sofort im Chor eingefallen waren, hätte sie sich sparen können.

»Jetzt schauts amål her, was ich euch noch schönes mitgebracht habe.« Er kam sich jetzt schon ein bisserl vor wie der Nikolo.

Reini Hader hatte am Vortag eine alte Rehgas erlegt und ihm bereitwillig das Häuptl überlassen. Ganz vorsichtig zog er es aus dem Plastiksack, darauf bedacht, dass nicht der Letzte

Bissen aus dem Äser rutschte. Ein Bock wäre Sepp zwar lieber gewesen, aber die Besonderheiten des Rehgeweihs konnte er später anhand der mitgebrachten Krickerln erläutern. Er überlegte, ob er nachher auch noch die dunkel glänzenden Lichter sezieren sollte, um den Aufbau des Auges zu demonstrieren. Irgendwie gefiel er sich in der Rolle des allwissenden Lehrers. Erwartungsvoll hielt Sepp das Häuptl hoch, damit es alle gut sehen konnten.

»So, wer kann mir sagen, was das ist?«

Er bekam jedoch nur einsilbige Antworten, die dafür in voller Lautstärke und in einer Frequenz, die beinahe über seinem Hörvermögen lag.

»Iiiiiih!«

»Ahhhhh!«

»Bääääääh!«

»Sepp«, übertönte Irmi das Gekreische. »Tu das weg!«

Verärgert ließ er das Häuptl sinken. »Die stellen sich ja an wie –«

»Kleine Kinder? Ja, wir sind ja auch im Kindergarten!«, fauchte Irmi ihn an.

Die vorher so schneidige Larissa – oh ja, den Namen vergaß er nicht mehr – heulte wie ein Schlosshund. Wie eine Glucke trieb die Kindergartenpädagogin, von Irmi unterstützt, die Fråtzn aus dem Raum.

Sepp blieb mit einem Mordsgrant allein zurück. Nun ja, fast allein.

Matthias stand neben ihm und zupfte an Sepps Hemdsärmel. »Ich muss Lulu!«

»Das hast du absichtlich gemacht!«, wetterte Sepp, als sie zwei Stunden später im Café Oberstbergmeisteramt Platz nahmen.

Irmi ignorierte ihn eiskalt und lächelte die Kellnerin freundlich an. »Bitte bringen Sie mir einen Cappuccino und dem Herrn hier etwas zur Beruhigung.«

»Für ein Beruhigungsmittel müssen S' ein Stück weiter zur Apotheke gehen«, antwortete diese.

Hatte sie in der Witzkisten geschlafen?

»Wie wäre es mit einem Kaffee?«

Sepp nickte schroff. »Einen Verlängerten.«

Irmi gönnte sich eine Mehlspeise dazu; er war schon angefressen genug.

»Du hast nie etwas von Kindergarten gesagt«, grollte er.

»Du hast nie gefragt, wo oder was.«

»Also … wirklich … das …«

Unbeeindruckt schürzte sie die rot angeschmierten Lippen und klimperte übertrieben mit ihren schwarzen Wimpern. In seiner momentanen Stimmungslage erinnerte sie ihn damit an eine Hexe.

»Sepp!« Ihr Zeigefinger mit dem rot lackierten Nagel fuhr direkt auf seine Nase zu. »Du hast dich aufgedrängt und wolltest das machen, ohne zu fragen, um was es eigentlich geht. Der Haribert hätte –«

»Hör mir auf mit dem Maierbrugger!«

Sie lehnte sich zurück, als der Kaffee serviert wurde.

»Weht daher der Wind? Ich weiß, dass du ihn nicht besonders magst. Ist es dir darum gegangen, ihn auszustechen?«

»Blödsinn.« Er konzentrierte sich ganz darauf, Zucker in seine Tasse zu löffeln.

»Ich weiß, dass du oft ein Grantnzipf bist« – Sepp schnaufte empört – »aber ich dachte, gegenüber Kindern würdest du dich zusammenreißen und eine andere Seite zeigen. Du kannst Kinder nicht wie Erwachsene behandeln und sie überfordern, und schon gar nicht kannst du so ein Programm fahren wie vorhin und die Kleinen anschnauzen. Du musst dich in sie hineinversetzen und ihnen altersgerecht erklären, um was es geht. Herrgott, Sepp, du warst doch auch einmal ein Kind! Erinnerst du dich nicht mehr daran, wie es war?«

»Nur damit du es weißt, der Maierbrugger hätte es auch nicht besser gemacht.«

»Du hörst dich jetzt genauso an wie der Matthias vorhin.« Sie äffte den Tonfall eines tschentschenden Kleinkindes nach. »Die Larissa hat mir meinen Stift weggenommen.«

Sepp blieb die Luft weg.

Während Irmi in aller Seelenruhe ihre Topfentorte verspeiste, saß er perplex da und hätte sogar seinen Kaffee vergessen, wenn sie ihn nicht mit einem vielsagenden Blick daran erinnert hätte.

»So, können wir beide jetzt wieder wie Erwachsene reden?«, fragte sie.

Er presste die Lippen zusammen. Keineswegs schmollend! Dann hakte er die Kindergarten-Horror-Geschichte für sich ab. Es gab wichtigere, drängendere Fragen. »Wo hast den Apfeltrester gefunden?«

Sie beschrieb ihm die Stelle. Wenn Irmi ihm nicht gerade einen bösen Streich spielte, hatte sie einen klugen Kopf auf den Schultern. Ihr war sofort klar gewesen, dass niemand zum Spaß an abgelegenen Stellen Apfeltrester verteilte oder damit aus gütigem Herzen heraus Wild über einen harten Winter helfen wollte, zumal der erste Schnee noch nicht gefallen war.

»Eine Rotwildkirrung«, murrte er verärgert.

»Eine Lockfütterung.«

Der – illegale – Versuch, Rotwild an einer bestimmten Stelle vor den Lauf zu bekommen. Landesjägermeister Ferdinand Gorton hatte es vor ein paar Jahren bei einer Hegeringleitertagung auf den Punkt gebracht: »Wer kirrt, fliegt raus!« Wenn Sepp den Übeltäter ertappte, würde der sich sehr schnell Flügel wünschen. Ihm fielen auf Anhieb mindestens fünf Methoden ein, um dem Mistkerl die Wadel viri zu richten.

Da Irmi die Kirrung tief im Jagdgebiet der Hubertusrunde entdeckt hatte, war zu neunundneunzig Prozent klar, dass nur einer der Ihren verantwortlich sein konnte. Dass ein mit den örtlichen Gegebenheiten vertrauter Ortsansässiger auf die Idee käme, ausgerechnet in dem Revier zu wildern, in dem Sepp Flattacher Aufsichtsjäger war, erschien unwahrscheinlich, hatte er doch erst im letzten Jahr eindrucksvoll und medienwirksam unter Beweis gestellt, dass mit ihm nicht gut Kirschen essen war. Ha, die »Kronen Zeitung« hatte einen Beitrag sogar unter den Titel »Mölltaler Aufsichtsjäger verjagt die Mafia«

gestellt. Nicht, dass Sepp die Aufmerksamkeit der Medien oder die jähe Berühmtheit im Tal gewollt hätte. Aber als alter Beamter hatte er die Berichte doch sorgfältig herausgetrennt und in einer Mappe archiviert.

»Wenn wir den Täter erwischen wollen, müssen wir das strategisch angehen«, erklärte Sepp im Bewusstsein seiner vergangenen Glanztaten. »Hast was zum Schreiben eingesteckt in deinem Zegga?«

Zufrieden sah er Irmi zu, wie sie eifrig in ihrer Tasche kramte und Schreibblock und Kugelschreiber aus den unendlichen Weiten barg.

»Jetzt machen wir eine Liste.«

Sie runzelte die Stirn und klang skeptisch. »Eine Liste?«

»Natürlich eine Liste! Was glaubst denn, wie ich deinem Vorgänger auf die Spur gekommen bin?«

Da hatte er auch eine Liste mit Verdächtigen verfasst. Er konnte sich allerdings nicht mehr konkret daran erinnern, ob ihm diese irgendwie weitergeholfen hatte, weil sich dann die Ereignisse ja doch überstürzt und ihn im wahrsten Sinne des Wortes überrumpelt hatten. Egal.

Sepp mochte Listen. So wie bei der Bahn die großen Tafeln mit den Abfahrts- und Ankunftszeiten und der Angabe der Gleise. Tabellen waren so schön klar und halfen ihm beim Denken. Gerade im Chaos und angesichts einer Fülle verwirrender Informationen empfand er es als hilfreich, Struktur hineinzubringen und dadurch einen Überblick zu gewinnen. Schwarz auf weiß, daran war nicht zu rütteln.

»Mach drei Spalten.«

Sie zog zwei säuberliche Striche.

»Jetzt trag in der ersten Spalte die Jagdvereinsmitglieder ein.«

»Alphabetisch oder der Funktion nach oder wie?«

Irmi wurde ihm immer sympathischer.

»Nach Funktion«, entschied er spontan. Dann konnte der Haribert Maierbrugger nicht gleich nach der Irmgard Leitner aufscheinen, sondern rangierte weit unter Flattacher unter ferner liefen. »Erst der Vorstand, dann alphabetisch die Mitglieder.«

Eine schöne Handschrift hatte sie. Sauber und dennoch eindeutig weiblich. Da sie eine Weile damit beschäftigt sein würde, bestellte Flattacher für sie beide noch Kaffee. Er konnte ein Gentleman sein.

Als sie fertig war, blickte sie zu ihm auf und erwartete seine nächste Anweisung. Wunderbar.

»Was kommt in die nächste Spalte?«

Er überlegte. »Da schreiben wir rein, wie lange sie in etwa schon im Verein sind.«

Als Mitglied der ersten Stunde konnte Sepp hierbei mit seinem überlegenen Wissen glänzen; schließlich wusste er so ziemlich genau, wer wann dazugestoßen war.

»Dritte Spalte?«

Gute Frage. Ihm fiel nichts ein. Drei Spalten hatte er deshalb vorgeschlagen, weil drei eine schöne Zahl war für Tabellen und Irmi bei ihm sitzen blieb, solange sie zu schreiben hatte. Er überflog die Namen und hatte keine Ahnung, welche Informationen sie noch sammeln könnten, die ihnen im Fall der verbotenen Rotwildkirrung irgendwie weiterhelfen würden. Sollten sie eine Klassifikation vornehmen wie bei den Hirschen? Statt Einser-, Zweier- und Dreierhirsch hätten sie dann in etwa Toker, Depp, Volldepp …

»Sollen wir vielleicht irgendwie nach … ich weiß nicht … Grad der Verdächtigung ordnen? Wer von den Mitgliedern eher nicht in Frage kommt und wem wir zutrauen würden …«

»Hm«, brummte Sepp. »Gar keine schlechte Idee.«

»Eine Skala von eins bis fünf?«

Eins für Tschrirsche, zwei für Depp und so weiter … ja, damit konnte Sepp sich anfreunden.

Allerdings erwies es sich als einigermaßen schwierig – und langwierig, wogegen Sepp jedoch gar nichts einzuwenden hatte –, die einzelnen Jagdvereinsmitglieder zu beurteilen. Konkrete Hinweise hatten sie schließlich nicht. Es ging mehr um die Frage, wem sie eine solche Schandtat zutrauen würden.

Bei Karl Hartmann schrieb sie eine Zwei hin.

»Weibliche Intuition«, lieferte sie als Erklärung, woraufhin er vielsagend die Augen rollte.

Toni Brugger bekam eine Vier. Bei Vinzenz Hinteregger bestand Sepp auf einer Fünf. Wer einen zu guten Schmalspießer schoss, obwohl anderes vereinbart war, könnte durchaus noch mehr am Kerbholz haben.

»Reinhard Hader?«, fragte Irmi unschlüssig. »Ich weiß, du hast dich für ihn eingesetzt, damit er im Verein aufgenommen wird. Aber er ist erst ein knappes Jahr dabei, und wir haben jetzt zum ersten Mal mit Kirrungen zu tun …«

»Niemals.«

Das tät sich der Reini nie getrauen! Dem hatte Sepp die Regeln eingebläut, dass er sie noch im Schlaf rückwärts aufsagen könnte. Der Jungjäger war eine ehrliche Haut und offen gesagt auch alles andere als ein kriminelles Mastermind, sondern ein Påtschgoggl und garantiert zu dumm zum Lügen, selbst wenn sein Leben davon abhängen würde. Wer in Sepps Revier kirrte, der musste schon ein sehr åbgedrahter Hund sein.

»Ist das jetzt deine Intuition?«

»Nein, das habe ich im Morgenurin! Beim Reini kannst eine Eins hinmalen.«

Skeptisch betrachtete Irmi das Blatt. »Bist sicher, dass wir damit weiterkommen? Etwas wirklich Handfestes haben wir ja nicht.«

»Das ist ja lei eine vorläufige Liste. Du wirst sehen, die Beweise werden sich mit der Zeit schon zåmlempern. Wir streichen zizerlweis weg, wer als Verdächtiger ausgeschlossen wird, und am Schluss haben wir sie, die linke Kretzn!«

»Sollen wir vielleicht Haribert fragen –«

»Niemals!«

»Ich meine ja nur, weil er als Rechtsanwalt Ahnung hat von –«

Sepp legte die Hände auf den Tisch und beugte sich vor. »Jeder ist verdächtig! Auch der werte Dr. Maierbrugger. Der« – er stach seinen Finger auf Maierbruggers Namen – »kriegt mindestens eine Vier. Deshalb arbeiten an dem Fall nur wir beide, allein. Das geht sonst keinen was an! Klar?«

»Abgemacht.«

»Geht doch«, murmelte Sepp in seinen Bart.

Irmi verstaute gerade das Schreibzeug in der Tasche. »Was hast gesagt?«

»Nix.«

Martin steuerte den Dienstwagen die B 106 in östlicher Richtung. Gleich nach der Kirche Maria Tax in Stallhofen bog er links und sofort wieder rechts ab und fuhr den Bichl hinauf an einem Trafo vorbei. Auf der Kuppe stand rechts des Weges ein mächtiger, jetzt im November natürlich entlaubter Kastanienbaum, auf der linken Seite befand sich eine kleine Wegkapelle mit einer Marienstatue. Unmittelbar nach dieser bog er in eine Sackgasse ein. Da hätte er das Navi gar nicht gebraucht, das ihm mitteilte: »Sie haben Ihr Ziel erreicht.« Die Ortschaft Leutschach bestand nur aus ein paar Häusern. Darüber erhob sich die weithin sichtbare Burg Falkenstein mit ihrem markanten Turm.

Er parkte gleich hinter der Kapelle vor einer niedrigen, offenen Garage. Ob der darin abgestellte Steyr 86 mit dem im Vergleich zu modernen Traktoren auffallend schmalen Reifen noch funktionstüchtig war?

Das Gehöft unterschied sich nicht wesentlich von anderen seiner Art. Ein einstöckiges, schon sichtlich in die Jahre gekommenes Bauernhaus mit hölzernem Balkon und einem Stall, vor dem frei laufende Hühner ein hoffentlich glückliches Dasein führten. Zumindest vermittelten sie mit ihrem Gegacker einen Hauch von Lebendigkeit an diesem trüben Tag. Alles war grau in grau und der Himmel wolkenverhangen. War der Altbauer Gerfried Ragger dem Novemberblues erlegen?

Lauter als beabsichtigt schloss Martin die Autotür hinter sich. Eindeutig: Der November musste auch ihm aufs Gemüt schlagen, wenn er gleich vom Schlimmsten ausging. Noch wusste er nicht mehr, als dass sich ein Fünfundachtzigjähriger in seinem Haus eingeschlossen hatte und seit zwei Tagen nicht mehr gesehen worden war.

Eine mollige Frau mittleren Alters trat aus dem Haus, ein

Mann folgte ihr. Sie stellten sich als Traudl und Heinz Ragger vor.

»Der Vater wohnt im Auszugsstiberl«, sagte Traudl hastig.

Martin sah zum winzigen Nebengebäude hin, keine drei Meter vom Haupthaus entfernt. Das ebenerdige Erdgeschoss mit dem türlosen Eingang fungierte eindeutig als Rumpelkammer. Im Stockwerk darüber ließen jedoch normale Flügelfenster auf Wohnräume schließen.

»Da?«, fragte er und nickte hinüber.

»Nein, über dem alten Saustall wohnt Pauli Schindler, unser Knecht«, erklärte Heinz Ragger. »Das Auszugsstiberl ist auf der anderen Seite.«

Die Sackgasse führte noch ein wenig weiter hinauf zu einem Einfamilienhaus, bevor der Wald begann. Der Bauer geleitete ihn über einen – Martins laienhafter Einschätzung nach dringend sanierungsbedürftigen – Steg auf die andere Seite eines Rinnsals. Über eine Weide führte ein ausgetretener Pfad zu einem urigen Holzhaus, das sich Martin gut als lauschige Almhütte vorstellen konnte. Mit Blick auf die in Richtung Bundesstraße gelegenen modernen Einfamilienhäuser wirkte es jedoch seltsam deplaziert, obwohl es schon lange vor den Neubauten hier gestanden hatte.

»Ist es das erste Mal, dass sich Ihr Vater im Haus einsperrt?«

»Nein, der Vater hat öfter seinen Spinner. Spätestens wenn ihm der Speck ausgeht, kommt er normalerweise wieder raus. Kein Grund zur Aufregung.«

»Aber nachschauen können Sie doch zur Sicherheit, Herr Inspektor?«

»Geh, die Polizei verplempat nur ihre Zeit! Meinst, die hat nichts Besseres zu tun?«, schnauzte Heinz, der die Sorge seiner Schwester keineswegs teilte. Ihm schien der Polizeieinsatz eher unangenehm zu sein.

Martin klopfte an die Tür und ans Fenster. Keine Reaktion. Das musste jedoch nichts bedeuten. Wenn Gerfried Ragger seine Familie nicht sehen wollte und sich einschloss, wäre es

nur konsequent, auch nicht auf seine versuchte Kontaktauf-
nahme zu reagieren.

»Sind Sie sicher, dass er im Haus ist? Könnte er sich bei
Freunden aufhalten oder –«

Heinz schnaubte. »Der Alte hat kane Freund. Ins Gasthaus
geht er a nit.«

»Der Papa ist immer daheim! Wissen S', er ist nicht mehr
so gut zu Fuß.«

»Haben Sie einen Zweitschlüssel? Nein?«

Martin drückte die Klinke hinunter und rüttelte daran. Beim
Schloss handelte es sich um ein einfaches Buntbartschloss, und
Martin bückte sich, um zu prüfen, ob der Schlüssel von innen
steckte. Das tat er nicht. Tür und Rahmen waren alt. Er warf
dem Bauern einen fragenden Blick zu. »Sollen wir …?«

Heinz nickte. Viel mehr als ein kräftiges Dagegenstoßen mit
der Schulter war nicht erforderlich.

»Papa? Papa? Wo bist denn?«

»Warten Sie bitte hier«, hielt Martin die aufgeregte Traudl
zurück.

Er prüfte Wohnraum, Schlafzimmer und Bad und stieg auch
die wackelige hölzerne Stiege zum zugigen Dachboden hinauf.

»Er ist nicht da.« Martin zog die schief in den Angeln hängende Haustür hinter sich zu. Ein besserer Pappendeckel. Mit
gerunzelter Stirn sah er den kräftigen Bauern an. »Sie haben
nicht versucht, sich Zutritt zu verschaffen?«

»Ich bin doch nicht lebensmüde.« Heinz zwirbelte seinen
ausladenden Schnauzer. »Der Vater kann ganz schön rabiat
werden, wenn er –«

»Heinz! Red nicht so, was soll denn der Herr Inspektor von
uns denken.« Traudl warf Martin einen beschämten Blick zu.

Genau, dachte Martin verärgert. Nur nichts sagen, was einen
Hinweis darauf geben könnte, was hier los war und ihm – Gott
bewahre! – bei seiner Arbeit weiterhelfen könnte. Was für eine
Logik: Erst die Polizei rufen und dann Angst haben, was die
über einen denkt. Er hasste dieses Heile-Welt-Spielen, das
besonders, aber nicht nur in ländlichen Gegenden verbreitet

war. Mord und Totschlag in der Familie, häusliche Gewalt und Missbrauch – nichts davon sollte nach außen dringen; tat es aber dennoch. Meist wusste das ganze Dorf, was los war, und unter der Hand wurde sehr wohl darüber getuschelt. Aber kaum jemand hatte so viel Herz und Verstand, die Untaten aufzuzeigen und die Behörden zu verständigen. Denn: Was sollten bloß die Leute denken? Eben.

Aber wehe, die Schreckenstaten kamen ans Tageslicht und wurden in den Medien breitgetreten. Dann haben alle auf einmal »ja schon immer gewusst und gsagt«, was los war. Wie viel Leid könnte man verhindern oder früher beenden, wenn die Leute besser wüssten, wann sie den Mund zu halten und wann sie ihre Stimme zu erheben hatten? Übereifrig jedes boshafte Gerücht verbreiten, aber wenn ein Ehemann seine Frau verprügelte oder der Großvater die kleine Enkeltochter jahrelang missbrauchte, traute sich keiner, als Erster das einzig Richtige zu tun. Wird schon ein anderer machen.

Noch entsetzlicher fand es Martin, wenn jene, die den Täter zu Recht anzeigten, oft genug die gepeinigten Opfer selbst, dann im sozialen Umfeld angefeindet und mit Vorwürfen konfrontiert wurden, weil sie ans Licht gebracht hatten, was nur im Schatten vor sich gehen durfte. Wie konnte man denn die womöglich im Dorf hoch angesehene Familie in Verruf bringen? Hat es denn sein müssen, dass das kleine Madl von acht Jahren den armen Opa vor allen bloßstellte? Kein Wort darüber, was der Opa dem Mädchen angetan hat. Schande über das Opfer statt über den Täter! Es war zum Kotzen.

Martin knirschte mit den Zähnen.

Er setzte einen kurzen Funkspruch an den Posten ab, um eine etwaige Suchaktion anzukündigen. Das bewohnte Gebiet Obervellachs war von der Freiwilligen Feuerwehr schon vor Jahren in über sechzig Sektoren eingeteilt worden, die es den Blaulichtorganisationen ermöglichten, das Wohngebiet systematisch und vor allem lückenlos zu durchsuchen und keinen noch so kleinen Garten zu übersehen. Außerhalb der Sektoren, vor allem im alpinen Gelände, übernahmen Bergrettung und

Alpinpolizei das Kommando. Ehe Martin jedoch die ganze Maschinerie in Gang setzte, wollte er die naheliegendste Möglichkeit, dass Gerfried Ragger sich noch irgendwo am Hof befand, ausschließen.

»Bevor wir mit Einsatzkräften und Hundestaffel starten, schlage ich vor, dass wir uns hier gründlich umsehen. Wenn sein Radius, wie Sie sagen, eingeschränkt ist, stehen die Chancen gut, dass wir ihn rasch finden.«

Traudl fingerte nervös am Ausschnitt ihrer hochgeschlossenen, geblümten Bluse. Ihr Bruder zupfte an seinem Schnurrbart herum. Angehörigen halfen in Ausnahmesituationen wie dieser erfahrungsgemäß klare Anweisungen. Martin bat Traudl, bei den Nachbarn nachzufragen, ob sich der Gesuchte bei ihnen aufhielt oder er gesehen worden war. Heinz eilte davon, um Unterstützung zu holen, und kam wenig später mit seinem Cousin Adolf Ragger und dem Knecht Pauli Schindler zu Martin zurück. In Zweiergruppen machten sich die Männer daran, den Hof abzusuchen.

Ein heißer Tipp war bei etwaigen Unglücksfällen am Bauernhof immer die Tenne. Schon so mancher war durch die Futterluke in die Tiefe gestürzt. Mit Heinz an der Seite betrat Martin über die in den Hang gebaute Tennenbrücke das Gebäude. Am weit offen stehenden Tor prangte neben einer längst veralteten Qualitätszertifizierung für Milch noch ein vergilbtes Plakat, das mahnend darauf hinwies, dass Tennen nicht als Abstellplätze für Traktoren geeignet wären, da – wie Martin las – beispielsweise durch Kurzschlüsse oder Treibstoffaustritt Brände verursacht werden und Versicherungen mit dem Verweis auf grobe Fahrlässigkeit ihre Leistungen zurückschrauben könnten.

Das Erste, was Martin ins Auge fiel, als er die Tenne betrat, war im Stock darunter ein wuchtiger Steyr 8090. Keine zwei Meter davon entfernt stapelten sich Heuballen. Er verkniff sich eine Bemerkung.

Vom Vermissten hingegen zeigte sich keine Spur.

»Er wird sicher nicht unter die Plane gefallen sein«, murrte

Heinz, als Martin eine solche hochhob, um darunterspähen zu können.

»Denkbar, dass er sich versteckt.«

»Was? Mein Vater ist fünfundachtzig, nicht fünf.«

Martin hatte keine Lust, den Bauern mit Anekdoten zu unterhalten, was sie als Polizisten bei der Suche nach Abgängigen schon alles erlebt hatten. Vor allem mit alten Menschen, die verwirrt waren, konnte man sein blaues Wunder erleben. So war es in Seniorenheimen ratsam, zuerst einmal das Gebäude zu überprüfen, da es leicht möglich war, dass sich die Vermissten gar nicht auf eine große Wanderschaft begeben hatten, sondern sich in einem anderen Zimmer versteckten und auf Rufe nicht reagierten.

Weder in den Verschlägen noch in der ehemaligen Melkkammer konnte ein Hinweis auf den Verbleib des Altbauern entdeckt werden. Daraufhin betraten sie das gegenüberliegende Nebengebäude. In der Rumpelkammer war er auch nicht. Heinz stieg die Stufen ins Obergeschoss hinauf, wo Pauli Schindler wohnte, und stieß die unverschlossene Tür auf.

Die Bezeichnung Saustall passte noch immer. Der Raum war mit seinen aus allen möglichen Holzarten und in unterschiedlichsten Stilrichtungen gehaltenen Möbelstücken so chaotisch, dass er schon fast wieder heimelig wirkte. Auf dem Tisch zeigten sich die Reste einer Jause, die – wie Martin einschätzte – nicht erst von gestern übrig geblieben waren. Ein Kasten stand offen; die Kleidungsstücke waren unordentlich in die Fächer geworfen, ob sauber oder schmutzig, war nicht festzustellen. Dusche gab es keine, lediglich ein Waschbecken vor einem verfliesten Wandbereich.

»Ist Pauli ein Verwandter?«, fragte Martin, die Gelegenheit nutzend, einen näheren Einblick in die sozialen Verhältnisse zu gewinnen.

Heinz schüttelte den Kopf und machte eine wegwerfende Geste, bevor er die Tür zuzog. »Na, der ist unser Hausstock, wie man früher gesagt hätte. Er hat zwar an festen Teckn, ist aber ein braver Schöpfer.«

»Wie lange arbeitet er schon hier?«

»Drei Jahre.«

»Gibt es irgendwelche Probleme oder Unstimmigkeiten …«

»Nein.«

Heinz zeigte ihm noch den Holzschuppen, und sie umrundeten das Haus.

»Im Haus haben Sie schon Nachschau gehalten?«

»Er war niandascht. Aber Sie können selbst nochmals durchgehen.«

Auf den Stufen vor der Haustür saß Pauli. Als er sie auf sich zukommen sah, sprang er hoch und zappelte wie ein Bub, der dringend aufs Klo musste, von einem Fuß auf den anderen.

»Wo ist der Adi?«, fragte Heinz harsch. Pauli zuckte die Schultern und stieß mit dem Fuß einen kleinen Stein zur Seite.

»Du bist doch mit dem Adi zusammen gewesen? Ihr solltet's unten bei den Wiesen und beim Troadkastn suchen!«

Der Knecht rieb sich mit beiden Händen über die Schenkel. Sein Blick flackerte unstet, und er begann zu nicken. »Des war a so.« Er hüstelte und rieb sich den Arm. »Des war a so … auf amål war er futschikato.«

Martin fuhr sich durch die Haare. Das war jetzt aber nicht wahr, oder? Den vermissten Gerfried Ragger hatten sie nicht gefunden, aber dafür einen weiteren Ragger verloren? Zumal Adolf Ragger nicht viel jünger als der Altbauer sein konnte. Martin schätzte ihn auf Mitte bis Ende siebzig. Wenn der quasi unter seiner Aufsicht bei der Suche nach einer anderen Person abhandengekommen war, würde ihn das einige Kisten Bier für die Einsatzkräfte kosten. Von den Spötteleien ganz abgesehen.

»Leck Buckl!«, stieß Heinz hervor.

Martin dachte Ähnliches.

»Hat er gesagt, wo er hinwollte?«, fragte er Pauli.

Der Knecht kratzte sich am Kopf, und es gelang Martin nicht, Blickkontakt herzustellen. »Nein«, erwiderte Pauli weinerlich. Obwohl Pauli die fünfzig gewiss schon überschritten hatte, wirkte er in seiner Art kindlich.

»Hast du«, Martin ging bewusst zum vertrauteren Du über

und versuchte, seine Frage beiläufig klingen zu lassen, »vielleicht gesehen, wo er hin ist?«

»Des war a so«, setzte Pauli nach einer Pause an. Er runzelte in voller Konzentration die Stirn und sah sich in alle Richtungen hin um. »Da!« Er streckte die Hand sehr vage in Richtung Wald aus, der gleich hinter dem Gehöft anstieg; allerdings fuchtelte er so wild herum, dass man sich als Beobachter nicht ganz sicher sein konnte.

»Warum zum Kuckuck soll der Adi in den Wald gegangen sein?«, schimpfte Heinz.

Pauli zuckte zusammen. »Ich weiß nicht. Ich weiß ja nix.«

»Kannst mich vielleicht mitnehmen und mir zeigen, wo du Adi zuletzt gesehen hast? Damit tätest mir sehr weiterhelfen.«

»Echt?«

»Ja, echt.« Martin klopfte ihm kumpelhaft auf die Schulter, und Pauli setzte sich etwas schwerfällig in Gang. Sie gingen die geteerte Sackgasse hinauf, die hinter einem Einfamilienhaus an einer schmalen Wiese endete. Vor ihnen ragte ein Schutzbauwerk der Wildbachverbauung auf, eine betonierte Sperre, die dem rechter Hand fließenden Bächlein nur einen kleinen Durchlass überließ. Im Hintergrund spannte sich die Eisenbahnbrücke über den Graben. Vor einem blauen Sommerhimmel hätte das ein malerisches Bild abgegeben; vor den düsteren Novemberwolken wirkte es seltsam dramatisch, ja, beklemmend. Kein gutes Vorzeichen.

Aus dem Wald stolperte ihnen Adolf Ragger entgegen. »Ich habe ihn gefunden!«

Dem Gesichtsausdruck zufolge, erwartete sie nichts Gutes. Deshalb bat Martin Pauli, zurück zum Haus zu gehen und dort auf sie zu warten.

Adolf führte sie etwa zweihundert Meter weit einen Fußweg entlang, bevor er unter Zuhilfenahme der Hände die Böschung mehr hinunterrutschte als -kletterte und mit einem Satz über das Bächlein den Graben überquerte. Auf der anderen Seite, mittlerweile nahe der Burg Falkenstein, wie Martin schätzte, ragten über einem markanten Felsen zwei Fichten empor.

Mit einem unterdrückten Seufzer griff Martin nach dem Funkgerät.

»Sucheinsatz hinfällig, wir haben den Altbauern gefunden. Schickts bitte den Amtsarzt und auch das Kriseninterventionsteam. Und avisiert die Bestattung.«

An Leichen würde Martin sich wohl nie gewöhnen. Obwohl er mit dem Schlimmsten gerechnet hatte, machte ihn der Anblick des unter den Ästen baumelnden Toten zu schaffen. Das Gesicht zu einer grauslichen Fratze erstarrt, die aufgequollene Zunge zwischen den Lippen hervorragend. Die dunkle Hose wies im Schrittbereich einen nassen Fleck auf. Er schluckte. Von einem friedlichen Entschlafen konnte keine Rede sein.

Die Leute würden sich das Maul zerreißen, wenn sie erfuhren, dass Gerfried Ragger im Wald erhängt gefunden worden war. Ob es seinen Angehörigen passte oder nicht: Martin würde mit lästigen Fragen in den Familienverhältnissen stochern. Galt es doch herauszufinden, ob der Altbauer ein Motiv für einen Suizid gehabt hatte oder ein Fremdverschulden vorlag.

Vor allem eines interessierte Martin brennend: Wie war Adolf Ragger auf die Idee gekommen, ausgerechnet in diesem abseits gelegenen Waldstück, in das sich im Sommer höchstens ein übereifriger Schwammerlsucher verirren würde, nach dem Vermissten zu suchen? Denn schon vom Zeitfaktor her musste er geradezu schnurstracks vom Bauernhof hierher gegangen sein. Zufall war das keiner.

Die Irmi, die hatte schon was drauf. Zwar immer zåmgeschneizt, selbst im tiefsten Wald, aber das störte ja nicht. Optisch schon gar nicht. Wichtig war, dass sie das Herz am rechten Fleck hatte und man mit ihr so wie jetzt über Stock und Stein pirschen konnte.

Sepp verharrte vor einer Lichtung, zückte sein Fernglas und prüfte, ob wohl kein Waidkamerad auf dem Hochsitz saß. Schließlich waren Irmi und er in streng geheimer Mission unterwegs.

»Weiter westlich war's, bei der Fratn.«

»Eh klar«, brummte Sepp.

Der Falott müsste schon ein fester Todl sein, wenn er direkt vor einem offiziellen und von vielen bestiegenen Hochsitz seine Lockkirrung anbrachte. Erstens wäre dann die Chance hoch, dass die Kirrung entdeckt wurde, zweitens würde der Hundling riskieren, dass ein anderer die Beute machte.

Irmi ging voran und zeigte ihm die gut versteckte Stelle, wo sie zuletzt weitere Spuren von Apfeltrester gefunden hatte.

Irgendwie vermeinte Sepp, dass er irgendetwas sagen sollte; etwas Nettes. Immerhin hatte sich Irmi richtig angestrengt in den letzten Tagen, in denen sie getrennt oder wie jetzt gemeinsam unterwegs waren, um illegale Kirrungen aufzuspüren. Das war angesichts eines doch weitläufigen Reviers keine geringe Sache, und Sepp war sich sicher, dass ihnen immer noch die eine oder andere Stelle durch die Lappen gegangen war.

Frauen hörten gern Komplimente, oder?

»Gut hast dir die Stelle gemerkt«, sagte er.

Irmi hatte den Fuß auf einen Baumstumpf gestellt und schnürte sich gerade den Jagdstiefel neu. »Was hast gesagt?«

Der Reini Hader freute sich immer wie narrisch, wenn Sepp ihn für etwas lobte. Natürlich war Sepp darauf bedacht, dass es die Ausnahme von der Regel blieb; nur wenn etwas Seltenheitswert hatte, war's auch etwas wert. Aber Sepp hatte das dumpfe Gefühl, dass er Irmi mit einem netten, ehrlichen Lob nicht nur eine Freude machen würde, sondern sie es sich durchaus verdient hatte, so eifrig, wie sie bei der Sache war. Ohne zu murren, stundenlang unterwegs, so wie heute. Und ja, Sepp gefiel die Gesellschaft, das gestand er sich ganz offen ein. Nicht, dass das jetzt irgendetwas zu bedeuten hätte …

Er überlegte, was er immer zum Reini sagte. Das müsste doch auch der Irmi gefallen, oder? Also, minus der Bezeichnungen wie Tschriapl, Påtschgoggl und Depp, mit denen er das Lob für Reini immer ein wenig abfederte.

»Brav warst.«

»Wie bitte?« Sie richtete sich ruckartig auf.

»Brav ... ähm, tüchtig bist gewesen. Heute und in den letzten Tagen. Also, mit den Kirrungen ...«

»Das ist ja wohl mein Job. Von einem Ob*mann* würdest du denselben Einsatz erwarten, oder?«

»Ja, natürlich, aber du bist ja eine ...« Irgendetwas in ihren Augen – oder war es der Zug um ihre Lippen – ließ ihn innehalten. Er könnte zwar nicht sagen, was genau es war, aber es wirkte irgendwie ... gefährlich. Er kratzte sich ratlos den Bart und wandte sich halb ab. »Nun, also, ich wollte nur sagen, dass brav warst. Dich loben für –«

»Nur einen Esel muss man loben, damit er zieht.«

Mit den Komplimenten klappte es nicht so richtig, stellte Sepp verdattert fest. Statt sich zu freuen, schaute sie immer finsterer drein. Woran konnte das liegen? Mit Frauen und ihren Besonderheiten kannte sich Sepp nicht ganz so gut aus wie mit dem Wild. Er erinnerte sich aber daran, einmal etwas in der Zeitung gelesen zu haben, wonach Frauen in Irmis Alter in die sogenannten Wechseljahre kamen und launisch werden konnten. Im einen Moment lieb und nett, im nächsten: Furie. Das wird's sein!

»Egal«, wehrte er deshalb rasch ab. »Ich wollte nur sagen, du hast echt einen guten Orientierungssinn –«

»Wennst jetzt noch dazu sagst ›für a Frau‹, erschieß ich dich.«

Allerhöchste Eisenbahn, die Weiche umzustellen!

Er zerrte hastig die Wanderkarte aus seinem Rucksack und legte sie über den Baumstumpf, den Irmi freigegeben hatte. »So, zeichnen wir das Platzerl auch in die Karte ein.«

Karten waren fast so gut wie Listen. Er markierte die Stelle mit einem fetten X. Dann zählte er.

Sieben.

Sieben!

Rechnete man noch eine gewisse Dunkelziffer dazu ... Was soll's. Zumindest sieben Kirrungen hatten sie gefunden, und die würden sie nun überwachen. Ha, der Maierbrugger würde schön blöd dreinschauen, wenn er sehen könnte, wie versiert

Sepp mit neuestem technischen Equipment umging. Okay, das Wort Equipment las er gerade erst auf der Verpackung der Wildkamera, aber um Haarspaltereien ging es nicht.

»Bist sicher, dass wir den Gauner damit erwischen?«

»Ich schwöre auf Wildkameras!«, entgegnete Sepp fast ein wenig beleidigt, weil Irmi an seiner Expertise zu zweifeln wagte. »Du würdest mir gar nicht glauben, was ich schon alles damit eingefangen habe.«

Fast wehmütig dachte Sepp an den mittlerweile Ex-Bürgermeister Max Müller zurück. Das waren halt noch Zeiten gewesen, schön. Er bezweifelte stark, dass ihm die neue Bürgermeisterin Veronika Schwarzenbacher vor die Kamera laufen würde, obwohl sie vermutlich eine bessere Figur machen würde als der Müller, der geile Bock.

»Pass auf, wir haben alle Kirrungen markiert, jede wird mit einer Kamera überwacht, und wir prüfen alle drei Tage, ob was drauf ist. Öfter nicht, sonst hinterlassen wir gach zu viele verräterische Spuren.«

»Du bist ein alter Stratege, was?«

Nachdem sie dabei lächelte, nahm er es ihr nicht krumm. Das alt überhörte er.

Irmi tastete über ihre Jackentasche und zog das Handy heraus, das vibrierte. Nach einem kurzen Blick auf das Display ging sie dran. »Ja, Traudl?«

Sepp packte Karte und Schreibzeug wieder ein und ging ein paar Schritte weiter. Er wusste, dass nur ein paar Meter oberhalb ein Forstweg verlief. Das war eine der wesentlichen Gemeinsamkeiten, die alle Kirrungen aufwiesen: Allesamt waren in unmittelbarer Nähe eines befahrbaren Weges. Womit sie einen weiteren wichtigen Hinweis auf den Gauner hatten: Er war ein stinkfauler Hund, nicht bereit, seine schwere Last weiter als nötig zu schleppen.

»Er hat sich aufgehängt.«

Überrumpelt drehte sich Sepp um. »Was? Wer?«

»Mein Großonkel Gerfried.« Irmis Stimme zitterte. »Er hat sich erhängt.«

»Was? War er nicht fünfundachtzig?«

»Ja. Er hat gerade erst seinen Geburtstag gefeiert.« Irmi brach in Tränen aus.

Sepp stand da und starrte sie an. Er rieb sich über den Bart, dann kratzte er sich an der Nase, die auf einmal fürchterlich juckte. Schließlich legte er unbeholfen seinen Arm um ihre Schultern.

»So ein Depp. Das ist doch völlig fia de Fisch. Wer bringt sich denn in dem Alter noch um? Das rentiert sich doch gar nimma!«

8

»Gerhard, ich fahr kurz nach Leutschach. Weißt eh, wo vorgestern am Raggerhof der Altbauer erhängt vorgefunden wurde«, sagte Martin.

»Wieso? Haben da nicht der Arzt und der Bezirksspurensicherer einen Selbstmord festgestellt?«, fragte Gerhard ohne aufzuschauen; er war ganz in das E-Learning-Programm vertieft.

»Ja, schon. Aber ich möchte trotzdem noch einmal mit der Familie reden und ein paar Fakten erheben für den Abschlussbericht. Vor allem wenn man bedenkt, dass Ragger sich bedroht gefühlt hat. Was, wenn da was dran ist?«

»Weil er sich einbildete, dass ihm jemand die Zeitung umgeblättert hat?«, rief Gerhard ihm ungläubig hinterher. »Vielleicht war's der Geist von der Burg Falkenstein? Ich schwör dir …«

Den Rest hörte Martin zum Glück nicht mehr.

Bis auf eine Platzwunde am Kopf, die laut Spurensicherer ebenso gut davon stammen könnte, dass der Selbstmörder im Todeskampf heftig gegen den Fichtenstamm gestoßen war, gab es keine Anzeichen für andere Gewalteinwirkungen. Dennoch irritierte Martin, dass Adolf Ragger seinen Onkel Gerfried auf Anhieb gefunden hatte. Außerdem war ein unterschwelliger Konflikt zwischen den Geschwistern und auch zwischen Heinz und seinem Vater unverkennbar gewesen. Lieber einmal mehr hinschauen als einmal zu wenig.

Und ja, heute war ein ruhiger Tag, und Martin hatte nichts Besseres zu tun. Den lästigen Akt eines glimpflich ausgegangenen Verkehrsunfalls schob er gern noch vor sich her.

Gestern hatte er dienstfrei gehabt. Er bezweifelte jedoch, dass auch die Familie Ragger einen Tag Verschnaufpause hatte. Obwohl bei einem Angehörigen im hohen Alter immer damit gerechnet werden musste, dass er verstarb, kam ein Tod dennoch plötzlich. Abgesehen von der persönlichen Trauer waren die mit dem Ableben einer Person einhergehenden Laufereien eine Last. Das Begräbnis musste organisiert und gefühlte hunderttausend Formalitäten erledigt werden.

In diesem Fall war es noch schlimmer, da es sich nicht um einen natürlichen Tod gehandelt hatte, sondern um Selbstmord. Das belastete nahe Angehörige noch mehr, häufig traten Schuldgefühle und Vorwürfe auf: Warum habe ich die Anzeichen nicht bemerkt? Warum konnte ich es nicht verhindern?

Er traf die Familie in der Küche an. Traudl, Heinz und Adolf Ragger kannte er bereits, die vierte Person am Tisch stellte sich als Irmgard Leitner vor, eine geborene Ragger und damit auch ein Familienmitglied.

»Meine Mutter Linde ist die Schwester von Adolf und somit die Cousine von Traudl und Heinz hier«, klärte sie ihn auf.

»Es tut mir leid, wenn ich ungünstig komme. Ich weiß, Sie alle haben viel zu tun«, entschuldigte sich Martin.

Auf dem Tisch lagen aufgeschlagene Fotoalben sowie lose Fotos.

»Wir versuchen, ein passendes Bild für die Parte zu finden«, erklärte Traudl das Chaos. »Gar nicht so einfach. Mehr eine Tortur.« Sie griff nach einem älteren Foto ihres Vaters, betrachtete es und fing zu weinen an.

Es war Irmgard Leitner, die Martin einen Kaffee anbot.

»Sollen wir ein Foto nehmen, wo er noch jünger war?«, fragte Traudl. »Die hier würden für mich in die engere Auswahl kommen.«

»Geh, mach doch keine Wissenschaft draus«, erwiderte Heinz barsch. »Nimm irgendein Bild! Zeigen eh alle das gleiche Gfris.«

»Aber –«

»Ich muss in den Stall«, schnitt er ihr das Wort ab und verließ abrupt die Küche.

Martin nahm das zum Anlass, sich vorzutasten. »War das Verhältnis zwischen Ihrem Bruder und dem Vater nicht so gut?«

»So kann man das nicht sagen«, druckste Traudl herum. »Sie haben hålt kane Köpf zåm ghabt.«

Sie wich seinem fragenden Blick aus, und auch Irmgard Leitner wirkte betreten.

Adolf stand auf, ging zur Kredenz und befüllte sich ein Stamperl aus einer handschriftlich etikettierten Flasche. Das Angebot, ein Glaserl mitzutrinken, lehnte Martin ab.

»Alleweil g'fetzt haben die beiden«, sagte er, während er sich eine Zigarette anzündete und gierig daran sog.

»Adi!«

»Frau Ragger, das ist schon in Ordnung. Ich muss einen Abschlussbericht schreiben, und da gehört nun mal die Antwort dazu, ob es Konflikte gegeben hat. Zeigen Sie mir die Familie, in der nicht gestritten wird, das ist doch menschlich.« Martin schenkte ihr sein beruhigendstes Lächeln.

Sie nickte zögernd.

»Also, gab es etwas Bestimmtes, worüber gestritten wurde?«

»Alleweil dasselbe.« Adolf leerte sein Stamperl auf einen Zug und schenkte sich nach. Obwohl erst früher Nachmittag, klang seine Stimme bereits leicht verwischt.

Trotzdem schätzte Martin, dass er eine Menge mehr vertrug. Adolf Ragger war eindeutig geeicht.

»Immer über den Hof. Da bei uns daham, da gibt's nix anderes, verstehst? Da gibt's nur den Hof, den Hof, den Hof.«

»Adi, meinst nicht, dass für heute genug hast«, mahnte Traudl, als er sich ein weiteres Stamperl genehmigen wollte. »Willst nicht ein bisserl nåpfazn?«

Adolf fing an laut zu lachen. »Der war gut. Geh schlafen, dass der Besuch kann hamgehen. Meinst das?« Er hielt sich den feisten Bauch, Tränen liefen ihm über das Gesicht, und er schniefte. »Das hat mein Vater immer gesagt, als Spaß, zur Mutter, wenn Besuch da war. Geh schlafen, damit der Besuch hamgehen kann.«

Traudl griff auf die Kredenz nach einer Packung Taschentücher, öffnete sie und hielt ihm eines hin. »Du hast da … Bei dir …« Sie deutete an ihre Nase. »Ma, jetzt wisch dir die Rotzglockn weg!«

Das Taschentuch ignorierend, fuhr er sich mit seinem Ärmel über das Gesicht. Das erfüllte auch seinen Zweck, dachte Martin angewidert.

»Sie haben den richtigen Riecher gehabt«, begann Martin und versuchte, nicht auf die Alknase des anderen zu starren.

»Was?«

»Als Sie Ihren Onkel im Wald gefunden haben. Wie sind Sie auf die Idee gekommen, dort zu suchen?«

Adolf Ragger stierte ihn an und nahm noch einen Schluck. Martin konnte erahnen, wie sich hinter seiner Stirn die Gehirnwindungen in Gang setzten wie morsche Mühlenräder.

»Was meinst damit?«, antwortete er heiser.

»Hielt sich Gerfried Ragger denn öfter im Wald auf? Es hieß, er sei nicht mehr so gut zu Fuß und bliebe meistens in seinem Auszugsstiberl.«

»Das stimmt«, warf Traudl ein. »Er ist nie in den Wald gegangen, was wollte er dort?«

Adolf zog laut hörbar den Rotz hoch. Mit dem Zeigefinger kletzelte er an einer abgesplitterten Stelle in der Tischplatte. »Was weiß ich.«

»Ich frage ja nur, weil Sie den Verstorbenen quasi auf Anhieb gefunden haben. Heinz Ragger und ich suchten im Stall, Pauli Schindler und Sie wollten die Wiesen und Felder Richtung Bundesstraße absuchen. Und dann sind Sie geradewegs in die entgegengesetzte Richtung gegangen. Warum?«

»Was weiß ich. Ist doch blunzn.«

Es war Martin alles andere als egal.

»Warum fragen Sie das?«, schaltete sich Irmgard Leitner ins Gespräch ein.

»Routine«, gab Martin die routinemäßige Antwort. »Das fragen wir immer in solchen Fällen.«

»Bei Selbstmord.« Als Feststellung formuliert, schwang dennoch unverkennbar eine Frage mit.

»In Fällen wie diesem.«

Leitner blinzelte.

»Frau Ragger«, wandte sich Martin wieder an die Tochter des Verstorbenen, »wenn Sie mir vielleicht kurz erzählen könnten, worüber es zu Streitigkeiten zwischen Ihrem Bruder und Ihrem Vater kam?«

Sie zögerte, doch Leitner legte ihre Hand auf ihre und drückte sie aufmunternd. »Schau, die Polizei macht lei ihre Arbeit. Da brauchma nix schönreden, denn was wiegt, das hat's.«

»Es war kein großer Streit oder so«, begann Traudl.

Ihren Schilderungen nach handelte es sich um typische, unterschiedliche Meinungen zwischen einem Altbauern und seinem Nachfolger, wie der Hof am besten bewirtschaftet werden sollte und welche Anschaffungen vonnöten waren. Der eine war der Meinung, dass es der mehr als dreißig Jahre alte Traktor noch tat, der andere wollte einen leistungsstärkeren neuen anschaffen und so weiter. Nichts, was Martin nicht schon x-mal von anderen Bauern gehört hätte.

Adolf Ragger kicherte. »Wer tuat jetzt schiagln, ha?«

»Adi, weißt, was du bist?«, fragte Traudl mit Tränen in den Augen. »Ein richtiger … ein richtiger … Ein Psuf bist du!«

Ungerührt klopfte sich Adolf eine weitere Zigarette aus der Packung. Der Aschenbecher vor ihm drohte bereits überzuquellen, und Martin war froh, als Irmgard Leitner das Fenster hinter sich kippte und ein wenig frische, wenngleich eiskalte Luft in die Küche ließ.

»Glauben Sie, dass mein Vater wegen … An seinem Geburtstag haben s' gestritten, der Heinz und er. Meinen Sie, dass der Heinz den Papa dazu getrieben hat …«

Zu seinem Motiv befragen konnten sie Gerfried Ragger leider nicht mehr.

Traudl fing erneut zu weinen an. Irmgard Leitner nahm sie in die Arme und versuchte, sie zu trösten.

»Ich versteh nicht, warum er sich erhängt hat«, klagte Traudl.

Das konnte von den Angehörigen nie jemand nachvollziehen, wie auch? Die Verlockung war groß, einen Sündenbock zu suchen, irgendeine Art von Erklärung zu finden für das Unfassbare.

»Wenn der Heinz nicht mit ihm gestritten hätte –«

»Nein«, wehrte Martin hastig ab. Wenn Traudl sich darauf versteifte, Heinz für den mutmaßlichen Suizid des Vaters verantwortlich zu machen, hatten sie den nächsten handfesten Konflikt am Hof. »Zudem war der Streit ja vor über einer Woche. Ein Suizid kann durch viele Faktoren ausgelöst oder begünstigt werden. Aber so, wie Sie erzählten, haben Ihr Vater und Heinz immer mal wieder heftig gestritten. Es wäre ungerecht, Ihrem Bruder daran eine Schuld zuzuschreiben.« Es sei denn, Heinz hätte das Seil um den Fichtenast geschlungen.

»Vielleicht war er schon länger depressiv«, bot Irmgard Leitner ein alternatives Erklärungsmodell an. »Zum Arzt wollte er ja nie gehen. Aber wenn sich einer so oft von seiner Familie zurückzieht und einsperrt, dann könnte das schon ein Hinweis darauf sein. Und um die Weihnachtszeit … ich habe einmal gelesen, dass sich da aufs Jahr gesehen die meisten Leute umbringen. Die dunkle, stille Zeit schlägt eben aufs Gemüt.«

Das war eine weitverbreitete Meinung, die aber durchaus umstritten war. Martin hatte sich einmal eine weltweit erhobene Statistik angesehen, in der eben nicht traditionelle Familienfeste wie Weihnachten als besonders riskant dargestellt wurden, da zu diesen Terminen Menschen noch am ehesten in die Familie eingebunden waren, sondern Neujahr und – was Martin besonders irritiert hatte – das Frühjahr und der Frühsommer, also Zeiten des Neubeginns und des Aufbruchs. Paradox, dass sich mehr Menschen ausgerechnet in der schönsten Jahreszeit lebensmüde zeigten und verstärkt im Wonnemonat Mai statt im tristen November Suizid begingen.

Martin würde sich jedoch hüten, mit der trauernden Familie Selbstmordraten zu diskutieren. Warum und wieso Menschen ihr eigenes Leben beenden wollten, darüber zerbrachen sich Experten die Köpfe; für ihn blieb es unerklärbar.

Er drückte der Familie nochmals sein Beileid aus und verabschiedete sich. Irmgard Leitner begleitete ihn hinaus und folgte ihm bis zum Dienstwagen.

»Denken Sie, dass es vielleicht kein Selbstmord war?«, fragte sie ihn geradeheraus.

»Ich will nichts voreilig ausschließen.« Martin zögerte kurz. »Mich irritiert, dass Adolf Ragger das Opfer so schnell fand, mitten im Wald.«

»Das war sicher Intuition«, erwiderte sie im Brustton der Überzeugung.

Martin musste wohl sehr skeptisch dreinschauen, denn sie lächelte schief und setzte eine Erklärung nach, die verriet, dass sie sich mit dem Phänomen beschäftigt hatte. »Intuition ist kein diffuses, aus dem Universum kommendes Wissen, über das alle Menschen gleichermaßen verfügen. Intuition ist subjektiv und speist sich aus persönlichen Erinnerungen und Erfahrungen, sie kommt aus dem eigenen Wissensschatz.«

»M-hm. Und welche Erinnerungen könnten es in diesem Fall sein?«

»Ganz klar. An fast derselben Stelle hat sich vor Jahren mein Onkel Rudolf erhängt, Adis Bruder.«

»Wann war das genau?«, fragte Martin verdattert.

»Oktober 1966.«

Er spürte fast, wie sich die Gedanken in seinem Kopf überschlugen. Konnte es einen Zusammenhang geben? Oder lag einfach nur eine familiäre Vorbelastung mit der Neigung zu Depressionen vor?

»Ich weiß nicht, wie ich es sagen soll, aber da gibt es noch etwas.«

Noch eine Intuition?

»Erst vor ein paar Tagen hat mir Großonkel Gerfried an seinem Geburtstag gesagt, dass der Knecht Pauli Schindler ihn umbringen wollte. Ich habe das nicht ernst genommen, weil … er war zuletzt schon ein bisserl paranoid. Es ging darum, dass Pauli ihn versehentlich umgestoßen hat. Aber jetzt … jetzt weiß ich nicht mehr, was ich denken soll.«

»Danke für die Information.« Er gab ihr seine Telefonnummer. »Falls Ihnen noch etwas einfällt, melden Sie sich bitte bei mir. Egal, wie nebensächlich es erscheint.«

9

Nachdem Sepp am gestrigen Sonntag allein einen Revier-
rundgang unternommen und die Kameraaufnahmen geprüft
hatte – diese zeigten zwar einen kapitalen Hirsch, aber keine
Spur vom Täter –, fuhr er zeitig zum Schießstand. Lorenz, der
die Standaufsicht hatte, war ihm zwar zuerst mit Ausflüchten
gekommen, aber die hatte Sepp mit wenigen, dafür aber ent-
schiedenen und damit entscheidenden Worten zurückgewie-
sen. Und darum sperrte der Lorenz jetzt nur für ihn allein die
Schießstätte auf.

Sepp richtete sich auf einem Stand ein. Er rutschte mit dem
Stuhl hin und her, bis er die beste Position gefunden hatte.
Auch den Schießstand klopfte er sich mehrmals zurecht. Er
griff nach seiner Ferlacher und lud sie; legte sie noch einmal
ab und wischte sich seine schwitzigen Hände an seiner Strick-
weste ab.

Sein Nacken begann zu kribbeln; er spürte Lorenz hinter
sich. Viel zu nah. Er konnte seinen warmen Zwiebelatem spü-
ren. Was hatte der Pensionist bitte in aller Früh gefressen?

»Meinst, wir werden schon Schnee bekommen die Woche?«

Sepp schwieg.

»Ich hoffe nur, dass die Gemeinde mit der Schneeräu-
mung –«

»Lorenz! Wenn ich ratschen will, geh ich zum Friseur!«,
schnauzte Sepp ihn über die Schulter hinweg an. »Mach dich
nützlich und koch einen Kaffee. Und lies die Zeitung. Draußen!«

Er wartete, bis er Lorenz durch die Scheibe, die den eigentlichen Schießstand von der Gaststube trennte, sah. Erst als der
sich an der Kaffeemaschine zu schaffen machte, beugte er sich
hochkonzentriert über sein Gewehr. Ihm traten Schweißperlen
auf die Stirn. Seit wann wurde auf der Schießstätte so stark
geheizt?

Mit einem Stirnrunzeln legte er die Ferlacher noch einmal hin und entledigte sich seiner Weste. Ein richtiges Bioprodukt aus naturbelassener Schafwolle, hatte die Dame vom Tauernfenster am Obervellacher Hauptplatz gesagt, wo er sie im letzten Winter gekauft hatte, nachdem seine alte endgültig in die Mülltonne gewandert war. Gerade recht für den Hochsitz oder für den üblicherweise zugigen Schießstand, aber im Moment viel zu warm.

Argwöhnisch stellte Sepp sicher, dass sich Lorenz weiterhin in der Gaststube aufhielt. Von dort konnte er ihn zwar sehen, aber der Blick auf den Schießkanal und die Scheibe blieben ihm verwehrt.

Nach einer gefühlten Ewigkeit drückte Sepp ab. Insgesamt drei Mal. Weit schwerer fiel es ihm jedoch, den Knopf zu betätigen, der die Schießscheibe surrend auf ihn zufahren ließ. Unmöglich. Er, der sonst in Serie Zehner und Neuner schoss, hatte einen Zweier und einen Vierer. Der dritte Schuss war glatt danebengegangen.

Sepp packte die Ferlacher in die Gewehrtasche. Und die Schießscheibe, die kein Mensch zu Gesicht bekommen sollte.

»Bist eppa går schon fertig?«

»Drei Schuss reichen«, antwortete er Lorenz und fügte mit einem fiesen Grinsen hinzu: »Wie beim Hegeringschießen.«

»Oh ja.«

Lorenz schnaubte verächtlich. Erst letztens hatten sie sich darüber unterhalten, dass viele Jäger dabei – noch dazu ohne Wertung – nur die von der Kärntner Jägerschaft vorgeschriebenen drei Schuss abgaben, um den geforderten Nachweis ihrer Schießfertigkeit zu erbringen. Dabei sollte regelmäßiges Training für jeden Jäger selbstverständlich sein.

»Nur Übung macht den Meister, ga, Sepp?«

Lorenz deutete auf die an den Wänden hängenden Jubiläumsscheiben. Wenn Sepp bei einem Schießbewerb antrat, hatten die anderen keine Meter mehr.

»Wenn einer zu geizig ist, eine Patrone mehr hinauszujagen als vorgeschrieben …«

Rechnen, das taten die meisten Jäger. Sepp konnte noch halbwegs nachvollziehen, dass die Schützen am Schießstand nicht unnötig teure Munition verballern wollten. Anders sah die Sache aus, wenn im Revier am falschen Fleck gespart wurde. Sepp wurde jetzt noch fuxteiflswüld, wenn er an den Fall eines Jägers aus einem anderen Verein zurückdachte, den er bei einer Gemeinschaftsjagd erwischt hatte, wie er ein Hirschtier weich geschossen hatte. Das sollte nicht – womit sich der Kreis zum Thema Übung schloss –, konnte aber passieren. Das allein hätte Sepp noch akzeptieren können.

Doch der Jäger, den er gar nicht Jäger nennen wollte, hatte das qualvoll verendende Tier nicht sofort mit einem weiteren Schuss erlöst.

»Wozu? Das verendet eh. Weißt, was eine Patrone kostet?«, hatte der ihm geantwortet.

Damit war er auf den Falschen gekommen! Sepp hatte dem Tier den Gnadenschuss gegeben. Dem Schützen gegenüber hatte er keine Gnade gezeigt und nicht eher geruht, bis der seinen Jagdschein los war. An diesem Hundling hatte Sepp mit größter Genugtuung ein Exempel statuiert, das den Jägern bis nach Heiligenblut hinauf die Bedeutung von Waidgerechtigkeit in Erinnerung gerufen hatte.

»Die sollten sich an dir ein Beispiel nehmen. Willst nicht einmal ein Schusstraining anbieten?«, schlug Lorenz vor.

Diese vermaledeite Heizung! Sepp spürte richtig, wie ihm die Hitze vom Bauch in den Kopf schoss.

»Ich ärgere mich doch nicht mit den Deppen herum! Die meisten wissen ja nicht mal, wo sie ins Gewehr reinschauen müssen, vorn oder hinten.«

Lorenz lachte heiser. »Der Kaffee ist fertig.«

»Ka Zeit.«

»Na, für fünf Minuten hätte ich nicht so früh aufstehen und extra für dich den Schießstand aufsperren müssen.«

Sepp kramte seine Brieftasche hervor und fand einen Fünf-Euro-Schein. Den schob er Lorenz zu.

»Da hast. Und damit wir uns verstehen: Ich war nie hier!«

Sepp fuhr gar nicht heim, sondern geradewegs runter nach Spittal an der Drau. In der Bahnhofstraße parkte er vor dem Haus der Jäger ein. Für alles, was er für die Jagd brauchte, war das Geschäft seine Anlaufstelle, von neuen Schuhbandln über Munition bis hin zur leuchtend orangen Hunde-Schutzweste für seinen Akko, damit er nicht bei einer Treibjagd für einen Hasen gehalten wurde.

Mit der Gewehrtasche in der Hand verharrte Sepp kurz vor der Auslage und betrachtete die neuen Jagdmesser.

»A du a då.«

Sepp schreckte zusammen, als ihn Karl Hartmann von der Seite ansprach. Selbstverständlich hatte er damit gerechnet, im bekannten Jagdgeschäft andere Jäger aus dem Bezirk anzutreffen. Doch hatte er gehofft, am frühen Montagvormittag noch halbwegs sicher zu sein und vor allem über keine Obervellacher zu stolpern.

»Willst du auch die gute Aktion auf Jagdkleidung ausnutzen? Ja, da muss man schnell sein, bevor es ausgeklaubt ist«, sagte Karl und begann, den im Freien abgestellten Ständer mit reduzierten Lodenjacken durchzusehen.

Sepp rieb sich über den Bart und zögerte. Jetzt war er extra den ganzen Weg von Obervellach herunter in die Bezirksstadt gefahren, es wäre dumm, wegen dem Hartmann wieder umzukehren. Er gab sich einen Ruck und betrat das Geschäft.

Die resche Inhaberin, in ein zünftiges Dirndl gekleidet und mit Holz vor der Hittn, beriet gerade zwei Männer, die Sepp flüchtig kannte. Sie nickten sich zu. Er hastete zum Verkaufstresen und stellte die Gewehrtasche darauf ab. Da hörte er aus dem hinteren Teil des Geschäftes eine viel zu vertraute Stimme.

»Die zwickt im Schritt. Gibt's die eine Nummer größer?«

Wo zum Geier hatte Vinzenz Hinteregger sein Auto geparkt? Vor dem Geschäft jedenfalls nicht, denn da hatte Sepp sich sehr wohl jedes Fahrzeug angesehen.

»Herr Flattacher, was kann ich für Sie tun?«

Sepp starrte den freundlich lächelnden Verkäufer hilflos an.

Angewurzelt wie ein Reh im Scheinwerferlicht. Er warf einen Blick über die Schulter und sah Karl hereinkommen. Zielgerichtet steuerte der in die Bekleidungsecke.

»Nix können S' für mich tun«, murrte er.

Sepp schnappte sich sein Gewehr und hastete auf den Ausgang zu. Seine Hand schloss sich um den Türgriff, als Karl hinten Vinzenz entdeckte.

»A du a då!«

Sepp floh zu seinem Auto. Was nun? Sollte er eine Stunde warten, bis seine Vereinskollegen weg waren? Doch auch dann standen die Chancen gut, dass er auf bekannte Gesichter traf. Als Stammkunde war er zudem dem Personal nicht fremd, wie die Begrüßung durch den Verkäufer gezeigt hatte. So ein Schas!

Er startete seinen Suzuki und parkte zügig aus; das nervtötende Hupen eines anderen Autofahrers ignorierte er.

Statt sich jedoch an der Kreuzung Bahnhofstraße/Tiroler Straße auf der Linksabbiegespur einzuordnen, blinkte er rechts. In Feistritz an der Drau im Bezirk Villach sollte es einen neuen Büchsenmacher geben. Weit weg vom Mölltal. Je weiter weg, desto besser.

Da Sepp kein Autobahnpickerl hatte – für die paar Male, die er im Jahr aus dem Mölltal herauskam, rentierte es sich nicht –, musste er auf der B 100 einem roten Mopedauto hinterherzuckeln. Zwar vertrat Sepp die Meinung, dass man auch langsam ans Ziel kam und es nicht immer der ICE sein musste, doch heute brannte es ihn unter den Fingernägeln. Deshalb wechselte er, nachdem er die Drau überquert hatte, bei Mauthbrücken auf die alte Bundesstraße.

Als er durch Paternion kam, verlangsamte er seinen Suzuki. Sepp hatte der Ort immer schon gut gefallen; immer, wenn er im Zug auf der anderen Seite der Drau daran vorbeigefahren war, hatte er das schöne Schloss bewundert. Jetzt jedoch, aus der Nähe, wirkte Paternion verwaist und verwahrlost. Ein Relikt aus vergangener Zeit. Die Leute klagten oft, wie sehr das Mölltal unter der Abwanderung litt und Gemeinden wie

Obervellach vom Aussterben bedroht waren. Da wäre nichts los. Gut, da mochten sie nicht ganz unrecht haben. Aber die Suadhefn sollten einmal nach Paternion herunter fahren und den Ort mit Obervellach vergleichen.

Kurz darauf erreichte er Feistritz. Glücklicherweise musste er den Büchsenmacher nicht lange suchen, denn er lag zentral am Beginn der von der Hauptstraße abgehenden Kreuzner Straße. WaffenDoc. Nun gut, so wie die Ferlacher heute auch am Schießstand versagt hatte, musste der Notarzt dran.

Entschlossen betrat Sepp den großen, hellen Verkaufsraum. Was ihm neben den Muffeltrophäen ins Auge sprang, war ein ausgefallener Hirsch, ein ungerader Sechzehnender.

»Der wurde in Rubland erlegt«, lieferte ein junger Mann die Antwort auf seine unausgesprochene Frage.

Als er sich als Geschäftsinhaber – und Büchsenmachermeister – vorstellte, zuckten Sepps Brauen hoch. Er musterte ihn von Kopf bis Fuß, wobei sein Blick kurz auf der dunklen Arbeitsschiarzn hängen blieb. Sein Gewehr war eindeutig älter als der Waffendoktor.

»Meine Ferlacher fuchst«, sagte er. »Sie trifft nicht mehr.«

»Zum Beispiel?«

Sepp sah sich vorsichtshalber um und raunte: »Ich hab ein Hirschtier gfalt. Auf vierzig Meter! Und am Schießstand heute war's auch nicht besser. Vermutlich zeigt die Optik nicht mehr gscheit.«

»Schauen wir sie uns doch mal an. Kommen Sie mit.«

»Was, jetzt gleich?«

Sepp hatte damit gerechnet, dass das Gewehr eingeschickt werden musste, nicht, dass er in einen Nebenraum geführt wurde, der sich als bestens ausgestattete hauseigene Werkstatt entpuppte. Er registrierte Drehbank, Standbohrmaschine, Fräsmaschine und fachspezifische Präzisionswerkzeuge, wobei er nicht bei jedem Gerät sagen könnte, wozu genau es gut war. Na ja, dafür wäre der junge Hupfer mit der Mechanik einer alten Schrankenanlage der Bahn überfordert.

»So, zeigen S' mal her, Ihre Ferlacher. Die ist ein Klassiker und hat ihren guten Ruf zu Recht, auch wenn die neuen Waffen von der Technik natürlich zeitgemäßer sind und mehr Sicherheit bieten.«

Sepp überreichte ihm das Gewehr, sein Ein und Alles. Er kannte jede Macke im Schaft, die rundherum mit Arabesken verzierte Rotwildgravur könnte er im Schlaf nachzeichnen. Mit Argusaugen beobachtete er jeden Handgriff, den der andere tat.

Als Erstes schaute der Büchsenmacher, ob die Waffe geladen war.

»Ich bin doch nicht senil. Selbstverständlich ist das Gewehr entladen!«

»Nein, das ist leider keine Selbstverständlichkeit. Ich gehe immer auf Nummer sicher.«

Gut, bei all dem, was Sepp als Aufsichtsjäger schon erlebt hatte, konnte er die Vorsichtsmaßnahme nachvollziehen. Danach testete der andere durch Biegen und Drücken der Waffe, ob es Risse im Schaft gab, bevor er sich den Lauf ansah und die Festigkeit der Montage kontrollierte.

»Hm. Ist der Name WaffenDoc Programm?«, fragte Sepp.

»Es ist ein Schmäh von wegen Facharzt für innere Waffenmedizin, passt aber gut als Name.«

Der Büchsenmacher hob das Gewehr an und prüfte die Optik.

»Mh-hm.« Sepp strich sich über den Bart. »Sie sehen sich also als eine Art Doktor?«

»Na ja … Ich habe nicht direkt den hippokratischen Eid geleistet.«

»Und was ist mit der ärztlichen Schweigepflicht? Vertrauensverhältnis zwischen Patient und Arzt?«

Der Büchsenmacher lachte, sah auf und verstummte. »Meinen S' das ernst?«

»Schau ich aus wie ein Zirkusclown?« Vielsagend ließ Sepp seinen Finger kreisen. »Was hier von uns besprochen wird, fällt unter die Verschwiegenheitsklausel, verstanden? Das geht niemanden sonst etwas an.«

Offensichtlich begriff der Meister schnell, dass der Kunde König war. Er zuckte die Schultern. »Alles klar. Ich würde vorschlagen, dass Sie das Gewehr dalassen. Ich prüfe es auf Funktion und Sicherheit, und selbstverständlich wird es auch Probe geschossen.«

»Ist's was Ernstes? Es wird doch wieder …«

»Dazu kann ich mehr sagen, wenn ich mir den Patienten genau angeschaut habe. Wenn die Waffe vorher gut traf und erst vor Kurzem Aussetzer hatte, ist möglicherweise nur eine Verunreinigung schuld.«

Ein bisserl Dreck wird's sein, genau! Zufrieden und in der Gewissheit, dass seine Ferlacher in besten Händen war, stieg Sepp in seinen Suzuki. Jung war er schon, der Büchsenmachermeister. Aber wie hieß es so schön? Neue Besen kehren gut!

10

Irmi tauschte sich zuerst mit der Betreuerin über die Tages-
verfassung ihrer Mutter aus, bevor sie deren Zimmer betrat.
Linde Ragger saß zusammengekauert auf einem gepolsterten
Stuhl am Fenster und starrte in den Garten hinaus. Ob sie die
kahlen Bäume sah oder Bilder aus der Vergangenheit?

»Mama, grias di«, sprach Irmi sie behutsam an und hockte
sich seitlich neben ihren Stuhl auf den Boden.

Sanft drückte sie die knochige Hand und wartete geduldig.
Jedes Mal, wenn sie ihre Mutter im Heim besuchte, war dies
der Moment, der ihr den Atem abschnürte. Dieses bange Warten, die Angst, wenn die trüb gewordenen Augen fragend ihr
Gesicht abtasteten.

»Irmi?«, kam es zögernd.

Erleichtert holte sie Luft. Sie wusste, dass der Tag kommen
würde, an dem die Mutter sie nicht mehr erkannte.

»Ja, ich bin's, die Irmi.«

Sie zog sich den zweiten Stuhl heran und setzte sich. Auf
dem Tisch lag eine angebrochene Packung Kekse.

»Mama, weißt, worauf ich jetzt Lust hätte? Auf etwas Süßes.
Hättest du einen Keks für mich?«

»Hm ... ja ... ich habe gerade gebacken ... da, im Ofen
schau ...« Sie machte eine fahrige Handbewegung zum Kleiderkasten hin.

»Hast du vielleicht Kekse auf dem Tisch?«

Die Mutter entdeckte die Kekse und lächelte. Mit zittrigen
Fingern riss sie die Folie weiter zurück.

Irmi unterdrückte den Impuls, ihr dabei zu helfen, und
zwang sich zuzusehen, wie die Mutter sich abmühte. Jede noch
so kleine Aufgabe half. Man sollte ihr das Gefühl vermitteln,
gebraucht und geliebt zu werden, hatte die Ärztin gesagt.

Hatte die Mama damals auch voller Stolz zugesehen und
mitgefiebert, wenn Irmi im Kindesalter an eine Herausforde-

rung heranging? Hatte sie sich auch von Herzen gefreut, wenn es ihr gelang? Nie hatte ein trockener Keks besser geschmeckt als der, den die Mutter ihr auf der Handfläche reichte.

»Ich muss dir etwas sagen, aber das ist sehr traurig. Der Onkel Gerfried ist gestorben.«

Die Mutter kletzelte unruhig an ihren Fingern. Irmi wusste nicht, wie viel sie morgen noch von dem Gespräch wissen würde; daher verzichtete sie auch darauf ihr mitzuteilen, wann das Begräbnis war. Linde Ragger würde daran nicht teilnehmen.

»Erhängt hat er sich«, flüsterte sie.

Ihre Mutter schüttelte den Kopf und brabbelte etwas Unverständliches. Beruhigend streichelte Irmi ihren Arm, doch sie fing zu weinen an.

»Das hätte er nie getan, nie!« Die Tränen kullerten ihr über das verhärmte Gesicht. Mit ungewohnter Kraft klammerte sich die Mutter an Irmis Hand. »Was wird aus der Nane? Die Nane.«

Dass die Mutter Vergangenheit und Gegenwart vermischte und Personen verwechselte, war nicht neu und Teil des Krankheitsbildes. Was Irmi entsetzte, war jedoch das vage Bild, das sie plötzlich vor Augen hatte. Sie als kleines Kind an der Hand der Mutter, wie sie über die Sommerwiese hinauf zum Hof gingen. Irmi trug ein rotes Kleidchen, an das sie sich genau erinnern konnte. Sie hatte keine Schuhe an. Sie glaubte, den Duft des frischen Grases und der Blumen in der Nase zu haben; hörte genau das eigene Jauchzen von damals.

»Bitte, noch einmal! Noch einmal«, bettelte sie mit heller Kinderstimme.

Die Mama lachte und packte sie fester an der kleinen Hand. An ihrer anderen Seite ging eine junge Frau, ein buntes Kopftuch um die Haare gebunden. Die beiden hielten sie sicher und fest an den Händen, warm und geborgen und geliebt fühlte sie sich. Dann schwangen sie Irmi hoch, so hoch! »Engale, Engale, flieg!«

»Nane«, flüsterte Irmi.

Sie hatte am Hof gelebt, vor so vielen Jahren, als Irmi noch ein kleines Kind gewesen war. Im Haus und auf den Feldern hatte sie mitgeholfen, als Dirn.

»Was ist aus ihr geworden?«, fragte sie mehr sich selbst. Sie konnte sich nicht daran erinnern, Nane später noch einmal gesehen zu haben. Wenn die Mutter sie nicht eben erwähnt hätte, wäre sie in der Vergessenheit geblieben.

»Die Nane ist fort. Nachdem s' den Rudi aufghängt haben.«

Entgeistert starrte Irmi sie an. »Redest du von Rudi, deinem Bruder?«

»Der Rudi ... der Rudi!« Die Mutter fing an zu schreien, rief immer wieder den Namen ihres toten Bruders.

Irmi bekam eine Gänsehaut. Sie zwang sich, ruhig weiter zu atmen und sich ihr Entsetzen nicht anmerken zu lassen, um sie nicht noch mehr aufzuregen. War es denn möglich, dass es sich bei seinem Tod um einen Mord handelte?

Fest schloss Irmi ihre Mutter in die Arme und streichelte ihr über den Rücken, bis sie sich etwas beruhigte. »Mama, was ist mit dem Rudi?«, fragte sie behutsam nach.

»Hm?«

»Dein Bruder, der Rudi. Du hast gesagt, jemand hätte ihn aufgehängt?«

»Ja, ja. Aufgehängt haben s' ihn, im Wald«, nuschelte sie und klammerte sich an Irmi fest.

»Wer? Wer hat ihn aufgehängt?«

Irmi erhielt keine Antwort.

Die Mutter verlor langsam den traurigen Gesichtsausdruck und lächelte. »Der Oswin wird heute auch noch kommen, ganz bestimmt. Er hat's mir versprochen.«

Irmi streichelte ihren Arm. Zu gern hätte sie weiter nach Onkel Rudolf gefragt, doch sie wusste, dass es sinnlos war. Sie zwang sich, die positiven Gefühle der Mutter zu spiegeln, und setzte ebenfalls ein Lächeln auf. Mama lebte in diesem Moment in der längst vergangenen, viel zu kurzen Zeit, in der sie mit ihm glücklich gewesen war; in den Monaten, als sie sich nah gekommen und ein Kind gezeugt hatten. Bevor Oswin die Verlobung aufgekündigt hatte, nur wegen eines blöden, beschissenen, verfluchten Feldes! Irmi schluckte ihre Tränen und ihre Wut auf den Vater hinunter.

»Schön. Das wird sicher schön, Mama.«

»Was willst denn mit der alten Gendarmerie-Chronik?«, fragte Kerstin neugierig, als Martin mit dem schweren Band in der Hand in die Kanzlei trat, die sie sich teilten.

»Irmgard Leitner hat angerufen. Sie äußerte den Verdacht, dass Rudolf Ragger 1966 nicht Selbstmord beging, sondern vielleicht ermordet wurde.«

»Gibt's dafür einen Anhaltspunkt?«

Martin wischte den Staub vom Buch und schlug es auf. »Wir haben nur die fragwürdige Aussage von Leitners Mutter, wonach sie ihren Bruder damals aufgehängt haben. Aber die Dame ist hochgradig dement. Ich hoffe, dass hier drinnen mehr steht.«

Kerstin fuhr auf dem Drehstuhl um den Tisch herum, bis sie neben ihm saß. Die Chronik wurde handschriftlich auf jeder Dienststelle geführt und hielt relevante Ereignisse fest. Dazu zählten Unfälle, Verbrechen und Naturkatastrophen wie Hochwasser, aber auch positive Berichte wie Auszeichnungen für Beamte.

Martin blätterte zuerst zum Jahresüberblick von 1966 vor. Das war schon interessant zu lesen. Dokumentiert wurden beispielsweise die Ergebnisse der damaligen Nationalratswahl.

»Alleinregierung der ÖVP, nachdem die Schwarzen die absolute Mehrheit eroberten?«

»Ui.« Kerstin sog die Luft zwischen den Zähnen ein. »Stell dir vor, das würde heute passieren …«

»Autsch.«

Energisch schob Martin jeden Gedanken an die Innenpolitik der Gegenwart und die Ergebnisse der letzten Nationalratswahl zur Seite. Wohin die Reise gehen würde, würde sich erst zeigen. Die Meinungen darüber klafften stark auseinander, und auch hier auf der PI polarisierte die Politik. Es hatte hitzige Diskussionen gegeben, vor allem, als es um etwaige die Polizei betreffende Veränderungen ging, die Treichel jedoch mit den Worten »Solange sie bei uns keine berittene Polizei einführen. I måg die Gaul nur in der Salami!« beendet hatte.

»Ähm, sag einmal, was interessierte die Gendarmerie im Mölltal damals die Außenpolitik der USA?« Kerstin tippte auf den entsprechenden Eintrag und lachte. »Haben die überhaupt gewusst, wo Vietnam liegt?«

»Schauen wir uns die Tageseinträge an. Da muss der Fall Ragger auch dokumentiert sein.«

Sie überflogen die Verhaftung eines Einbrechers und den Selbstmord eines Unternehmers, der bankrottgegangen war. Tödlicher Verkehrsunfall. Ein Gendarm hatte eine Medaille für Verdienste um die Republik Österreich erhalten. Eine Landwirtschaft war bis auf die Grundmauern abgebrannt.

»Na, schau. Da haben s' drei Deserteure erwischt.«

»Das waren noch Zeiten, was?«, erwiderte Martin und schüttelte den Kopf. »Da! Rudolf Ragger.«

Der knappe Eintrag stammte vom 17. Oktober: *Um achtzehn Uhr wurde der fünfundzwanzigjährige Landwirt Rudolf Ragger aus Leutschach (vgl. Lerchbauer) von der Nachbarin Resl Pleschgatternig in einer Waldparzelle nördlich des Hofes an einem Baum erhängt aufgefunden. Er war seit dem Abend des Vortages abgängig und dürfte die Tat wegen Schwermut verübt haben.*

»Schon schlimm genug, wenn sich ein über Achtzigjähriger erhängt. Aber der war genauso alt wie ich«, murmelte Kerstin und fixierte wie Martin das Schwarz-Weiß-Foto unter dem Eintrag.

Zwar hatte sich die Flora verändert, Bäume waren gewachsen, andere gefällt worden, doch der markante Felsen war unverkennbar. Rudolf und Gerfried Ragger hatten an nahezu derselben Stelle den Tod gefunden.

»Fast ein bisserl unheimlich, was?«

»Das hat Irmgard Leitner auch gesagt. Sie ist zwar etwas auf der esoterischen Schiene unterwegs mit ihrer Intuition und so, aber ich glaube nicht, dass sie Gespenster sieht. Es wäre logisch erklärbar, dass sich Gerfried Ragger an derselben Stelle erhängt hat wie vor rund fünfzig Jahren sein Neffe. Dessen Tod muss er ja wohl mitbekommen haben. Kann schon sein, dass er absichtlich denselben Ort gewählt hat.«

»Und wenn es kein Suizid war?« Kerstin zupfte an ihrem Pferdeschwanz, bevor sie einen Kaugummi aus Martins Schublade stibitzte, seinen letzten.

»Frau Leitner denkt, dass der Mörder von Rudolf Ragger auch Gerfried Ragger getötet haben könnte. Nur müsste der heute ja auch schon ein Greis sein … über siebzig mindestens.«

Martin griff sich den Akt mit der Personenliste. Folgte man Irmgard Leitners Theorie, fiel der von Gerfried Ragger verdächtigte Pauli Schindler weg. Der war erst Anfang fünfzig.

»Adolf Ragger ist vierundsiebzig. Und ihm gehört der halbe Hof, die andere Hälfte gehört Gerfrieds Sohn Heinz. Der war 1966« – er überschlug es schnell im Kopf – »erst neun.«

Erschöpft fuhr sich Martin durch das Haar. Kerstin zog den Akt zu sich heran.

»Gerfried war damals vierunddreißig. Was, wenn er …«

»Puh.« Martin nahm sich vor, sich die Besitzverhältnisse des Hofes genauer anzusehen. Da die Familie unter einem Dach zusammenlebte, war es denkbar, dass sie sich auch das Eigentum teilten und dieses zum Streitpunkt geworden war. »Gerfried könnte 1966 Rudolf getötet haben … und jetzt?«

»Vielleicht hat er sich aus schlechtem Gewissen selbst an derselben Stelle erhängt?«

»Jetzt wird's aber bald so verstrickt wie in einem Fernsehkrimi.« Martin verzog die Lippen. »Falls es überhaupt Mord war, muss der Täter noch lange nicht aus der engsten Familie stammen. Es kann genauso ein Nachbar gewesen sein oder wer auch immer. Bei Gerfried Ragger wissen wir nicht, ob es Suizid war oder Fremdverschulden.«

Noch nicht mal, ob sein Tod irgendwie mit dem von Rudolf Ragger zusammenhing. Obwohl, das nagende Gefühl blieb, dass es eine Verbindung gab. Zwei Tote am selben Ort auf dieselbe Weise? Merkwürdig war das schon.

»Es heißt doch, dass Mörder gern an den Tatort zurückkehren«, beharrte Kerstin.

»Oder zum Begräbnis gehen. Das ist morgen. Da haben wir beide Dienst.«

»Das klingt doch nach einem Plan, Partner.«

Martin sah auf die Uhr und stand auf. Treichel hatte für neunzehn Uhr eine Dienstbesprechung anberaumt, es war kurz davor.

»Ich werde mal versuchen, mit Linde Ragger zu sprechen, das ist die Mutter von Irmgard Leitner. Vielleicht lässt sich etwas erfragen.«

Gemeinsam gingen sie zum Aufenthaltsraum.

»Gerhard, kommst auch?«, rief Kerstin. Doch der saß im Journaldienstraum und war ganz in ein Buch vertieft. »Gerhard! Dienstbesprechung.«

Ertappt klappte er das Buch zu und schob es unter einen Akt, aber Martin konnte dennoch einen Blick auf den Titel erhaschen. Etwas mit Demenz.

Die Teilzeitkollegin Vanessa Liebetegger war schon da und half Treichel, den DVD-Player zu aktivieren.

»Was wird denn das? Ein Kinoabend?«, spottete Gerhard und deutete auf die großen Schüsseln mit Popcorn und Chips, die am Tisch bereitstanden. Vanessa zog die Vorhänge vor dem Fenster zu.

»Genau. Leitln, macht's euch bequem.« Treichel setzte sich auf die Bank und rückte sich einen Stuhl heran, auf den er seine Füße legte.

»Filmschauen als Dienstbesprechung?«, fragte Gerhard.

»Interne Weiterbildungsmaßnahme.«

Im dritten Anlauf schaffte es Treichel mit der Fernbedienung, den Film zu starten.

»›Honig im Kopf‹. Beim Lernprogramm gibt es nur Ausschnitte. Ich find's besser, wenn wir uns den ganzen Film ansehen. Dann sind die Szenen nicht aus dem Konvext gerissen.«

11

»So a schöne Leich«, flüsterte jemand und drückte ihre Schulter.

Traudl Ragger zerknudelte das feuchte Taschentuch zwischen ihren Fingern. Sie konnte sich kaum an das zurückliegende Begräbnis ihrer Mutter erinnern, so viele Jahre war das her, und hatte auch keine Ahnung, wie sie um sie getrauert hatte. Doch der Papa? Der war immer da gewesen, ihr ganzes Leben lang. Der erste scharfe Schnitt war sein Umzug ins Auszugsstiberl gewesen, was eigentlich eine gute Lösung war, bis er sich immer mehr mit Heinz zerstritt. Vorher war sein Zimmer eben ein paar Meter weiter weg. Dennoch hatte er die meiste Zeit bei ihr in der Küche gesessen und jede Mahlzeit mit ihr eingenommen.

Doch jetzt saß sie ohne ihn in der ersten Bank in der Kirche und musste unzählige Beileidsbekundungen über sich ergehen lassen. Selbst der Polizist Martin Schober und eine Kollegin kamen und kondolierten. Heinz, der neben ihr saß, war Traudl keine Stütze. Mehr hatte sie einen Zorn auf ihn. Auch wenn der Polizist gemeint hatte, dass man ihm keine Schuld am Selbstmord des Vaters geben sollte – sie tat es! Was hätte es denn sonst für einen Grund für ihn geben sollen, seinem Leben selbst ein Ende zu setzen?

»Ich halt's da nicht aus«, nuschelte Onkel Adi. Er stand auf, achtete nicht auf die betretenen Blicke der Trauergäste und torkelte aus der Kirche.

Eine Schande, das war's!

Traudl schniefte und tupfte sich die Augenwinkel trocken. Was hatte sie noch? Wer war noch übrig von ihrer Familie? Sie wandte sich halb um und fing Irmis Blick auf. Als Großnichte des Verstorbenen saß sie in der Reihe hinter ihr, stärkte ihr den Rücken.

Den Trauergottesdienst nahm Traudl nur verschwommen wahr. Zu sehr hing sie ihren eigenen Gedanken nach. Sie schielte verstohlen über den Gang, wo Heinz' Tochter Miriam mit ihrem Lebensgefährten und dem kleinen Luciano saß. Durch Blut verbunden und doch durch viel mehr als den Gang getrennt, das waren sie. Miriam würde den Hof erben. Noch war Heinz jung mit seinen einundsechzig Jahren. Aber irgendwann würde er die Landwirtschaft übergeben müssen.

So, wie Traudl die Miriam einschätzte, gleich hinterfotzig wie die Monika, würde diese sie sofort ins Auszugsstiberl verbannen. Als lediger Tochter des Altbauern gehörte ihr nichts, rein gar nichts. Lei der Dreck unter den Fingernägeln. Traudl ließ die Tränen zu. Wann, wenn nicht heute hatten die Leute dafür Verständnis? Nur weinte sie weniger um den Papa als um sich selbst. Eine trostlose Zukunft lag vor ihr.

Beim Leichenschmaus im neuen Wintergarten des Hotels Pacher gab Traudl zwar Antworten, wenn sie angesprochen wurde, blieb aber ansonsten lieber für sich. Als der Kuchen serviert wurde, setzte sich Irmi neben sie und nahm sie fest in den Arm. Traudl schluchzte los.

»Das wird schon wieder, wirst sehen«, hörte sie Irmi murmeln.

Nein, nichts würde wieder werden, wie es einmal war!

Sie hörte Luciano kreischend lachen. In seinem Alter bekam er gar nicht richtig mit, dass sein Urliopa gestorben war. Ohne auf seine schöne Kleidung zu achten, rutschte er auf den Knien am Boden herum und spielte mit einem Traktor samt Anhänger. Den hatte ihm der Heinz geschenkt mit dem Verweis, dass Luciano ja auch mal ein Bauernbub werden wird.

Sonst waren keine kleinen Kinder anwesend, aber Luciano musste nicht auf einen Spielkameraden verzichten. Genauso ausgelassen wie der Dreijährige schob Pauli einen Bagger hin und her. »Brumm, brumm!«

Traudl schnäuzte sich ausgiebig. Um sich abzulenken, fragte sie Irmi nach deren Söhnen, Leonhard und Bastian, die beide in Wien studierten, aber zum Begräbnis angereist waren. Sie saßen an einem Tisch mit anderen jungen Leuten zusammen.

»So a Glachter«, sagte Traudl vor sich hin.

Das hatte sie nie verstanden und sich bei so manchem Begräbnis, an dem sie teilgenommen hatte, gewundert: Wie konnte man nur vom Friedhof weg die Trauer so schnell hinter sich lassen und beim Leichenschmaus eine Mordsgaudi haben? Das betraf keineswegs nur die Jugend in ihrer Unbeschwertheit. Traudl sah zu ihrem Bruder, der mit anderen anstieß und sich anscheinend bestens amüsierte. Wie auf dem Kirchtag. Ihr stieg die Galle hoch.

»Ich muss kurz an die frische Luft«, wisperte sie Irmi zu.

Den Hotelgarten mied sie, denn da hätte man sie vom Wintergarten aus gesehen. Nein, Traudl ging beim Haupteingang hinaus und lief ein paar Meter den Hauptplatz hinunter.

»Edeltraud?«, rief Viktor Riedl von der anderen Straßenseite. Er winkte ihr zu, ließ ein vorbeifahrendes Auto vorbei und eilte zu ihr.

»Viktor.«

Gut sah er aus in seinem dunklen Anzug. Er griff nach ihrer Hand und drückte ihre Finger.

»Vorhin beim Begräbnis hatte ich gar keine Gelegenheit, dir nochmals zu sagen, wie leid es mir tut. Mein Beileid, liebe Edeltraud.«

»Danke. Ich habe dich wohl am Grab bemerkt, aber dann aus den Augen verloren.«

»In dem Gedränge kein Wunder. So viele Leute.« Er hob entschuldigend die Schultern.

»Wir sind am Land, da wird ein Begräbnis schnell zum Volksauflauf. Schade, ich hätte dich gern zum Leichenschmaus eingeladen.«

»Ah, na, das ist doch eine Familienangelegenheit, und ich bin doch nur Feriengast bei euch.«

»Das ist schade«, antwortete sie leise und spürte, wie sie rot wurde. »Dich würde ich gern als Dauergast sehen.«

Er lächelte und sah ihr fest in die Augen. »Wer weiß? Vielleicht wirst mich gar nicht mehr los?«

»Vielleicht will ich das ja auch nicht.«

Traudl fingerte an der Masche der Dirndlschürze, die sie ihrem Familienstand entsprechend auf der linken Seite trug. Doch wer sagte, dass sich das nicht noch ändern und die Masche auf die rechte Seite rutschen könnte?

»Magst mitkommen auf einen Kaffee?«, fragte sie mutig. »Sofern es dich nicht abschreckt, dass fast meine ganze Familie zusammensitzt.«

Er zwinkerte ihr zu. »Solange du mich vorstellst, ist das kein Problem.«

Sie senkte den Kopf ein wenig und lächelte ihn von der Seite her an. »Und als was soll ich dich vorstellen? Viktor Riedl, unser Feriengast?«

Er nickte eifrig und reichte ihr galant den Arm. »Mit Option auf Dauergast.«

Traudl lachte. Arm in Arm schlenderten sie zurück zum Hotel.

Die Zukunft erschien ihr längst nicht mehr so bedrohlich und voller dunkler Wolken; sie hatte einen hellen Hoffnungsschimmer im Herzen.

Am Tag, nachdem Gerfried Ragger zu Grabe getragen worden war, saß Martin neben Irmgard Leitner im Büro des Heimes »Christophorus«. Die Pflegedienstleiterin Hilde Obweger erläuterte ihm, ohne um den heißen Brei herumzureden, Möglichkeiten und Grenzen einer Befragung Linde Raggers. Viel durfte er sich nicht erwarten, war die klare Grundaussage.

Obweger begleitete sie noch zu Linde Raggers Zimmer. Martin war nervös wie vor seiner allerersten Vernehmung, und er war froh, dass Irmgard Leitner dabei war. Sie kannte ihre Mutter, und ihre Gegenwart würde hoffentlich beruhigend auf diese wirken. Er atmete tief durch, als sie die Tür öffnete.

Die alte Dame saß auf ihrem Bett, die Beine unter der dicken Decke verborgen. Sie wirkte mager und zerbrechlich. Martin hielt sich im Hintergrund, während Irmgard Leitner sie herzlich begrüßte, mit ihr ein paar Worte tauschte und zwei Stühle ans Bett heranrückte. Erst auf ihre auffordernde Handbewegung hin trat er vor und setzte sich.

»Kommt die Post?«, begrüßte die alte Dame ihn mit schräg gelegtem Kopf, bevor sie hilfesuchend zur Tochter sah. »Das ist der Postler, oder?«

Wie kam sie bloß darauf?

»Ah, stimmt. Ja.« Martin lächelte. »Früher trugen die Postler eine dunkelblaue Uniform und die Gendarmen am Land waren grau mit hellem Hemd.«

»Das ist Martin Schober von der Polizei.«

Er schwieg, während Irmgard Leitner sanft mit ihr sprach und die sehnige Hand streichelte.

»Der Oswin, der kommt heute auch noch, ga?«, wisperte Ragger. »Ich muss ihm a Jausn richten, einen Hunger wird er haben.«

Irmgard Leitner lehnte sich kurz in ihrem Stuhl zurück und raunte ihm zu, dass es sich bei Oswin um ihren längst verstorbenen Vater handelte.

»So schöne Blumen hast da, Mama, so schöne Rosen. Von wem hast du die?«

Ein Lächeln erhellte das runzlate Gesicht. »Die hat mir der Oswin gebracht.«

Leitner wirkte kurz irritiert von der Antwort, versuchte dann aber wie vorab besprochen der Mutter weitere Bilder zu vermitteln, in der Hoffnung, damit Erinnerungen zu wecken.

»Weißt noch, die Nane mochte auch so gern Blumen. Der Rudi bringt ihr immer welche von der Wiesen unterm Haus.«

»Margeriten.«

»Ja, Mama, Margeriten. Weißt du, wo der Rudi jetzt ist?«

Martin hielt gebannt die Luft an. Würde sie sich an den Tod ihres Bruders erinnern? Wiederholen, was sie Irmgard Leitner erzählt hatte, dass er sich nicht erhängt hatte, sondern aufgehängt worden war?

»Bei der Nane. Der Rudi ist bei der Nane.«

Irmgard Leitner hatte wohl nur darauf gewartet, dass der Name fiel, denn sie holte ein Schwarz-Weiß-Foto mit gezackten Rändern aus ihrer Handtasche. Darauf war eine dralle Frau in bäuerlicher Arbeitskluft und mit Kopftuch abgebildet, eine Heugabel in der Hand. Sie lächelte fröhlich in die Kamera.

»Ist das die Nane?«

»Ja, ja«, stammelte Linde Ragger und griff nach dem Foto. Zärtlich strich sie mit einem bebenden Finger über das Bild.

»Der Rudi ist bei der Nane?«, fragte Martin.

Sie nickte. »Aber die Mutter ist böse, ganz bös hat sie geschimpft.«

Martin verkniff sich, nach dem Warum zu fragen. Das war, wie er in den Unterlagen gelesen hatte, eine Frage, die man im Umgang mit dementen Menschen meiden sollte, da sie darauf keine rationale Antwort geben könnten und man sie dadurch unnötig unter Druck setzen würde.

Ungewöhnlich war es ja nicht, dass ein Bauer – noch dazu jung und unverheiratet, wie Rudolf Ragger damals gewesen war – ein Verhältnis mit einer Magd hatte. Ebenso wenig verwunderte es, wenn dessen Eltern das nicht gern sahen.

»Was schimpft sie denn, die Mutter?«, ermunterte er sie behutsam. »Was sagt sie denn?«

»Er muss die Resl nehmen, die Resl. Vom Pleschgatternig.«

So hieß die Nachbarin, die Rudolf Ragger aufgefunden hatte!

Linde Ragger zog sich die Decke höher und kuschelte sich ins Bett. Sie summte ein Kinderlied vor sich hin.

Irmgard Leitner beugte sich vor und streichelte ihre Wange. »Soll der Rudi die Resl Pleschgatternig heiraten?«

»Der Vater hat immer gesagt: Der Rudi heiratet die Resl.« Plötzlich begann sie zu weinen. »Liebe vergeht, Hektar besteht.« Sie wiederholte die Worte immer wieder.

Martin bemerkte, wie sich Irmgard Leitner verstohlen eine Träne wegwischte. Sie beugte sich vor und drückte der Mutter einen Kuss auf die Stirn. Dann stand sie auf und ging die zwei Schritte zum Fenster, Martin folgte ihr.

»Was hat es mit der Liebe und den Hektar auf sich?«

»Sie verwechselt es. Sie redet von meinem Vater Oswin und

sich selbst … Sie hätten heiraten sollen, aber die Eltern sind sich über ein Stück Land nicht einig geworden. Anscheinend haben meine Großeltern dann diesen Spruch gesagt.«

Martin wusste nicht, was er darauf sagen sollte.

»Er måg die Resl nicht!«, rief Linde Ragger ihnen aus dem Bett zu. »Und die Nane, die Nane kriegt ja a Buzele.«

12

Ganz früh am nächsten Tag machte sich Irmi auf zum Lerchbauer. Am Morgen war die Chance am größten, dass Onkel Adi sich noch nicht völlig vernichtet hatte. So lange sie zurückdenken konnte, trank er zu viel. Großonkel Gerfried hatte ihn oft einen Fetznschädel geschimpft und geklagt, dass er den ganzen Hof versaufen täte, wenn er könnte. Als Kind hatte sie sich darüber gewundert, verstand sie unter Fetzn doch Lappen, vor allem, wenn die Oma ihr drohte, sie mit dem nassen Fetzn vom Kuchen wegzujagen, von dem sie naschen wollte.

Wann hatte Adi mit der Sauferei angefangen? Hatte es einen konkreten Auslöser gegeben, eine dramatische Erfahrung? Vielleicht Onkel Rudis Ermordung, wenn es denn tatsächlich eine Gewalttat gewesen ist?

Irmi fröstelte und drehte die Heizung höher. Zwar hatte Martin Schober versprochen, dass er Ermittlungen zur Magd Nane anstellen würde, aber sie wollte erst den direkten Weg versuchen.

Als sie auf das Haus zuging, nahm sie aus den Augenwinkeln eine Bewegung hinter einem der Fenster von Paulis Kammer wahr. Da es früher Vormittag war, wunderte sie sich, dass der Knecht nicht bei der Arbeit war. Aber sie tat es mit einem Achselzucken ab.

»Die Traudl ist nicht da«, brummte Onkel Adi ihr statt einer Begrüßung entgegen. »Die ist in den Ort gefahren, einkaufen.«

Das traf sich sehr gut. Heinz war um die Zeit erwartungsgemäß draußen bei der Arbeit, und sie konnte allein mit Adi reden.

»Stört es dich, wenn ich bei dir da auf sie warte?«

Er verneinte und zündete sich eine Zigarette an. Zu gern hätte Irmi das Fenster aufgerissen bei dem Qualm, den Adi in der Küche verbreitet hatte, aber dann hätte er nur über die Zugluft geschimpft. Da musste sie durch.

In der Thermokaffeekanne war noch ein Schluck Kaffee, den Irmi sich einschenkte. Sie setzte sich zu ihm an den Tisch und musterte ihn verstohlen. Es musste schlimm sein, keine Aufgabe im Leben zu haben, nichts mit sich und dem Tag anzufangen zu wissen. Adi saß oft stundenlang in der Küche, hockte auf der Eckbank hinter dem Tisch und tat … nichts. Er stierte vor sich hin ins Leere, zuzelte an seinem Bier oder griff zum stärkeren Schnaps, bis er sich kaum noch aufrecht halten konnte, unverständliches Zeug vor sich hin brabbelte, irgendwann in sein Zimmer hinauf wankte und seinen Rausch ausschlief. Dann begann das unselige Spiel von vorn. Was für ein vergeudetes Leben.

Irmi kannte in ihrem Umfeld leider genug Männer, und auch ein paar Frauen, die dem Alkohol verfallen waren. Drei Kreuze machte sie, dass ihr Ehemann Leonhard als Installateur zwar auch gern mal ein Bier für den Durst getrunken hatte, aber höchstens bei Feiern zu viel erwischte. Mein Gott, was hatte sie sich für Sorgen gemacht, als ihre Söhne – der nach dem Vater benannte Leonhard und der jüngere Bastian – zuerst in die Schule nach Villach und dann nach Wien gegangen waren. Was, wenn sie mit harten Drogen in Berührung kamen und abrutschten? Dabei war Alkoholismus ein sehr viel weiter verbreitetes, von der Gesellschaft aber noch zu oft verharmlostes Problem.

»Ganz fremd ist es hier, ohne Großonkel Gerfried.« Irmi sah zum leeren Platz. »Immerhin, fünfundachtzig ist ein schönes Alter.« Irmi stützte die Unterarme auf den Tisch und verschränkte die Finger ineinander. »Obwohl, unheimlich ist es schon, findest nicht auch, Onkel Adi?«

»Was?«

»Erst hat sich der Rudi erhängt und jetzt der Gerfried. Was sagst denn dazu?«

Adi zuckte mit den Schultern. »Werd wohl ich der Nächste sein.«

Sie biss sich auf die Unterlippe. War sie nahe der Hysterie, dass sie eine düstere Bedeutung in seinen Worten zu erkennen glaubte, geradezu eine Prophezeiung? Oder war es nur eine nachlässig hingeworfene Bemerkung eines Mannes, der wusste, dass seine Zeit ablief, und der theoretisch – betrachtete es man rein altersmäßig – am Hof als Nächster an der Reihe war? Was, wenn es eine familiäre Vorbelastung gab, Depression sozusagen in der Familie lag?

»Adi, du wirst aber nicht so etwas Dummes machen ...«

»Wie mich aufhängen? Sicher nicht!« Er hielt die Tasse an den Mund und ließ geduldig den letzten Tropfen Kaffee herausrinnen. »Mich wirst nicht auf dem Bam finden, Irmi, das sag ich dir. Ich bin ein zacher Hund!«

»Das ist gut. Du, Adi, beim Begräbnis sind so viele Leute zusammengekommen. Und da haben wir darüber geredet, wie's früher war. Ich habe als Kind ja auch auf dem Hof gelebt. Sag, erinnerst du dich noch an die Nane?«

Er hob seinen Kopf und sah sie aus blutunterlaufenen Augen an. »Wieso fragst?«

»Nur so. Wir haben überlegt, wer alles einmal hier gelebt hat. Vom Großvater Rochus haben s' erzählt, und jemand hat die Nane erwähnt. Die war Magd, oder?«

»Ja.«

»Wie hat sie denn noch geheißen?«

»Moser. Anna Moser. Aber alle haben Nane zu ihr gesagt.«

»Sie war noch nicht so alt, damals, oder? Ich kann mich nur ganz dumpf an sie erinnern, dass sie blonde Zöpfe gehabt hat. Stimmt das?«

»Hm. Die Nane war in unserem Alter, so eppa wie der Rudi und i. Anfang zwanzig. A fesches Diandle.«

»Fesch?« Irmi gelang ein Lachen. »Hast eppa an Stand gehabt auf sie?«

Adis Mundwinkel hoben sich, einen Moment lang wirkte er verträumt, bevor sich ein Schatten über seine Gesichtszüge schob. »Das weiß ich nimma«, antwortete er schroff. »Ist schon so lang her.«

Er stand auf und holte sich ein Bier aus dem Kühlschrank.

»Die Pleschgatternig Resl war auch bei der Beerdigung.«

Als Nachbarin wurde das von ihr erwartet, doch angesichts dessen, was die Mama gestern erzählt hatte, war Irmi gespannt auf Adis Reaktion. Als einzige Tochter des Bauern war Resl eine gute Partie gewesen und hatte auch den elterlichen Hof geerbt. Obwohl sie mittlerweile halb blind war und am Stock ging, wurde sie heute als Altbäuerin von ihrer Familie geschätzt und geliebt.

»Hm.«

»War Onkel Rudi echt mit der Resl verlobt?«, hakte Irmi zunehmend ungeduldig nach.

»Kann schon sein. Geredet worden ist, dass er die Resl heiraten soll. Warum interessierst dich dafür? Das ist schon ewig her.«

Irmi lachte gespielt. »Das kommt wohl mit dem Alter, das man sich mehr mit der eigenen Herkunft beschäftigt. Ich weiß ja, warum mein Vater die Mama damals nicht geheiratet hat. Wegen dem Feld, dass die Oma und der Opa nicht hergeben wollten.« Es gelang ihr nicht ganz, den bitteren Klang zu verbergen. »Und wie ich gehört habe, dass Onkel Rudi die Resl hätte heiraten sollen, da bin ich neugierig geworden. Warum haben sie nicht geheiratet?«

Adi setzte die Flasche an und nahm einen langen Zug. »Weil der Rudi gestorben ist.« Er sah sie nicht an.

»Das ist alles?«

»Das reicht ja. Wie sollte er als Toter zum Altar gehen?« Er lachte heiser.

»Die Resl hat gesagt, da steckte noch was anderes dahinter«, schwindelte Irmi ihn an.

Adi schaltete auf stur und schwieg.

Sie trank ihren Kaffee aus und stand auf, um die Tasse zur Abwasch zu bringen.

»Was soll denn dahinterstecken?«, fragte Adi schließlich doch.

»Nicht was, ein Wer.« Irmi trat auf ihn zu und verschränkte die Arme. »Die Nane.«

Mit einem Seufzer vergrub Adi den Kopf in den Händen.

»Hat sie was gehabt mit dem Rudi? Adi? Sag's mir!«

»Und wenn schon. Sie war lei a Dirn.«

Er drängte sich an Irmi vorbei und holte sich ein weiteres Bier.

»Wenn er nur ein bisserl Hirn gehabt hätte, hätte er die Resl geheiratet, und gut wär's gewesen«, murmelte er mehr vor sich hin, als dass er zu ihr sprach. »A großer Bauer heiratet ka Dirn, die nix hat außer ihrer Schiazn!«

Irmi stellte sich ihm in den Weg. »Heißt das, Onkel Rudi wollte die Nane heiraten?«

»Der Depp. Merk dir eines, Irmi. Liebe, die vergeht. Nur das Land bleibt dir. Das hast sicher.« Grob schob er sie zur Seite und marschierte zur Tür.

»Hat die Nane ein Kind vom Rudi bekommen?«, rief sie ihm nach.

Adi riss die Tür auf und verharrte kurz, ohne sich umzudrehen. »Lass das Schtiadln in den alten Geschichten! Nur a Gulasch wird besser, wenn man's aufwärmt.«

»Und? War's eine Verunreinigung?«

»Nein. Ich habe sie gereinigt, aber das Gewehr war sauber. Sie pflegen Ihre Waffe ja gut, wie man sieht. Das kann's also nicht gewesen sein.«

Sepp zog es den Boden unter den Füßen weg. Die Hochstimmung der letzten Tage verflog. Wenn es kein Schmutz im Gewehr war …

»Ich konnte keinen Fehler feststellen. Hier, schauen Sie sich das Schussbild an. Auf hundert Meter mit der Munition, die Sie verwenden. Da haben wir fünf Treffer im Zehner. Das ist in Ordnung.«

»Das kann nicht sein. Bei mir ging's danebem.«

»Möglich, dass der Schaft der Körpergröße besser angepasst werden muss oder dass Sie Ihre Schießauflage optimieren können. Wenn Sie möchten, können wir einen Termin vereinbaren und uns am Schießstand Ihr Schießverhalten ansehen.«

Was glaubte der Bua, wenn er vor sich hatte? Wenn schon,

dann könnte er anderen Nachhilfe im Schießen geben, aber er brauchte keine Tipps von einem, der gerade erst den Windeln entstiegen war.

»Ich schieß seit mehr als dreißig Jahren mit dem Gewehr! Und bei mir ist … war … jeder Schuss ein Treffer.«

Der Büchsenmacher deutete auf die Zieloptik, das Swarovski Habicht 6x42. Wie die Waffe ein absoluter Klassiker. »Das Gewehr geht einwandfrei. Eine Möglichkeit wäre noch, das Zielfernrohr durch ein neueres zu ersetzen.«

Er stand auf und reichte Sepp eines zur Begutachtung hin. Sepp fasste es nicht einmal an.

»Das ist als Beispiel das KAHLES Helia 3 3-10x50i. Es würde mit der schlanken Bauart gut auf die Ferlacher passen und ist am neuesten Stand der Technik. Mit dem Sehfeld, der Dämmerungsleistung und der Vergrößerung und hier, auch einen Leuchtpunkt gibt es, sehen Sie garantiert bes–«

»Was?«, fauchte Sepp empört.

»Na ja, die Augen werden mit dem Alter nicht –«

»So eine Frechheit! An mir kann's nicht liegen! Das Gewehr hat gesponnen. Es wird schon eine Verunreinigung gewesen sein, und jetzt wollen S' mir nur ein neues Zielfernrohr verkaufen! Was weiß so ein junger Hupfer wie Sie schon vom Tuten und Blasen? Haben S' die Meisterprüfung am Villacher Kirchtag gewonnen?«

Mit einem Lächeln im Gesicht gab ihm der Büchsenmacher seine Ferlacher zurück. »Wenn ein Gewehr nicht trifft, liegt es nicht unbedingt an der Waffe. Manchmal sitzt das Problem eben hinter dem Schaft.«

Sepp grunzte und verließ das Geschäft. Und so was nennt sich Doc!

Der Lichtblick des Tages war, dass er sich mit Irmi treffen und mit ihr gemeinsam einen Reviergang unternehmen würde, um erstens die eingesetzten Kameras zu prüfen und zweitens zu versuchen, weitere Kirrungen aufzuspüren. Nicht, dass er das nicht auch allein könnte. Aber irgendwie fand Sepp ihre Gesellschaft schön, sogar angenehmer als die vom Reini Hader, mit dem er – obwohl der Jungjäger als nunmehr vollwertiges Mitglied der Hubertusrunde ohne Begleitung jagen durfte – auch jetzt noch ab und zu auf die Pirsch ging.

So richtig taute die Irmi heute allerdings nicht auf; sie war kurz angebunden und schien mit ihren Gedanken überall zu sein, nur nicht im Wald bei ihm.

»Heint bist aber a Schlåfhaubn«, beschwerte er sich, als sie auf eine seiner Fragen erneut keine Antwort gab.

»Entschuldige, was hast du gesagt?«

Sepp seufzte nachsichtig. Tramhapat oder grantig war ihm die Irmi aber am Arsch immer noch lieber als der Maierbrugger im Gesicht.

»Was ist denn los mit dir?«

»Nichts.«

Sie stiegen eine Anhöhe hinauf zum nächsten Hochsitz, überquerten eine Fratn und gingen dann einen Hohlweg entlang. Nach fünfzehn Minuten sah Sepp zu Irmi hin.

»Bist sicher, dass nichts ist?«

»Wegen Gerfried ist es. Und Onkel Rudi.« Irmi blieb stehen und wandte sich ihm zu. »Sepp, ich glaub, Onkel Rudi wurde damals umgebracht.«

Sie erzählte ihm von der Magd Nane, die vielleicht, vielleicht auch nicht ein Verhältnis mit Rudolf Ragger hatte. Von einem Baby, das es vielleicht, aber vielleicht auch nicht gegeben hatte.

»Womöglich wurde Großonkel Gerfried auch umgebracht. Vielleicht vom gleichen Mörder.«

Oder auch nicht. Wer weiß das schon? Sepp brummte der Schädel vor lauter Möglichkeiten. Dabei hatten sie hier doch einen echten Fall aufzuklären. Denn dass es Rotwildkirrungen gab, war fix. Da gab es kein Vielleicht!

»Meinst, ich spinn mir da nur was zusammen?«, fragte Irmi.

»Ja.«

Im Nachhinein klang die Antwort selbst für ihn ein wenig brüsk. Er hatte einmal im Gasthaus am Nebentisch einen Tschippl Frauen darüber klagen gehört, dass ihre Männer zu wenig verständnisvoll und sensibel wären und ihnen keinen Trost bieten würden, wenn sie etwas bedrückte.

Für Irmi, ja, für Irmi war Sepp bereit, seine sensible Seite zu zeigen. Er legte ihr seine Hand auf die Schulter und drückte sie aufmunternd.

»Du, mach dir nichts draus. Vielleicht hängt das mit deinen Wechseljahren zusammen.«

13

Martin nutzte mit Bettina den schönen Novembertag, um vom Hof ihrer Eltern aus hinein ins Dösental zu wandern. Gut, Bettina klärte ihn auf, dass alles, was man nur am Talboden entlangging und nicht höher hinauf in die Berge stieg, eigentlich kein Wandern war, sondern ein Spaziergang. Aber an solchen Spitzfindigkeiten stieß sich Martin nicht.

Am Dösenbach ging es an der venezianischen Säge vorbei, bis sie nach rund einer Stunde Wanderung – »Spaziergang!« – die umwaldete Konradlacke erreichten. Kein Vergleich zum höher gelegenen, imposanten Dösener See, aber ein malerisches Kleinod, das im Sommer zum abkühlenden Hineinwaten einlud. Die Strecke am Talboden war nicht anspruchsvoll, ideal für einen Familienausflug.

»Im nächsten Sommer schlepp ich dich wieder rauf zum Blockgletscher«, drohte Bettina, die ein paar Schritte zum Wasser vorging, während er sich auf einem kleinen Felsen niederließ. »Vielleicht schaffen wir es dann auch auf das Säuleck hinauf?«

»Hm.« Martin sah zurück in die Richtung, aus der sie gekommen waren, und überlegte, ob der Weg auch kinderwagentauglich war.

Auf jeden Fall war das Wasser Ende November kalt, eiskalt, wie er dank Bettina feststellen durfte, die ihm eine Handvoll davon ins Gesicht spritzte.

»Bist jetzt wieder munter? Sitzt da und träumt vor sich hin.« Sie lachte glucksend, während er sich die Tropfen vom Gesicht wischte.

»Ich habe nur darüber nachgedacht, wie schön es hier ist. Mit dir.«

»Okay, das ist ein Argument.« Sie setzte sich auf seinen Schenkel, schlang die Arme um seinen Hals und küsste ihn.

Hand in Hand wand… äh, spazierten sie nach einer Weile wieder zurück.

»Ich hoffe, ihr habt euch einen ordentlichen Appetit geholt«, begrüßte Bettinas Mutter sie fast ungeduldig in der Küche. »Das Mittagessen ist fertig.«

Bettina hob die Deckel. »Was für eine Kompanie kommt noch zum Essen, Mama?«

Martin grinste. Barbara Hader befürchtete, dass bei ihr jemand zu kurz kommen und verhungern könnte. Die Gefahr bestand ganz sicher nicht, im Gegenteil. Wenn Martin sich einen Monat lang von ihr bekochen lassen würde, könnte er sich neue Uniformen bestellen. Protest war zwecklos, das wusste er schon, so ließ er sich bereitwillig nach der Grießnockerlsuppe gleich zwei gefüllte Rindsrouladen auf den Teller laden, dazu Spätzle und Rotkraut.

»Gibst mir bitte die Grantn?«, bat Bettina Reini. Als ihr Bruder nicht sofort reagierte, unterstrich sie ihre höfliche Bitte mit einem Stoß mit dem Ellenbogen. »Reini-Heini, die Grantn!«

Martin wusste in solchen Momenten nie, ob er sich darüber freuen sollte, dass er als Einzelkind herangewachsen war, oder neidisch werden sollte. Wenn er die Beziehung zwischen Bettina und ihrem Bruder mit jener von Traudl und Heinz Ragger verglich, dann ergab das einen Unterschied wie Tag und Nacht. Den Neckereien am Haderhof fehlten die böse Schärfe, der Ernst, der Wunsch, den anderen zu verletzen, wie er es am Raggerhof erlebt hatte. Zwischen Bettina und Reini spürte man trotz geschwisterlicher Streitereien stets die Liebe, die beide verband.

»Wie immer ausgezeichnet«, wandte sich Martin an die Köchin.

»Schmeckt's dir?«

»Und wie.« Er hob abwehrend die Hand, als Barbara ihm noch eine weitere Roulade geben wollte. »Noch eine schaffe ich beim besten Willen nicht.«

»Du lässt Platz für den Kuchen, auch gut.«

Martins Blick zuckte erschrocken zur Kredenz. Zwischen dem rosa gepunkteten Gmundner Geschirr – Barbaras ganzem

Stolz – hatte sich tatsächlich ein Gugelhupf versteckt. Mist. Bettinas Mutter war eine begnadete Köchin, aber ihre Kuchen benötigten einen Waffenschein. Nur ein völlig abgebrühter Gerhard Koller sagte seiner Schwiegermutter in spe ins Gesicht, dass ihre Torten zum Vergessen waren. Deshalb war der Kollege vermutlich immer noch beziehungsweise schon wieder Single.

»Puh, ich fürchte, bei der Nachspeise muss ich passen. Ich bin so satt …«

»Geh, zum Kaffee rutscht schon wieder was. Du bist ja ein Mann, da gibt's kein ›Ich muss auf meine Figur schauen‹.« Sie warf ihrer Tochter einen vielsagenden, vorwurfsvollen Blick zu.

»Ja, Martin, sei ein Mann.« Bettinas Augen blitzten schelmisch, um nicht zu sagen schadenfroh.

Ihre Beziehung hatte längst das Stadium erreicht, in dem man nicht mehr viele Geheimnisse voreinander hatte. Dass er Barbaras Kuchen fast nicht hinunterbrachte, war eines der letzten gewesen, das er Bettina gegenüber kleinlaut gelüftet hatte. Statt ihn bei ihrer Mutter zu verpetzen, hatte sie einen Lachkrampf bekommen. »Was glaubst denn, warum ich Naschkatze bei der Mama immer sag, dass ich abnehmen will?«

Martin kam nicht aus; er musste ein Trum Kuchen bewältigen, wozu er eine zweite Tasse Kaffee benötigte. Wie Reini nach drei Rindsrouladen zwei Stücke davon verschlingen konnte, blieb ihm ein Rätsel.

Bettina unterhielt sich mit Barbara über die Zubereitungsart der Rindsrouladen und was alles hineinmusste; Speck und Essiggurken waren angeblich das Wichtigste.

Raimund Hader lehnte sich gemütlich zurück und zündete sich seine Pfeife an.

»Raimund, wie ist das eigentlich bei der Hofübergabe mit den Geschwistern? Steht denen ein Teil des Hofes zu oder werden sie üblicherweise ausbezahlt?«, fragte Martin.

Der Bauer blies Rauch aus und zog die Brauen zusammen. »Willst wissen, was die Bettina einmal erbt?«

»Um Himmels willen, nein!«

Martin spürte, wie seine Ohren brannten. Obwohl Raimund die Frage ganz nüchtern gestellt hatte, ohne jeden Vorwurf, als ob es Standard wäre, sich nach dem Erbe der Zukünftigen zu erkundigen. Barbara murmelte etwas von Mitgift.

»Nein! Ich frage wegen dem Ragger-Fall. Da kommt mir was nicht stimmig vor, aber mit dem bäuerlichen Erbrecht und was hier ortsüblich ist, kenne ich mich zu wenig aus. Deshalb wollte ich dich fragen …«

»Mh-hm.«

»Schatzi, heute ist doch dein einziger freier Tag in der Woche«, mahnte Bettina. »Da musst doch nicht –«

»Geh, hilf deiner Mutter beim Abwaschen und lass uns Männer in Ruhe reden.«

Verstehe einer die Weiber!

Gehen in die Luft wie ein Osterböller.

Während Sepp seinen Ofen einheizte, dachte er mit Schaudern daran zurück, wie Irmi ihm Feuer gemacht hatte. Anscheinend waren die Wechseljahre ein Thema, über das Frauen mit Männern ebenso wenig gern redeten wie über ein Karbunkel.

Er schloss die Tür, damit die Küche schneller warm wurde, und nahm ein Paar Selchwürste und ein Packerl Sauerkraut aus dem Kühlschrank. Eigentlich wäre er ja auf ein Wiener Schnitzel glustig gewesen, und er hatte Irmi auf eine Schnitzelsemmel bei der Lagerhaustankstelle eingeladen; doch sie hatte gschnaprig abgelehnt. Mit dem Maierbrugger ist sie sehr wohl essen gegangen. Die Lust aufs Wiener war Sepp vergangen.

Heftiger als erforderlich stach er die Wurst mit der Gabel an, bevor er sie im kalten Wasser zustellte. Das Sauerkraut erhitzte er langsam in einem separaten Topf. Im Kühlschrank fand er noch eine Tube Senf und legte sie mit Messer und Gabel auf den Tisch.

Als er die massakrierten Zeitungen auf die Seite schob, um Platz zu haben, entdeckte er Beltens UHUs. Die Würste mussten mindestens fünfzehn Minuten sieden, daher beschloss er, ihm rasch sein Eigentum zurückzubringen. Vor allem, weil er in absehbarer Zeit keine Verwendung für Klebstoff hatte und das Glump bei ihm nur herumliegen würde. Ordnung musste sein.

»Komm, Akko.«

Der Hund konnte ruhig einen von Beltens Büschen begießen; mit ein bisserl Glück sah der Nachbar es. Wann immer der Belten in die Luft ging, hatte Sepp die beste Gelegenheit, selbst Dampf abzulassen. Das könnte er jetzt gut gebrauchen. Deshalb schritt er mit einer gehörigen Portion Vorfreude auf das Nachbarhaus zu.

Das Grinsen fror ihm ein, als er das gelbe Schild an der Haustür sah. Die von der Polizei verteilten Taferln waren klein und unaufdringlich gewesen. Jetzt aber …

Er musste Belten auf blöde Ideen gebracht haben, denn der war mit der Zeitungsausschneiderei auf den Geschmack gekommen und hatte gebastelt. Hatte der Piefke die »Kronen Zeitung« vom letzten Jahr aufbewahrt oder schon damals den Artikel entnommen, weil sein kurzzeitig prominenter Nachbar präsentiert wurde? Das Bild zeigte Sepp an der Straße vorn, im Hintergrund waren deutlich sein und Beltens Haus erkennbar.

Er hob seine Hand, um zu klingeln, zog sie aber nach einem Moment zurück. Es fiel Sepp nicht schwer, aus dem Stegreif ein Donnerwetter loszulassen, das sein Gegenüber auf dreißig Zentimeter zusammenstutzte, mit Hut. Aber gerade jetzt hatte er so einen Schlade, so eine Mordswut im Bauch, dass er nicht klar denken konnte.

Mit dem UHU in der Hand machte er kehrt und ging nach Hause.

Wie konnte er es wagen, der Belten! Wie konnte er es wagen, sich ein Schild an die Tür zu picken, ein Schild mit einem Foto von Sepp, auf dem ganz groß stand: »VORSICHT, BISSIGER NACHBAR!!!«

14

High Noon.

Wie in seinen geliebten Westernklassikern. Die jähe, sich im Saloon ausbreitende Stille, bevor sich Held und Schurke auf der staubigen Straße zum Duell trafen. Nahaufnahme der zusammengekniffenen Augen.

Ja, Bettinas Gesichtsausdruck passte perfekt. Sie schien bereit, nach dem Revolver zu greifen und den Herausforderer über den Haufen zu ballern.

Martin räusperte sich betreten.

Wenn Bettina einen wunden Punkt hatte, dann war es dieser. Wenn sie nur den leisesten Verdacht hatte, geringgeschätzt und in die Rolle des braven, kuschenden Weibchens gedrängt zu werden, reagierte sie wie eine Handgranate, der man den Splint gezogen hatte. Martin tat sich oft schwer, gegen diese Schatten aus ihrer Ehe mit dem Grazer Vollkoffer anzukämpfen, zumal es für ihn selbstverständlich war, in ihr seine Partnerin zu sehen, ebenbürtig in jeder Hinsicht.

Geh, hilf deiner Mutter beim Abwaschen und lass uns Männer in Ruhe reden.

Falscher Text, ganz falscher Text!

Reini kicherte. Barbara stellte einen Topf geräuschvoll in die Abwasch und drehte das Wasser auf.

Martin schluckte gegen den Kloß in seinem Hals an.

»Wie bitte?«, fragte Bettina verdächtig ruhig.

Sie gewährte eine letzte Chance, die Beleidigung zurückzunehmen. Nimm sie an und lebe, oder wiederhole deine Worte und stirb! Typische Westernsituation.

Raimund senkte die Pfeife und nickte zur Küchenzeile hin.

»Hilf der Mama, derweil ich mit dem Martin red.«

Martin starrte seinen Schwiegervater in spe sprachlos an. Deshalb entging ihm nicht, dass Raimund seiner Tochter dabei zuzwinkerte.

Und Bettina? Sie seufzte gespielt, stieß ein »Männer!« aus und ließ sich von ihrer Mutter ein Geschirrtuch geben.

Martin rieb sich das Kinn. War er im falschen Film?

»So, was willst wissen?«

»Ähm ...« Martin zwang sich dazu, sich nicht nach Bettina umzudrehen. »Ich werde aus einer Besitzteilung am Raggerhof nicht schlau.« Martin hatte dazu sogar Einblick in das öffentlich einsehbare Grundbuch genommen. In kurzen Worten schilderte er den Sachverhalt.

»Rudolf Ragger hat also 1966 nach dem Tod von seinem Vater Rochus den Hof übernommen und ist auch als alleiniger Besitzer im Grundbuch eingetragen worden«, fasste Raimund zusammen. »Kurz darauf ist Rudolf selbst gestorben, und der Hof und das dazugehörige Land ist dann zwischen seinem Bruder Adolf und seinem Onkel Gerfried aufgeteilt worden?«

»Genau.«

»Eigenartig. Bei einer Realteilung ist es üblich, dass alle Kinder einen Anteil bekommen. Das Problem dabei ist, dass dadurch der Besitz mit der Zeit so aufgesplittert werden könnte, dass am Ende gar keiner mehr davon leben kann. Deshalb ist's normalerweise so, dass nur ein Kind den Hof übernimmt und die weichenden Erben anteilsmäßig ausbezahlt werden.«

»Ich habe keinen Hinweis gefunden, dass es bei den Raggers in den Jahren davor jemals so eine Teilung gegeben hätte.«

»Das Land muss zusammengehalten werden. Einer kriegt den Hof, die anderen den Pflichtteil ausbezahlt. Und selbst da wird immer darauf geschaut, dass die Belastungen für den Hof in einem Ausmaß bleiben, dass er wirtschaftlich überleben kann. Der Pflichtteil wird daher gar nicht vom Verkehrswert berechnet, sondern vom Ertragswert. Viel kommt da nicht heraus.« Raimund klopfte die Pfeife aus. »Es liegt an den Alten, bei Lebzeiten darauf zu schauen, was und wie übergeben wird und was die weichenden Erben bekommen. Die Bettina zum Beispiel kriegt –«

»Du, das will ich gar nicht wissen«, wehrte Martin ab.

»Ich habe gedacht, es ist dir ernst mit der Bettina?«

Mit einem Mal verstummte das Klappern des Geschirrs. Heute sprang er offensichtlich von einem Fettnäpfchen ins nächste. Und das mit Anlauf.

»Doch, natürlich. Nur hat das nichts damit zu tun, was sie einmal erben wird.«

Er bekam kaum noch Luft, als Bettina von hinten ihre Hände um seinen Hals schlang und ihn laut schmatzend aufs Ohr küsste.

Raimund grinste und begann, sich die Pfeife erneut zu stopfen.

»Der Hans-Jürgen hat immer gefragt, was mein Baugrund wert ist«, verriet Bettina.

»Vergiss den Todl«, erwiderte Raimund knapp.

»Früher hat aber gezählt, was jeder mit in die Ehe einbrachte?«, hakte Martin nach.

»Und wie!«, ließ sich Barbara vernehmen. »Raimunds Vater hätte auch lieber gesehen, wenn er eine andere geheiratet hätte, die mehr gehabt hat als ich.«

»Das war a schiacha Teifl und dumm wie die Nacht finster. So viel Geld hätt die gar nicht haben können, dass ich sie genommen hätte.«

Barbara wischte sich die Hände an der Schürze trocken, setzte sich zu Raimund und drückte ihm, der davon peinlich berührt wirkte, einen Schmåzer auf die Wange. »Bist schon a Romantiker, du, ga?«

»Hm.«

Eine romantische Ader beim ruppigen Bauern bezweifelte Martin sehr. »Kennst du den Spruch: Liebe vergeht, Hektar besteht?«

»Fralewol. Das haben s' oft gesagt, die Bauern. Das Land bleibt dir. Aber weißt«, sinnierte Raimund laut, »wenn man wen gernhat, das ist viel wichtiger.«

Er legte seinen Arm um seine Frau und drückte sie kurz an sich, bevor er ihr spielerisch in den Hintern zwickte.

»Auf mit dir, Bärbel! Ich will dem Martin was zeigen.«

Mit der ganzen Familie im Schlepptau – abgesehen von Reini, der sich in den Stall aufmachte – ging Raimund hinter das Bauernhaus. Hier breitete sich eine Wiese aus, die angesichts der in der Katastralgemeinde Dösen vorherrschenden Hanglage geradezu eben zu nennen war. Ein kräftiger Nussbaum sowie ein paar Obstbäume richteten sich zum Winterschlaf ein.

»Sag, Bettina, wollts Weihnachten bei uns heroben feiern?«, hörte er Barbara Bettina fragen. »Denn beim Martin habts ja gar keinen Platz für einen Christbaum. So a klane Wohnung.«

Was Bettina antwortete, bekam er nicht mit. Denn er fühlte sich Raimunds vorwurfsvollem Blick ausgesetzt. Im Gegensatz zu Barbara, die ihrer Tochter ein paarmal geholfen hatte, deren Sachen nach Obervellach zu bringen, hatte er Martins Wohnung noch nie betreten, was ihn als fürsorglichen Vater nicht daran hinderte, bestens über die Verhältnisse informiert zu sein.

»Ich schau schon nach was Größerem«, gestand Martin hastig.

»Denkst nicht dran zu bauen? Das wäre doch weit gscheiter.«

Bettina trat näher, die Arme vor dem Bauch verschränkt, die Augenbrauen hochgezogen.

»Was beredet ihr zwei?«, fragte sie argwöhnisch.

»Ich hab den Martin gefragt, wann ihr mit dem Bauen anfangen wollt«, antwortete Raimund, die Frage von gerade eben deutlich verschärfend.

Martin sah vor seinem inneren Auge eine Handgranate leuchten.

»Bauen?«

»Natürlich. Bauen tuat man als a Junger. Dann brauchst den Platz«, stimmte Barbara eifrig ein. »Oder wollt ihr keine Kinder?«

»Mama!«, schrie Bettina. »Wir sind noch nicht so weit. Martin und ich«, sie hakte sich demonstrativ bei ihm unter, »wir wollen uns noch Zeit lassen mit unserer Beziehung … und mit der Familienplanung sowieso.«

Wenn es nach Martin ginge, könnten sie eher früher als später loslegen. Aber er hütete sich, das jetzt laut zu sagen.

»Zeit lassen? Der Papa möcht seine Enkalan doch a noch erleben«, klagte Bärbel und rang die Hände, als ob Raimund in seinen letzten Zügen am Sterbebett läge.

Es war unschwer zu erkennen, woher Bettina ihre Dramaqueen-Allüren hatte. Wenn Bettina und er ein Mädchen bekämen, konnte er sich auf etwas gefasst machen. Das würde ihm schon im Kindergartenalter graue Haare bescheren, ganz zu schweigen, wenn es zum Teenager heranwuchs. Der Schrecken aller Männer. Auf einmal verstand Martin, warum Raimund seine Schrotflinte griffbereit aufbewahrte.

»Wollt ihr eppa warten, bis du vierzig bist?«, fragte Barbara fast weinerlich.

Raimund verlor kein Wort, fixierte Martin aber mit einem stechenden Blick unter den buschigen Brauen hervor. Django war ein Dreck dagegen.

»Sag was«, zischte Bettina Martin kaum hörbar zu. Sie krallte ihre Fingernägel in seinen Unterarm. Schmerzhaft.

Jetzt begriff Martin auch die volle Bedeutung der englischen Redewendung *between a rock and a hard place*.

»Ähm, nein, bis vierzig warten wir nicht.« Er beschloss spontan, Raimund gegenüber auf die patriarchalische Karte zu setzen, drückte aber zugleich Bettinas Hand, um ihr zu signalisieren, dass er sich nicht ernsthaft in einen Neandertaler verwandeln wollte. »Aber *ich* täte mir schon wünschen, dass die Bettina zuerst ihr Studium fertig macht. Sie hat es schon einmal abbrechen müssen wegen ihrem Ex, als der sie als billige Arbeitskraft in seiner Ordination gebraucht hat.«

»Der Toker«, grollte Raimund.

»Ja, da lässt Martin nicht mit sich reden«, schwindelte Bettina. »Erst der Abschluss, dann ein Kind.«

Vielleicht sollte er die Chance ergreifen und später, wenn sie wieder allein waren, das Thema Nachwuchs einmal ganz dezent anstreifen? Noch hatten sie nie darüber gesprochen. Kein Wunder, wenn für Bettina schon ein offizielles Zusammenziehen der blanke Horror war.

»Ach, da täten wir uns freuen«, rief Barbara und umarmte ihre Tochter, als ob sie ihr gerade einen positiven Schwangerschaftstest hingehalten hätte.

»Du wolltest mir etwas zeigen, Raimund?«, lenkte Martin das Gespräch in sicherere Bahnen.

Der Bauer deutete über die Wiese, an der entlang die Einfahrt zum Haderhof verlief.

»Ich habe schon alles geregelt, damit's keine Streitereien gibt. Der Reini übernimmt einmal den Hof. Bettina bekommt Geld und« – er legte eine spannungssteigende Pause ein – »der Baugrund da gehört ihr schon.«

»Mehr als zweitausend Quadratmeter, das ist genug Platz für eine *große* Familie«, ergänzte Barbara gut gelaunt. »Natürlich könnt ihr auf unsere Hilfe zählen beim Bauen, und der Reini packt gewiss auch mit an. In einer Familie hält man zusammen.«

Martin presste seine Hand auf den Magen; er hatte plötzlich ein flaues Gefühl im Bauch.

»Na, was sagst? So an schönen Grund findest so schnell nimma«, erklärte Raimund stolz.

Der Baugrund war tatsächlich wunderbar auf der Sonnenseite gelegen und bot einen herrlichen Ausblick. Martin sah zum Bauernhaus und schätzte die Distanz zwischen diesem und dem Grundstück. Selbst wenn Bettina und er ein Haus ganz auf der Ostseite desselben bauen würden, blieb die Distanz innerhalb der Rufweite.

»Toll«, brachte er hervor.

Nein, am Grundstück war nichts zu beanstanden. Aber Jugenderfahrungen ließen sich nicht so einfach abschütteln, sie prägten. Ein Leben lang. Martin kam zwar immer besser mit Raimund zurecht, sie verstanden sich im Grunde gut, und wie der heutige Tag bewies, gelang es ihm sogar, in einem potenziellen Streitfall mit einer ordentlichen Portion Diplomatie und noch mehr Glück davonzukommen.

Doch das änderte nichts daran, dass sich Bettinas Baugrund verflixt nah am Haderhof befand.

Er warf Raimund Hader einen Blick von der Seite zu.

In Schrotschussdistanz.

»Pauli, was machst denn da?«

Traudl war auf der Suche nach ihrem Bruder, fand aber nur Pauli im Stall. Er schraubte wild am Traktor herum.

»Des is a so. Der Heinz hat gesagt, ich soll …«

»Ja, weißt du denn überhaupt, was du da tust?«, fragte sie skeptisch.

Pauli sah hilflos zwischen seiner Hand mit dem Schraubenschlüssel, dem Motorenblock und Traudl hin und her.

»Lass das lieber den Heinz machen, der kennt sich aus! Sperr du mir die Hühner ein, danach kriegst dein Nachtmahl.«

»Aber … aber … es ist doch erst fünfe«, maulte Pauli.

»Heute gibt's das Essen früher. Ich bin dann weg.«

Wie schade, dass ihr Bruder nicht da war, um das zu hören! Beschwingt kehrte Traudl ins Haus zurück und richtete das Nachtmahl an. Ausnahmsweise gab es kalte Küche, aber mit der deftigen Jause würden Pauli und Heinz schon auskommen. Adi war seit gestern auf der Almhütte. Das war kein Fehler, wo er in den letzten Tagen schier unausstehlich war und noch mehr soff als sonst und schon in der Früh mit Schnaps anfing. Nicht zum Aushalten war es mit ihm.

Aber was kümmerte das Traudl? Kichernd wie ein junges Mädchen eilte sie die Stiege hinauf, um sich frisch zu machen und sich eine andere Bluse und einen dunklen Rock anzuziehen. Sogar einen blassroten Lippenstift hatte sie beim heutigen Einkauf erstanden, und sie trug ihn mit großer Vorsicht und noch größerer Vorfreude auf. Dabei summte sie das Lied »Rote Lippen soll man küssen« vor sich hin. Samstagabend war, und sie würde fein essen und dann ins Kino gehen. Mit Viktor.

Ein paar Minuten vor der vereinbarten Zeit eilte sie bereits hinaus und wartete unter dem Kastanienbaum auf Viktor.

»Hübsch siehst du aus, Edeltraud«, begrüßte er sie herzlich und hielt ihr galant die Beifahrertür auf.

Auf ihren Rat hin – wie er betont hatte, wollte er gutbürgerlich essen, legte aber größten Wert auf ein angemessenes Preis-Leistungs-Verhältnis – hatte er beim Spittaler Brückenwirt einen Tisch reserviert. Traudl bestellte sich eine Leberknödelsuppe; Viktor verzichtete auf eine Vorspeise, nachdem ihm die Kellnerin versichert hatte, dass es sich bei den Hauptgerichten um große Portionen handelte.

»Wie geht's dir nach diesem schrecklichen Trauerfall?«, erkundigte er sich zum wiederholten Male mitfühlend.

»Ich muss damit leben lernen, dass der Papa nicht mehr da ist. Heinz steckt das viel leichter weg, er ist halt ein Mann.«

Viktor wartete, bis sie ihre Suppe ausgelöffelt hatte.

»Und Adolf?«

»Ach, ich habe dir erzählt, dass er ein kleines Problem hat mit« – sie sah sich um und versicherte sich, dass es keine Zuhörer gab – »dem Alkohol. Er ist auf die Almhütte hinauf, weil er gesagt hat, er will allein sein.«

Adi war tatsächlich fertig mit sich und der Welt. Wenn er überhaupt den Mund aufmachte, redete er nur vom Vater und Rudi, der sich anscheinend im selben Waldstück erhängt hatte. Ein verfluchter Ort, hatte Adi geklagt, verflucht wie der ganze Hof.

»Eine Almhütte? Das klingt schön. Ist sie so urig wie der Troadkastn?«

»Nein, sie ist nicht so schön hergerichtet wie das Ferienhäusl für unsere Gäste. Es ist eine schlichte Hütte, gerade mit einem Zimmer und einer Speis. Mehr nicht. In einem Graben drin ohne Aussicht und auf der Schattseite, dafür aber in absoluter Alleinlage.«

»Eine einsame Hütte? Das klingt ja richtig romantisch«, erwiderte er mit einem Lächeln und ergriff ihre Hand. »Vielleicht können wir beide einmal hinauf? Ganz allein?«

Traudl stimmte begeistert zu.

Als die Hauptspeise serviert wurde – sie hatte sich ein Cordon bleu bestellt, Viktor einen panierten Drautaler, ein dem Emmentaler ähnlicher Schnittkäse –, machte er große Augen. Die Kellnerin hatte mit den Portionen nicht übertrieben, eher die Köchin.

Gern hätte Traudl gefragt, ob sie ein Stück von seinem Käse probieren dürfte, doch sie traute sich nicht. Es wirkte doch zu intim.

»Ich glaube nicht, dass ich mein Cordon schaffe. Es ist ja riesig«, sagte sie mit einem Lächeln.

»Hättest lieber die Suppe weggelassen. Am besten, du isst die Pommes, das Schnitzel kannst auch für morgen einpacken.«

Sie aßen schweigend weiter. Nach der Hälfte legte sie das Besteck ab, um zu pausieren. Der Bund ihres Rockes schnürte leicht ein, und sie rückte ihn diskret ein Stück tiefer. Traudl lugte zu Viktor hin, der sich gerade über sein drittes Stück Käse hermachte, aber auch schon sichtlich zu kämpfen hatte.

»Bist auch schon satt?«, fragte sie.

»Ja.« Er schnaufte, trank einen Schluck Wasser und griff wieder nach dem Messer. Auf seiner Stirn glänzten vereinzelte Schweißperlen.

»Lieber den Magen verrenken, als dem Wirt was schenken?«, neckte Traudl ihn.

Kauend hob Viktor den Kopf. Er schluckte wohlerzogen, bevor er antwortete. »Ich habe von klein auf von meiner Mutti gelernt, dass man kein Essen am Teller lässt. Das ist Verschwendung. Anderswo verhungern die Leute!« Er deutete mit dem Messer auf ihren noch halb vollen Teller. »Wenn sie das sehen würde, die Mutti, die würde dir was erzählen!«

Betreten, dass ihr Versuch zu scherzen danebengegangen war, stocherte Traudl die kalt werdenden Pommes auf und zwang sich, sie bis aufs letzte Stück zu essen. Für das Cordon bleu ließ sie sich Papier zum Einwickeln geben und steckte es in ihre Handtasche.

Im Kino lief eine seichte amerikanische Komödie mit abstrusen Verwicklungen. Traudl war ein wenig enttäuscht, doch dann nahm Viktor ihre Hand und hielt sie bis zum Ende des Filmes fest.

Als sie später in der Tiefgarage beim Auto standen, raffte Traudl ihren Mut zusammen und versuchte, Viktor einen Kuss auf die Lippen zu drücken. Überrascht fuhr sie zurück, als er den Kopf zur Seite drehte.

»Entschuldige!« Er hielt sich die Hand vor den Mund, als es ihm aufstieß. »Ich fürchte, mir ist schlecht vom vielen Käse.«

Als er ihr auf der Heimfahrt noch mitteilte, dass er gleich morgen früh für zwei oder drei Tage heim nach Linz fahren wollte, um seine Mutter zu besuchen, musste sie eine Träne wegblinzeln. Sie schnäuzte sich und wischte sich mit dem Taschentuch verstohlen den Lippenstift ab.

15

Am Montag ging Martin von der Polizeiinspektion den Hauptplatz hinunter zum Gemeindeamt, wobei er sich Zeit ließ. Klar hätte er auch anrufen und sein Anliegen telefonisch vorbringen können, aber erstens brauchte er dringend frische Luft, zweitens konnte er so im Vorbeigehen noch einen Falschparker abstrafen, und drittens hatte er mit Gerhard Koller Innendienst – was Punkt eins erklärte.

Irgendwie konnte Gerhard nicht verwinden, dass er den Wissenscheck, zu dem Treichel ihn so überraschend verdonnert hatte, um die Demenz-Weiterbildung in Gang zu setzen, versemmelt hatte. Vor allem, da der Chef auch alle anderen dazu gedrängt hatte, vorab die Fragen zu beantworten, damit jeder Einzelne einen Vergleichswert zum Ergebnis nach dem E-Learning hatte. Was sie sofort hatten, war ein Vergleich ihrer Ergebnisse untereinander, und da hatte Gerhard mit Abstand am schlechtesten abgeschnitten.

Das hatte anscheinend seinen bis dahin tief und fest schlafenden Ehrgeiz geweckt. Die meisten Kollegen hatten den Wissenscheck bereits durchgeführt und allesamt mit guten Ergebnissen bestanden, keiner war unter fünfundachtzig Prozent geblieben. Gerhard jedoch schob ihn ständig hinaus, weil er noch nicht fit genug dafür wäre, wie er sagte.

»Das ist ka Matura«, hatte Kerstin ihn gepflanzt. »Du kannst nicht wirklich durchfallen, und wenn doch, machst ihn locker noch einmal.«

Keine Chance. Gerhard machte eine Wissenschaft daraus – und nervte alle anderen mit seiner Streberei. Er hatte sich Fachbücher gekauft und googelte auf Teufel komm raus.

»Prüf mich ab«, hatte Gerhard Martin vorhin gebeten und ihm einen Stapel Ausdrucke gegeben.

Unterschied zwischen Alzheimer und vaskulärer Demenz. Ob mehr Frauen oder Männer an Demenz erkranken. Risikofaktoren. Prävention. Was bedeutete im Zusammenhang mit an Demenz Erkrankten der Begriff »wandern«? Die Fragen und Antworten an sich waren ja interessant; aber im fünften oder sechsten Durchgang verloren sie an Attraktivität. Berücksichtigte man noch, dass Gerhard jedes Mal, wenn er etwas nicht perfekt wusste, loskollerte, war verständlich, dass Martin dringend raus aus der Dienststelle musste. Ihm rauchte der Kopf.

Er klopfte an die Tür zum Standesamt.

»Willst heiraten?«, fragte die Standesbeamtin Gerda Hoflehner, die aufgrund ihrer Dienstjahre quasi schon zum Inventar gehörte.

»Sagst du denn mal endlich Ja, Gerda?«

»Niemals! Ich bin glücklich geschieden.«

»Na, dann bräuchte ich bitte Informationen zu einer Geburt.«

»Wirst erst Papa? Machst eine Kärntner Hochzeit?«

Sie rollte mit ihrem ergonomischen Drehstuhl zurück und überschlug die Beine, bevor sie einladend auf die beiden Besuchersessel deutete. Zwei ergaben Sinn am Standesamt.

»Ich nehme, was ich kriegen kann«, erwiderte er mit einem Lachen und setzte sich. »Die Reihenfolge ist mir egal, solange die Frau die gleiche ist.«

»Braver Bua.«

»Wenn ich nach einer Geburt in den sechziger Jahren hier in Obervellach suche, bin ich bei dir richtig, oder?«

»Oh ja.«

»Ich habe nur den Namen der Mutter: Anna Moser. Die Geburt müsste spätestens 1967, eher davor erfolgt sein.«

»Gut, dann musst mir einen schriftlichen Antrag in dreifacher Ausfertigung ausfüllen«, antwortete sie ernst. »Mit drei oder vier Wochen musst schon rechnen.«

Er sah wohl besonders belämmert drein, denn Gerda lachte schallend, ohne dass sich auch nur ein Härchen ihrer festgetafteten knallroten Kurzhaarfrisur bewegt hätte.

»Nur ein Witz unter Beamten. Komm mit zum Safe, du kannst mir tragen helfen. Ich bin ja nicht mehr die Jüngste.«

Drei Bände zog sie heraus und reichte sie an Martin weiter. »Ein bisserl dauern kann es schon, die alle durchzublättern. Pro Jahr sind es dann doch einige Geburten. Damals hatten ja nur die wenigsten Leute einen Fernseher. Kommst wieder oder bleibst da und hilfst mir?«

Martin dachte an Gerhard. Er musste nicht lange überlegen. »Ich bleibe.«

»Gut, dann an die Arbeit. Nachdem ich uns einen Kaffee gemacht habe.«

Zu zweit ging die Recherche zügig voran.

»Hier haben wir sie, Anna Moser.« Gerda drehte das Buch, sodass er den Eintrag lesen konnte. 14. Oktober. Drei Tage später war Rudolf Ragger erhängt im Wald aufgefunden worden.

Die vorliegenden Daten waren mehr als spärlich. Die Eintragung im Geburtenbuch war auf die mündliche Anzeige der Hebamme hin vorgenommen worden. Der Kindsvater galt als unbekannt, das Kind selbst war männlich, ein Vorname war nicht dokumentiert. Im Zentralen Melderegister hatte Martin Anna Moser nicht gefunden, und mit den spärlichen Angaben zum Kind würde er auch nicht weiterkommen.

Zumindest wusste er, dass Linde Ragger sich nicht geirrt hatte: Anna Moser hatte tatsächlich ein Kind bekommen.

»Danke für deine Hilfe. Sag, Gerda, hast du eine Visitenkarte?«

»Selbstverständlich.« Sie reichte ihm eine.

Martin grinste. Die würde er daheim auf den Küchentisch legen, als kleine Rache an Bettina. Denn sie erinnerte ihn bei jeder wahrlich unpassenden Gelegenheit daran – wie gestern spätabends im Bett mit, sagen wir mal, vernichtender Folgewirkung –, dass sie in absehbarer Zukunft Tür an Tür mit ihrem Vater leben würden.

Zurück auf der Polizeiinspektion blieb er im unteren Journaldienstraum, wo Kerstin Innendienst hatte. Da Adolf Ragger 1966 schon erwachsen war und somit der Einzige, der etwas zur damaligen Zeit wusste, entschied Martin, ihn zur Einvernahme zu bestellen. Er griff zum Telefon, erreichte jedoch nur Traudl Ragger, die ihn informierte, dass Adolf sich in der Almhütte der Familie verkrochen hätte. Handyempfang gäbe es dort oben nicht.

Am Nachmittag waren zwei Stunden Lasermessen an der Bundesstraße angesagt. Gedanklich war Martin jedoch bei der Familie Ragger. Als er Richtung Obervellach zurückfuhr, legte er kurzerhand einen Abstecher nach Leutschach ein.

Auf sein Klopfen hin öffnete Traudl Ragger die Tür. Ihre Augen waren gerötet, sie hatte eindeutig geweint.

»Ich habe den Pauli hinaufgeschickt, damit er den Adi holt«, erklärte sie statt einer Begrüßung. »Wenn er weiß, dass die Polizei mit ihm reden will, wird er wohl heimkommen.«

Oder erst recht bleiben, wo ihn so schnell niemand befragen konnte.

»Wollen S' in die Küche hereinsitzen? Der Pauli ist schon vor mehr als zwei Stunden los. Jeden Augenblick sollten s' daham sein.«

In der Küche war der Tisch bereits für das Abendessen gedeckt; am Herd kochte ein Topf mit undefinierbarem Inhalt.

»Frau Ragger, ich möchte nicht unhöflich sein. Aber darf ich fragen, ob es – abgesehen vom Tod Ihres Vaters – etwas gibt, das Sie bedrückt?«

Beschämt fuhr sie sich über die Augen. »Das Leben ist hart in den Bergen«, flüsterte sie. »Das hat mein Papa immer gesagt. Hart, aber ungerecht.«

Keine sehr positive Grundstimmung. Martin überlegte noch, wie er sie zum Reden motivieren konnte, da kam ihr Bruder Heinz herein.

»Polizei, schon wieder? Hat sich noch wer hamgedraht?«

»Heinz!«

»Wer hätte denn Ihrer Meinung nach Grund dazu?«

»Da fallen mir genug ein«, brummte er.

Heinz wartete nicht ab, bis seine Schwester ihm das Abendessen servierte, sondern nahm sich einen Teller und schöpfte sich dampfenden Eintopf darauf. Brot stand bereits geschnitten am Tisch bereit. Ohne Umschweife begann er, sich das Essen in den Mund zu schaufeln. Mit angeekelter Faszination beobachtete Martin, wie sich breiartige Speisereste im Schnurrbart verfingen. Zu so einem Gestrüpp unter der Nase sagte man in Kärnten gern Rotzbremsn; es hatte eindeutig noch weitere Funktionen.

»Wollen Sie mit uns mitessen?«

»Nein, danke«, lehnte er Traudls Angebot ab. Ihm war jeglicher Appetit vergangen.

»Herr Ragger?«

»Was?« Heinz langte nach einem Stück Brot und sah kurz auf.

»Wer hätte denn noch Grund, Selbstmord zu begehen?«

»Außer der Traudl?«, feixte er boshaft.

Nein, zwischen den beiden Geschwistern herrschte wenig Zuneigung. Kein Vergleich zur Beziehung zwischen Bettina und Reini.

»Heinz!«

»Ist doch wahr. So a Trutschn bist, das Liebeskummer hast, in deinem Alter!«

Traudl wurde über und über rot und versteckte ihr verplärrtes Gesicht hinter den Händen.

»Du … du Tule!«, stieß sie tief gekränkt hervor.

Heinz zuckte die Schultern und wischte den Teller mit einem Stück Brot sauber. »Plåtztreapn. Verschaut sich in einen Feriengast, in ihrem Alter.«

Beleidigt räumte Traudl das Geschirr ab.

»Was wollen Sie?«, fragte Heinz Martin angriffslustig.

»Ein paar Antworten.«

»Vom Adi«, warf Traudl ein. »Deshalb hab ich den Pauli mit seiner Reibm losgeschickt, dass er ihn holt.«

»Viel Glück.« Heinz lachte hämisch. »Von der Rauschkugel werden S' nichts Vernünftiges hören.«

Martin sagte nichts, sondern sah Heinz nur ruhig an, bis dieser zu lachen aufhörte und an seinem Schnurrbart zurrte. Eine Serviette würde wirklich nicht schaden.

»Geht's um den Selbstmord vom Vater, oder?«

»Auch.«

Er zählte die Sekunden, bis Heinz das Schweigen nicht mehr aushielt und nervös wurde. »Was meinen S' mit ›auch‹?«

Martin stützte gelassen die Arme auf den Tisch. »Herr Ragger, Sie waren neun Jahre alt, nicht wahr?«

»Was?«

»1966.«

»Ja, und?«

»Lei ein Kind.« In gespieltem Bedauern schüttelte Martin den Kopf. »Da werden Sie nichts mitbekommen haben ... Können Sie sich überhaupt an Rudolf Raggers Tod erinnern?«

»Natürlich! Ich war a Bua! Auf an Hof wird man schnell groß. Die Traudl hat ja noch in die Windeln geschissen, aber ich hab schon voll mitgearbeitet neben der Schule.«

»Können Sie mir sagen, warum 1966 der Besitz geteilt wurde?« Martin rieb seine Fingerknöchel aneinander; zögernd setzte sich Traudl zu ihnen. »Rudolf hat nach dem Tod von seinem Vater Rochus Ragger als Alleinerbe den Hof übernommen; ein paar Monate später ist Rudolf gestorben, und sein Bruder Adolf hat geerbt. Wie kam es, dass dann auf einmal der Besitz zwischen Adolf und Ihrem Vater Gerfried Ragger aufgeteilt wurde?«

»Das müssen S' den Adi fragen. Davon weiß ich nichts.«

»Wirklich nicht? Schwer vorstellbar, immerhin sind Sie erst durch diese Aufteilung zum Mitbesitzer geworden, oder nicht? Vorher hat Ihr Vater als jüngerer Bruder nichts gehabt.«

»Darüber ist nie was geredet worden«, blieb Heinz stur. Traudl schwieg.

»Und über Rudolfs Tod? Wurde darüber auch geschwiegen?«

»Ja.«

»Sie haben aber darüber nachgedacht, Herr Ragger?«

»Frale stellt man so seine Vermutungen an als Kind. Aber was weiß man schon.« Heinz, die Mundwinkel nach unten gezogen, hielt Martins Blick stand. Leise ergänzte er: »Welches Kind will schon schlecht von seiner Familie denken?«

»Was hat das mit Papas Selbstmord zu tun?«, fragte Traudl nervös.

»Es gibt Parallelen zu Rudolfs Tod im Jahr 1966. Frappante Ähnlichkeiten, wie die Örtlichkeit«, sagte Martin.

»Oh mein Gott! Glauben Sie, dass es da einen Zusammenhang gibt?«

»Macht Sie das nicht stutzig?«, fragte Martin Heinz. »Erst Rudolf, dann Ihr Vater?«

Heinz lehnte sich zurück und verschränkte die Arme vor der Brust. Das Kinn vorgeschoben, antwortete er brüsk: »Andere Familien haben die Leichen im Keller, bei uns hängen sie hålt am Bam. Es wird schon seinen Grund haben.«

16

»Der Adi, der Adi«, hörte Martin eine aufgeregte Stimme.

Heinz sprang auf und eilte zur Tür, die von außen aufgestoßen wurde.

Pauli Schindler stolperte herein und fiel auf die Knie. »Der Adi!«

»Was ist mit ihm?«, schnauzte Heinz ihn an.

»Des war a so … Wie ich zur Hittn bin, da … Es hat geraucht. Bei der Tür.«

Traudl kreischte hysterisch.

»Pauli.« Martin ignorierte die Geschwister und half ihm auf die Füße. »Schnauf einmal tief durch. Ganz ruhig. Setz dich her da und dann erzählst uns, was los ist.«

»Der Adi!«

»Ist ihm was passiert?«, schrie Traudl ihn an.

Pauli fing an zu weinen wie ein kleines Kind.

»Seien Sie still oder warten Sie vor der Tür, während ich mit ihm rede«, befahl Martin. »Zwei Schritte zurück!« Er legte seine Hand an Paulis Gesicht und zwang ihn so, ihn anzusehen. Nur ihn. »Du bist ja ganz verschwitzt. Bist gerannt?«

Pauli nickte.

»Magst was trinken?«

»Nei… Nein.«

Martin angelte mit seinem Fuß nach einem Stuhl und setzte sich Pauli direkt gegenüber. »Jetzt erzähl einmal, was ist denn los?«

»Des war a so … ich bin mit meiner Reibm aufe. Zur Almhittn. Weil die Traudl gesagt hat … Sie hat gesagt … des war a so … der Adi soll kommen. Wegen der Polizei, hat sie gesagt.«

»Das stimmt. Du bist also mit deinem Moped auf die Alm gefahren?«

Pauli nickte wieder. »Beeilt habe ich mich, damit ich wieder runterkomme, bevor es dunkel wird. Ich mag's nicht, wenn's dunkel ist. Da hab ich Angst im Wald.« Er schluchzte auf und wischte sich mit dem Ärmel den Rotz unter der Nase weg.

»Schon gut, da fürchtet man sich schnell. Das ist keine Schande. War der Adi in der Hittn?«

»Ja. Er liegt im Bett.«

»Hat er geschlafen?«

Pauli hob die Schulter und rieb seine Wange daran. »Ja.«

»Hast du ihn aufgeweckt?«

»Ich hab das Fenster aufgemacht. Adi schimpft immer, wenn ich das Fenster aufmache. Weil ich die Kälten herein-lasse. Die mag er nicht, die Kälte.« Hilfesuchend drehte sich Pauli zu Traudl um. »Aber du sagst immer, man muss lüften, ga? Ga? Wenn die Küche so verraucht ist, weil der Adi so viel tschickt.«

Nach einem Blick auf Martin nickte Traudl nur.

»Das ist gut. Frische Luft muss sein«, bestätigte Martin. »Hat Adi was gesagt?«

»Nein. Er ist gar nicht munter geworden«, jammerte Pauli. »Und da war so viel Rauch, da hab ich richtig husten müssen! Ganz viel Rauch war! Ich hab fast nix gesehen, wie ich eine bin.«

Scheiße!

Martin stand auf, griff nach dem Funk und rief Verstärkung sowie die Rettung.

»Pauli, magst mit mir im Polizeiauto mitfahren?«

»Mit Tatütata?«

»Ja.«

Mit Blaulicht und Folgetonhorn – mehr, um Pauli eine Freude zu machen und ihn abzulenken, als dass es nötig gewe-sen wäre – jagte Martin den Dienstwagen den Almweg hinauf; wie gut, dass die Polizei geländetaugliche Fahrzeuge besaß! Heinz und Traudl folgten ihnen im Privatauto.

»Links!«

Hart schlug Martin das Lenkrad ein. Pauli kannte den Weg auswendig, nur sagte er Abzweigungen verflixt spät an, wenn sie schon fast daran vorbei waren. Sie rumpelten eilig über einen Forstweg, sodass man mit den Stoßdämpfern Mitleid bekommen konnte.

Die Almhütte befand sich in einem abgelegenen Graben und war eindeutig nur für den Hausgebrauch bestimmt. Schmucklos und vernachlässigt. Der Dachfirst senkte sich in der Mitte bereits ab; die Lärchenschindeln waren rissig und aufgeworfen.

»Pauli!« Er hielt den Knecht zurück, nachdem sie ausgestiegen waren und er das Auto versperrte. »Warte bitte hier.«

Martin rannte auf die Hütte zu. Das kleine, ihm zugewandte Fenster stand sperrangelweit offen, ebenso die hölzerne, nach außen aufgehende Tür.

Es roch intensiv nach Rauch, obwohl nur noch letzte Schwaden unter der niedrigen Holzdecke hingen. Wie befürchtet lag Adolf Ragger im Bett. Er war anscheinend bis auf die Stiefel vollständig bekleidet; eine löchrige Wolldecke war bis zu seinen Hüften hinuntergerutscht. Martin checkte die Vitalzeichen. Nichts.

Draußen hörte er ein Auto vorfahren, dann Heinz' und Traudls Stimmen.

Rasch überblickte er das Innere der Hütte. Ein leeres Stamperl und eine fast ebenso leere Schnapsflasche standen auf einer verschlissenen rot-weiß karierten Tischdecke; daneben auf der speckigen Holzplatte eine Petroleumlampe. Fließendes Wasser und Strom gab es in der Hütte nicht.

Martin trat zum Ofen. Das Türchen war geschlossen, die gusseiserne Platte noch warm. Das verbeulte Ofenrohr hing schräg von der niedrigen Decke herunter, losgelöst vom eigentlichen Ofen, sodass der Rauch nicht wie vorgesehen durch den Kamin abziehen konnte, sondern sich im Raum verteilt hatte.

Heinz wollte die Hütte betreten.

»Bleiben Sie draußen!«, rief Martin ihm zu und lief ihm entgegen. Die Spurensicherung würde auch so schon alle Hände voll zu tun haben.

»Lebt der Adi …«, rief Traudl.

Martin schüttelte den Kopf; Heinz ging zu seiner Schwester, die gleich darauf in lautes Wehklagen ausbrach.

Familientradition hin oder her, dachte Martin in einem Anflug bitteren Galgenhumors: Es musste nicht immer ein Baum sein.

»Pauli? Kannst mir zeigen, wie das genau war, als du heraufgekommen bist?«

Pauli knabberte an seinem Daumennagel, überlegte kurz und nickte. Er lief ein paar Schritte die Zufahrt zurück und demonstrierte mit vollem Körpereinsatz, wie er mit seinem Moped heraufgefahren war und wo er es abgestellt hatte.

»Des a so, ich bin zur Hütte. Hier. Die Tür … die Tür war zu …«

Martin stieß die Tür mit dem Fuß zu.

»Ja, so, a so war es«, nuschelte Pauli und legte den Kopf schief.

»Dann hast du die Tür geöffnet –«

»Nein, nein.« Pauli sah sich suchend um.

An der Hüttenwand war Brennholz für den Winter aufgeschichtet, darauf lagen mehrere lange Latten und Holzpfosten. Umständlich griff Pauli nach einem Pfosten, der auf den Boden gerutscht sein musste, und stemmte ihn diagonal vor die Tür, eingeklemmt zwischen Hüttenwand und einen Pfeiler, der das Dach stützte.

»Des war a so …«

Es klingelte, zugleich hämmerte eine Faust gegen seine Haustür. Mit jedem Schritt stieg Sepps Blutdruck, bis er die Tür erreichte und sie wütend aufriss.

»Belten, du To… Irmi?«

Mit verschwollenen Augen stand sie da; Baika von der Halde presste sich an ihr Bein, als ob sie ihr Frauerl trösten wollte.

»Hast wohl noch nicht geschlafen?«

»Natürlich nicht. Komm eina.«

Akko würde sich über die edle Weimaraner Hündin freuen;

auch Sepp war nicht böse über Irmis unerwartetes Auftauchen, obwohl er ahnte, dass nichts Gutes hinter dem spätabendlichen Besuch stecken konnte.

Wie gut, dass er heute sogar im Wohnzimmer den Kachelofen eingeheizt hatte. Normalerweise begnügte er sich mit dem Herd in der Küche, da er die gute Stube nicht so oft benutzte. Jetzt aber war er froh, dass er einen Platz auf dem schon etwas durchgesessenen Sofa anbieten konnte.

»Bier, Saft, Schnaps«, begann er aufzuzählen.

»Hättest einen Tee?«

»Ja«, sagte Sepp voreilig zu.

Er musste schon sehr verkühlt sein, um im Winter einmal einen heißen Jagatee zu trinken. Und da er eine richtige Rossnatur war, war das letzte Mal schon eine Ewigkeit her. Er stellte einen Topf Wasser auf und ging, derweil dieses langsam zu kochen begann, hektisch auf die Suche. Zu seiner Erleichterung fand er eine Packung Pfefferminztee; drei Beutel waren noch drin. Er roch prüfend daran. Undefinierbar. Auf das Ablaufdatum schaute er lieber nicht. Den fehlenden Geschmack des Tees konnte man aber mit einem Schuss von seinem besonders guten Marillenschnaps ausgleichen.

Mit einem geblümten Tablett brachte er alles ins Wohnzimmer. Sogar an den Zucker hatte er gedacht und ein paar Blätter von der Küchenrolle abgerissen, falls Irmi wieder zu plärrn anfangen sollte.

Fast wäre er über Akko gestolpert. Denn während Baika brav zu Irmis Füßen abgelegt war und gelangweilt dreinschaute, scharwenzelte Akko wild wedelnd um das Tischchen herum. Damenbesuch war er nicht gewohnt. Sepp, der sich neben Irmi setzte, hatte zwar Verständnis für seinen Hund, wollte aber seiner Jagdkameradin beweisen, dass auch er einen wohlerzogenen Hund hatte. Auf ein knappes Kommando hin legte sich Akko über seine Füße.

»Ist das Kräutertee?«, fragte Irmi und roch am Inhalt ihrer Tasse.

»Hm.«

Den Schnaps lehnte sie ab. Selbst schuld.

»Sepp, es ist etwas Schreckliches passiert.«

»Was? Hast noch mehr Kirrungen entdeckt? Oder ist es eine ganze Bande –«

»Nein! Onkel Adi, er …«

»Hat er sich auch aufgehängt?«, fragte er halb scherzend. Er goss sich eine extra große Portion Schnaps in seinen Tee. Den brauchte er jetzt.

»Nein.«

»Na, dann ist ja gut. Ich hab schon Angst gehabt, der hat sich auch hamgedraht und du fängst dann wieder an herumzuspinnen wie beim Rudolf, dass ihn jemand umgebracht haben könnte.« Er schüttelte den Kopf und verbrannte sich prompt die Lippen am heißen Tee.

»Er wurde ermordet.«

Beinahe rutschte ihm das Häferl aus der Hand. Da hätte der Akko aber schön gejault!

»Was?«

Irmi berichtete ihm von Traudls Anruf; Adi war tot in der Almhütte aufgefunden worden und mutmaßlich einer Rauchgasvergiftung zum Opfer gefallen.

»Das war kein Unfall. Pauli hat der Polizei gesagt, dass die Tür von außen verrammelt war!«

»Pauli? Der Knecht? Der hat doch einen Klopfer.« Und das meinte Sepp gar nicht böse.

Irmi schloss beide Hände um ihre Tasse. »Er ist beeinträchtigt, ja. Aber gerade deshalb glaub ich nicht, dass er sich so was ausdenken könnte!«

»Vielleicht hat er sich das eingebildet«, gab Sepp zu bedenken, auch wenn ihr Argument gut war. Er kraulte Akkos Nacken. »Was sagt denn die Polizei?«

»Es ist noch zu früh, um etwas zu wissen. Sie müssen erst ermitteln. Martin Schober war als Erster am Tatort.«

»Der ist eh noch einer der Besten von dem Haufen«, erwiderte Sepp.

Jetzt schenkte sich Irmi doch einen Schnaps ein. Obwohl

kein Tee mehr in ihrer Tasse war. »Ich habe den Haribert gefragt, ob –«

»Wozu fragst den Wichtschas?«, brauste Sepp auf.

»Weil ich nicht tatenlos die Hände in den Schoß legen kann!
Was, wenn es da wirklich einen Serienmörder gibt, der es auf
meine Familie abgesehen hat? Meine! Aber warum? Es muss
doch einen Grund dafür geben.«

Das herauszufinden war Aufgabe der Polizei, die dafür be-
zahlt wurde, nicht seine und schon gar nicht die vom Maierbrugger, der schon froh sein musste, wenn er seine eigenen
Schuhbandln fand! Sepp hatte überhaupt keine Lust darauf,
irgendwelchen Gespenstern hinterherzujagen, einen Mörder
zu suchen, den es vielleicht gar nicht gab. Vor allem, da er seine
ganzen detektivischen Fähigkeiten auf den Übeltäter richtete,
der im Revier das Rotwild kirrte. Damit war Sepp voll und
ganz ausgelastet. Das war seine Aufgabe als Aufsichtsjäger!
Nichts anderes.

Am meisten ärgerte ihn jedoch, dass sich Irmi um Unterstützung an Maierbrugger gewandt hat. Noch bevor sie zu ihm
gekommen war.

»Was hat denn *er* dir gesagt, der Herr Jurist? Wenn du ihn
für so schlau hältst. Hat er dir weitergeholfen, ha?«

»Nein«, antwortete Irmi kleinlaut. »Das muss die Polizei
machen. Er kann mir leider nur helfen, wenn es einen Prozess
gibt …«

Sepp schnaubte. »Typisch Paragrafenreiter.«

Irmi stellte ihre Tasse so hastig ab, dass sie umkippte. Gut,
dass kein teurer Marillenschnaps mehr drinnen war. Um den
wäre es schade. Im Gegensatz zum Maierbrugger. Den loszuwerden wäre Sepp ein Volksfest.

»Es muss doch etwas geben, das wir jetzt tun können.«

»Ja.« Beispielsweise eine Abstimmung im Verein, um ihn
rauszuschmeißen, den Gschaftlhuaba. Nur müsste er dazu
einen Grund angeben. Reichte Blödheit aus?

»Es muss ein Motiv geben.«

»Ganz genau, Sepp! Grundlos geht's nicht durch.«

Sepp schlug sich die Faust in die flache Hand. »Zusammen fällt uns schon was ein, wie wir ihn loswerden!«

»Du meinst, ins Gefängnis, ja? Aber dazu müssen wir ihn erst finden. Hast dazu eine Idee?«

Wie, finden? Maierbrugger …

»Sepp, ich habe gewusst, dass ich auf dich zählen kann! Lass dich hålsn!«

Er war völlig überrumpelt, als sich Irmi an seine Brust warf und ihn umarmte. Er erstarrte. Sie ließ sich Zeit, ein paar laute Herzschläge lang, bevor sie von ihm abrückte.

»Also, hast eine Idee, was wir tun sollen? Wie gehen wir vor, um den Mörder zu finden?«

Er rieb sich mit beiden Händen über das Gesicht und seufzte. Wortlos stand er auf und ging in die Küche. In einer der Laden fand er Zettel und Stifte. Er kehrte zu Irmi zurück und reichte ihr das Schreibmaterial.

»Als Erstes machen wir eine Liste.«

17

»Gerhard, der Chef hat gesagt, du sollst endlich den Demenztest machen, sonst bringt dir der Nikolo nix«, rief Kerstin in den Journaldienstraum, bevor sie zu Martin in die gemeinsame Kanzlei kam und ihre Last auf den Schreibtisch plumpsen ließ.

»Was wird denn das?«

»Na, wir haben doch schon den 2. Dezember! Schau, das ist deiner. Die ersten Türchen kannst gleich aufmachen.« Sie reichte ihm einen Adventskalender.

»Danke!«

»Schreib deinen Namen drauf, damit dir niemand die Schokolade fladert.«

Er schob den Kalender mit etwas Mühe in seine Schublade und drehte den Schlüssel um, bevor er sie angrinste. »Wenn ich mich recht an letztes Jahr erinnere, warst nur du es, die mir immer die Schoko stibitzt hat.«

»Hast Beweise?« Kerstin führte einen albernen Freudentanz auf.

Martin nahm sich fest vor, gleich nächste Woche eine altmodische Mausefalle zu kaufen und in seine Lade zu legen. Rein zur Abschreckung. Bevor Martin allein vom Zuschauen schwindlig wurde, setzte sich Kerstin zum Glück wieder auf ihre vier Buchstaben.

»Wer kriegt denn den Riesenkalender?« Er deutete auf die große Schachtel mit Überraschungseiern.

»Der Kalender ist für den Big Boss. Dann hat er jeden Tag was zu tun und kommt nicht auf dumme Gedanken. Es reicht ja schon, dass er uns wegen den Krampuskränzchen verstärkte Verkehrskontrollen aufgebrummt hat.«

Martin konnte sich sehr lebhaft und vor allem bildlich vorstellen, wie der Koloss von Treichel mit seinen Pranken fluchend die winzig kleinen Spielsachen zusammenbauen würde.

»Gibt es was Neues zum Ragger-Fall, Martin?«

»Der Obduktionsbericht ist da. Wie erwartet war's eine Rauchgasvergiftung.«

»Ist er also eingeschlafen und hat nichts gemerkt davon«, sagte Kerstin bedauernd.

»Hm. Die etwas über drei Promille Alkohol im Blut werden ihren Teil dazu beigetragen haben.«

Kerstin griff nach einem Kugelschreiber und begann, auf ihrem Block zu kritzeln. »Unfall oder Fremdverschulden?«

»Das ist noch zu klären. An der Leiche gab es keine Anzeichen für Gewalteinwirkung. Der Bezirksspurensicherer und ein Brandsachverständiger haben beide in ihrem Bericht geschrieben, dass sich das Ofenrohr auch von allein hätte lösen können, so alt und kaputt, wie das schon war. Von daher ist ein Unfall nicht auszuschließen.«

»Aber?«

Martin lehnte sich in seinem Stuhl zurück und verschränkte die Hände im Nacken. Er starrte zur Deckenlampe hinauf, die auch schon flackerte und wohl bald ihren Geist aufgeben würde.

»Weißt, Pauli Schindler hat mir gezeigt, wie der Pfosten vor der Tür gelegen hat. Da wäre keiner von drinnen herausgekommen. Die Hüttenfenster sind viel zu klein und außerdem vergittert.«

Kerstin malte eine Mischung aus Dinosaurier und Barbiepuppe. Künstlerin würde aus ihr nie eine werden. Oder aber ihre Zeichnungen waren so durchgeknallt, dass sie schon wieder als Kunst galten. Es würde ihn nicht wundern, wenn er die Kritzeleien einmal im »KunstRaum« ausgestellt sah. In der sich im gleichen Gebäude wie die Polizei befindlichen Galerie hatte Martin neben traditioneller Handwerkskunst schon das eine oder andere Werk bestaunt, bei dem er nicht gewusst hatte, ob es richtig an der Wand hing oder auf den Kopf gestellt war.

»Wie zuverlässig schätzt du seine Aussage ein?«

»Wenn ich das wüsste.« Martin blies laut die Luft aus. »Der Staatsanwalt geht aufgrund der Obduktion und der Spurensicherung davon aus, dass es ein unglücklicher Unfall und kein

Verbrechen war. Für sich allein genommen würde ich das auch vermuten, aber wenn man die doch fragwürdigen Selbstmorde von Rudolf und Gerfried Ragger dazunimmt, sieht das Bild um einiges düsterer aus.«

»Du weißt aber schon, wie hirnrissig es ist, also, schon rein statistisch gesehen, dass es ausgerechnet hier bei uns im Mölltal schon wieder eine Mordserie geben soll? Total unrealistisch.«

Er grinste schief. »Wie das Leben.«

Sein Telefon läutete; ein interner Anruf vom unteren Journaldienstraum. »Ja, Vanessa?«

»Eine Partei ist da für dich«, informierte ihn die Kollegin.

So kurz vor dem abendlichen Dienstschluss und an einem Sonntag? Martin raffte sich auf und verließ die Kanzlei. »*Meine* Schoko!«, warnte er Kerstin noch.

Auf dem Weg nach unten rätselte er, wer für ihn da sein sollte. Einbestellt hatte er niemanden. Dass es sich bei der Partei um Sepp Flattacher handelte, hätte er nie erwartet.

Wie immer in einer urigen, abgewetzten Jägertracht, stand er im Vorraum. Martin bat ihn unter den neugierigen Blicken Vanessas weiter in den hinteren Einvernehmungsraum und schloss die Tür hinter sich.

»Es geht um die toten Ragger-Männer«, begann Flattacher ohne Umschweife.

»Haben Sie Informationen dazu?«

Flattacher schüttelte den Kopf. »Ich wollte nur mit Ihnen reden. Sie haben den Fall über, oder?«

»Ja. Aber Sie wissen, dass ich mit Ihnen nicht über die laufenden Ermittlungen sprechen kann. Datenschutz.«

Flattacher sah finster drein, also so wie immer. Interessanter war jedoch die Frage, was der kauzige Aufsichtsjäger mit dem aktuellen Fall, der sich leicht als Gewaltverbrechen entpuppen könnte, zu tun hatte. Schon wieder ein Mord in Obervellach, und schon wieder war Sepp Flattacher – wie auch immer – darin verstrickt? Herrje.

»Was haben Sie damit zu schaffen?«, wollte Martin wissen.

»Nix.«

Martin verlor langsam die Geduld und bemühte sich gar nicht erst, seinen Spott zu verbergen. Der Flattacher vertrug das schon. Wer austeilen konnte und so weiter. »Sie haben nichts damit zu tun, haben keine Informationen für uns, aber Sie wollen mit mir über den Fall reden?«

»Irmi Leitner ist die Obfrau vom Jagdverein. Sie macht sich große Sorgen.«

»Das ist verständlich.«

»Deshalb ist sie zu mir gekommen, damit ich ihr helfe.«

»Wobei?«

Flattacher sah ihn provokativ an, wie nur er es konnte. Mit einem höhnischen Grinsen im bärtigen Gesicht, dass es Martin in den Fingern kribbelte … Martin schloss die andere Hand um seine geballte Faust.

»Na, den Mörder zu finden.«

Klammheimlich führte Martin eine Atementspannungstechnik durch. Komisch, dass er die immer dann brauchte, wenn er mit Flattacher zu tun hatte.

»Sie sind nicht die männliche Miss Marple, das wissen Sie, oder?«

»Glauben Sie, mich interessiert's, ob sich einer von den alten Deppen aufhängt oder nicht? Ich kratz mich nicht, wenn's mich nicht juckt. Hab ich eppa nichts Wichtigeres zu tun? Ich jag einen echten Verbrecher –«

»Klären Sie mich auf, um was es geht?«, hakte Martin scharf ein. »Ein bisserl sind wir hier bei der Polizei auch an Verbrechen interessiert.«

»Hm. Nein, das ist mein Fall. Der geht Sie nichts an«, grollte Flattacher unwillig.

Martin stand auf. »Dann ist unser Gespräch beendet.«

Flattacher klopfte sich mit den Fingern auf den Schenkel und überlegte. Er atmete tief ein und brummte: »Im Revier kirrt einer illegal Rotwild. Wenn ich den erwische, dann … dann …«

»Dann tun Sie nichts, was Sie mit dem Gesetz in Konflikt bringt, verstanden?« Martin lächelte bedeutsam.

»Können wir jetzt wieder über die Ragger reden?«, murrte Flattacher. »Die Irmi … Frau Leitner, die ist ganz fertig und zu nichts zu gebrauchen, weil sie alleweil nur daran denkt, dass da ein Mörder herumlaufen könnte.«

»Mit Betonung auf *könnte*.«

»Haben Sie einen Verdächtigen?«

»Flattacher, das kann ich Ihnen nicht sagen.«

Selbstverständlich hatte sich Martin seine Gedanken gemacht, wer vom Tod Gerfried und Adolf Raggers profitieren könnte. Aus dem nächsten Umfeld kam dafür im Grunde nur Heinz Ragger in Frage. Er hatte nachweislich mit seinem Vater heftig über Besitzfragen gestritten und beerbte nun wohl auch Adolf. Damit befand sich der Hof wieder in einer Hand, wie zuletzt 1966. Bevor alles anfing?

»Sie können nichts sagen. Aber zuhören können Sie?«

Martin nickte.

Daraufhin zog Flattacher ein mehrfach gefaltetes Blatt Papier aus seiner Jackentasche. »Mit der Irmi habe ich eine Liste erstellt mit denen, die als Mörder in Betracht kommen.« Herausfordernd, als ob er damit rechnete, hinausgeworfen zu werden, sah Flattacher ihn an.

Martin hob die Brauen. »Ich höre.«

»Als Erstes wäre ein noch Unbekannter, der damals den Rudolf ermordet hat und jetzt den Adi und ja, vermutlich auch den Gerfried. Weil wenn die anderen beiden Mordopfer waren, wird der Gerfried wohl auch åbgekraglt worden sein.«

»Der Täter müsste jetzt mindestens an die siebzig Jahre alt sein. Ob er in dem Alter –«

»Ich bin auch fast siebzig«, protestierte Flattacher, »und sicher nicht schlechta beinånd als Sie!«

Martin ließ sich nicht auf eine Diskussion darüber ein. »Was wäre das Motiv?«

Flattacher zog seine Liste zurate, fand jedoch keine Antwort darauf. »Was weiß ich.«

»Wenn es derselbe Täter wäre, müsste er 1966 ein Motiv gehabt haben, Rudolf zu töten. Warum hätte er bis jetzt warten sollen, um auch Gerfried und Adolf Ragger umzubringen?«

»Hm. Aber möglich wäre es.«

»Möglich ist prinzipiell alles«, stimmte Martin ihm zu. »Der Nächste?«

»Das Kind. Wenn es stimmt, dass der Rudi und die Nane damals ein Kind hatten …«

Martin überlegte. »In dem Fall müsste man davon ausgehen, dass Rudolf damals von einem anderen Täter ermordet wurde und sein jetzt erwachsenes Kind an der restlichen Familie Rache nimmt?«

»Genau.«

Martin deutete auf Flattachers Zettel. Er sah, dass sich noch weitere Namen darauf befanden. »Wer steht sonst noch drauf?«

»Sonst kommt keiner in Frage.«

Martin schüttelte den Kopf. »Sie oder besser gesagt, Frau Leitner, sind zu nah dran. Es ist zu persönlich. Sie übersehen vielleicht andere Möglichkeiten. Sagen Sie mir, welche Namen Sie noch auf der Liste haben.«

»Den Heinz, aber das kann nicht sein.«

»Weil nicht sein kann, was nicht sein darf? Zwischen den meisten Mördern und ihren Opfern bestand eine Beziehung. Hass und Liebe sind gängige Motive. In den häufigsten Fällen geht's um das Vermögen.«

Flattacher starrte stur auf seine Liste. »Ich weiß«, murmelte er schließlich. »Aber Irmi … sie würde das nicht verkraften.«

»Das kann ich verstehen. Es ist das eine, eine fremde, gesichtslose Person für einen Mörder zu halten, als jemanden, den man gut kennt.«

»Sie ist beim Lerchbauer aufgewachsen. Sie und die Traudl und der Heinz, sie waren wie Geschwister.«

Sichtlich unzufrieden steckte Flattacher die Liste wieder ein und erhob sich. Martin stand ebenfalls auf und reichte ihm zum Abschied die Hand.

»Tun Sie mir einen Gefallen und unterlassen Sie alles, was

Frau Leitner oder Sie selbst in Gefahr bringen könnte. Wir sind an dem Fall dran, darauf gebe ich Ihnen mein Wort.«

Die Türklinke in der Hand, drehte sich Flattacher mit gerunzelter Stirn noch einmal zu ihm um. »Um den Besitz geht's meistens, ja? Es ist nur Spekulation, aber täte nicht alles dem Rudolf seinem Kind gehören, wenn er die Nane damals geheiratet hätte?«

18

Sepp knüllte die Liste zusammen und warf sie beim Hinaus-
gehen in den Papierkorb. Ja, so sehr es ihm gegen den Strich
ging: Heinz musste als Hauptverdächtiger gelten; er war der
Einzige, der finanziell vom Tod der anderen profitierte. Aber
das konnte Sepp Irmi nicht sagen. Wie sie die Liste erstellt
hatten, wollte sie nicht einmal Heinz' Namen draufsetzen.
Sepp hatte es nur mit dem Argument ›vollständigkeitshalber‹
durchgesetzt.

Schober hatte recht. In mehr als einem Punkt. Irmi war zu
dicht dran an ihrer Familie, sie war sozusagen betriebsblind.

Sepp nicht.

Er konnte Irmi nicht mit leeren Händen kommen, was bedeutete, dass er mit Heinz Ragger Tacheles reden musste.

Allein.

Es war längst dunkel geworden. Sepp parkte den Suzuki
unter dem Kastanienbaum.

Eine einsame Gestalt schaufelte im fahlen Licht der Laterne
und dem Schein, der aus dem Küchenfenster fiel, im Hof den
wenigen Schnee, der tagsüber zusammengekommen war. Sepp
ging auf die Person zu, drehte aber nochmals um, um etwas aus
dem Auto zu holen. Denn er wollte mit Nachdruck mit Heinz
reden.

»N' Abend«, murmelte der in einen Schal eingehüllte Mann,
der sich als Pauli Schindler erwies.

»Wo ist der Heinz?«

»Ähm … Also … Der ist …« Auf die Schaufel gestützt, sah
sich der Knecht suchend um, als ob der Bauer jeden Moment
aus dem Stall eilen oder hinter der Mülltonne hervorspringen
würde. »Ah … beim Auszugsstiberl ist er!«

Hilfsbereit begleitete Pauli ihn zum Steg. »Aufpassen, ein
bisserl eisig!«

»Ich komm klar.«

Die Haustür war lediglich angelehnt. Sepp verzichtete darauf, anzuklopfen. Er fand Heinz in der Wohnküche, wo er – vor einem Küchenkasten kniend – gefüllte Einmachgläser in einen Korb klaubte.

»Heinz.«

Erschreckt warf sich der Bauer herum und plumpste auf seinen Hintern.

»Kruzitürken! Flattacher, hast du mi daschíacht!« Er hielt sich die Hand auf die Brust, fing sich aber rasch. »Was hast hier drin verloren?«

»Reden will ich mit dir.«

Heinz schüttelte den Kopf. »Ich red nicht mit dir.«

Damit hatte Sepp gerechnet. Er grinste breit und hob sein stärkstes Argument. »Mein Gewehr sagt, du redest mit mir.«

»Bist tepat? Nimm die Waffe runter!«

Noch immer auf dem Hosenboden, rutschte Heinz zurück, bis er mit dem Rücken an die Wand stieß. Er streckte ihm die Hände entgegen, als ob er damit eine Kugel aufhalten konnte, der Tschrirsche.

Da es länger werden konnte, ließ sich Sepp auf einen Stuhl nieder. »Du bleibst, wo du bist«, warnte er Heinz. »Ich habe viele Fragen und wehe, du schwindelst mich an.«

Heinz redete wie ein Wasserfall.

Später, am Pfaffenberg daheim, sah Sepp auf seine Küchenuhr. Beinahe Mitternacht. Wie schnell doch die Zeit beim Lerchbauer vergangen war. Mit einem seligen Lächeln auf den Lippen holte sich Sepp Speck und Butter aus dem Kühlschrank. Vor dem Jausnen hatte er noch eine Kleinigkeit zu erledigen.

Er zückte sein Handy und klickte sich durch die Einträge, bis er die private Nummer von Martin Schober fand. Die hatte ihm der Polizist letztes Jahr gegeben, als … egal. Schnee von gestern. Als aufrechter und gesetzestreuer Bürger war es seine Pflicht, die Polizei zu informieren, und er wollte nicht bis morgen warten, bevor er es dem Kieberer unter die Nase rieb. Von wegen Miss Marple!

»Schober.« Ganz atemlos klang er, der Polizist.

»Der Heinz Ragger war's nicht«, bellte Sepp ins Telefon.

Wenigstens fragte Schober nicht dumm, wovon er redete.

»Was gibt's für Beweise dafür?«

»Na, ich habe ihn befragt.«

»Flattacher! Sie sollen sich aus den Ermittlungen raushalten, verdammt noch mal!«

Interessant. Kaum hatte er keine Uniform an, konnte der überkorrekte Polizist sogar fluchen. Oder lag es an der fortgeschrittenen Stunde?

»Wollen S' wissen, was ich sonst noch herausbekommen habe?«

Er lauschte, hörte Schober aber nur leise atmen und eine weibliche Stimme, die ihren Schatz fragte, was denn los wäre. Schober versicherte, gleich wieder da zu sein. Ein Geräusch wie eine vorsichtig geschlossene Tür drang durch den Hörer.

»Also gut, was?« Schober klang genervt.

»Die Nane hat damals wirklich ein Kind bekommen vom Rudolf, an Buam.«

»Ich weiß.«

Hardigatte!

»Und vom großen Streit wissen Sie auch?«, fragte Sepp angefressen.

»Nein.«

»Am 16. Oktober haben s' gfetzt, der Rudolf mit dem Adolf, dem Gerfried und der Maria, das ist die Mutter vom Rudolf gewesen. Der Heinz hätte zwar schon schlafen sollen, aber vom Gschra ist er aufgewacht und ist auf der Stiegen gehockt. Er hat alles mit angehört.«

Schober machte keine Anstalten nachzufragen, und Sepp prüfte, ob der Anruf überhaupt noch verbunden war. Doch.

»Also, der Rudolf hat darauf bestanden, die Nane zu heiraten, weil er der Bauer ist und das Sagen hat, und wem's von seinen Leuten nicht passt, der soll sich vom Hof schleichen.«

Sepp hatte zugegebenermaßen einen gewissen Respekt vor dem Rudolf, der sich in dem jungen Alter seiner Familie entgegengestellt hat. Nicht, dass es ihm etwas gebracht hatte außer einem Strick um den Hals.

»Er ist dann rausgestürmt. Aber der Heinz hat genau gehört, wie die Maria zum Adolf und zum Gerfried gesagt hat, sie sollen ihm nachgehen und ihn zur Vernunft bringen, egal wie. Dass sie es nie zulassen würde, dass ihr a arme Dirn als Bäurin auf den Hof kommt. Der Heinz war damals noch a Bua und hat Angst gehabt, aber er hat gewartet. Später in der Nacht sind dann der Adolf und der Gerfried heim und haben in der Küche mit der Maria gemauschelt. Da hat er vom Flur aus leider nichts verstanden. Er weiß aber genau, dass der Rudolf nicht mehr zurückgekommen ist.«

»Scheiße. Wenn das stimmt ...«

Sepp holte sich nebenbei die Flasche Marillenschnaps aus der Speis. Um Irmi anzurufen, war es doch schon etwas spät. Egal, er würde heute mit sich selbst anstoßen und es morgen mit ihr nachholen.

»Wenigstens hat die Irmi ihren Frieden, weil's nicht der Heinz war.«

»Ich muss ihn selbst einvernehmen und die Angaben überprüfen, Flattacher.«

Schober zerquetschte glatt noch einen Fluch zwischen seinen Zähnen.

»Damit hätten wir die Mörder von 1966 erwischt. Die haben ihre gerechte Strafe erhalten!«, sagte Sepp.

Das Handy zwischen Schulter und Ohr geklemmt, schenkte er sich ein großzügiges Stamperl ein. Das hatte er sich verdient.

»Könnten Gerfried und Adolf also doch Selbstmord begangen haben, oder der Adolf hat den Gerfried und dann sich umgebracht, vor lauter schlechtem Gewissen?«

»Nein, das glaube ich nicht«, widersprach Schober.

»Wer dann ...«

»Ich habe einen Verdacht. Vor allem, weil wir jetzt ein verdammt starkes Mordmotiv haben.«

Sepp, das Stamperl schon an den Lippen, stellte es verärgert wieder ab.

»Wer?«

»Flattacher, Sie haben mehr als genug getan. Gehen Sie jagen und lassen Sie die Polizei in Ruhe ihre Arbeit machen. Das meine ich ernst!«

»Arsch!«

Sepp starrte sein Handy an. Schober hatte aufgelegt. Aber hatte er davor tatsächlich »alter Depp« zu ihm gesagt? Er musste sich verhört haben.

19

Am nächsten Morgen holte Martin noch schnell den Akt aus seiner Kanzlei und eilte den Gang entlang zum Aufenthaltsraum, wo gerade die morgendliche Dienstbesprechung stattfand.

»Jetzt ratet mal, wie viel Prozent ich beim Wissensscheck erreicht habe?«, verkündete Gerhard soeben mit stolzgeschwellter Brust. »Na, na? Da kommt ihr nie drauf! Neunundneunzig Pro–«

»Entschuldigt die Unterbrechung, aber wir haben vielleicht einen Mörder auf freiem Fuß. Im schlimmsten Fall schlägt er nochmals zu.«

Rasch berichtete Martin von den jüngsten Entwicklungen im Fall Ragger, mit dessen Grundzügen die anderen ohnehin vertraut waren.

»Anna Mosers Sohn?«, stieß Kerstin überrascht aus.

»Er hat das stärkste Motiv. Sie haben seinen Vater ermordet und ihn um Haus und Hof gebracht.«

»Wahnsinn. Das ist ja wie in einem Krimi. ›Die Rache des Enterbten‹ oder so?«

»Jetzt werd nicht kindisch, Kerstin! Das ist todernst«, stänkerte Gerhard sie an.

»Ruhe.« Treichel warf ihnen einen tadelnden Blick zu, bevor er sich an Martin wandte. »Hast einen Verdacht, wer das sein könnte?«

Martin zögerte. »Pauli Schindler. Vom Alter her würde es hinkommen. Er ist erst seit drei Jahren am Raggerhof, und keiner« – er hatte heute Morgen bereits mit Irmgard Leitner sowie Traudl Ragger telefoniert und das überprüft – »weiß, wo er eigentlich herkommt.«

»Der Knecht ist doch«, Kerstin tippte sich an die Schläfe, »nicht ganz richtig hier oben, oder?«

»Und wenn er nur so tut, als ob?«

»Jetzt wird's skurril!«, antwortete Kerstin.

»Also, wenn das ein Film wäre, täte ich jetzt ausschalten. Das wird mir zu albern«, schimpfte Gerhard.

»Albern oder nicht. Martin, Kerstin, fahrt raus und schaut's, dass ihr mehr in Erfahrung bringt. Beim geringsten Verdacht nehmts diesen Schindler Pauli fest. Sollte er tatsächlich der Täter sein, besteht höchste Flucht-, Verdunkelungs- und Tatbegehungsgefahr. Noch einen Toten brauchen wir nicht! Wer immer der Mörder ist, hat uns schon jetzt unsere Jahresstatistik versaut, der Drecksack!«, polterte Treichel.

»Alles klar.«

»He, interessiert denn keinen von euch, dass ich beim Test von ›Einsatz Demenz‹ neunundneunzig Prozent erreicht habe? So viel hat keiner von euch geschafft«, meckerte Gerhard.

»Du, Martin, wenn der Pauli wirklich seit Jahren nur so getan hat, als ob er dumm wäre, dann wäre er ein äußerst hinterhältiger Mörder«, sagte Kerstin, kaum dass sie im Auto saßen.

»Ja. Das heißt vorsichtig sein, mehr noch als sonst.«

Ohne die Augen von der Straße abzuwenden, die linke Hand am Lenkrad, hob er die rechte Faust; sie stieß mit ihrer dagegen.

»Könnte es stimmen, dass damals Adolf den Bruder ermordet hat, zusammen mit seinem Onkel Gerfried? Und die eigene Mutter hat ihren Sanctus dazu gegeben? Das wäre schon harter Tobak.«

»Ich hoffe, dass es kein geplanter Mord war«, erwiderte Martin nach kurzem Zögern. »So wie es mir der Flattacher geschildert hat, sollten die beiden damals nur mit Rudolf reden und auf ihn … einwirken. Vielleicht sogar mit einer Tracht Prügel, was weiß ich. Wir müssen den Heinz selbst befragen. Wenn ich mir vorstelle, dass die Mutter dazu angestiftet haben könnte, den eigenen Sohn … Das wäre wahrlich tragisch.«

»Es ist schon ein Wahnsinn, was sich in manchen Familien für Dramen abspielen.«

»Zumindest wäre es eine Erklärung dafür, warum sich Adolf und Gerfried Ragger den Hof geteilt haben. Sie hatten beide

Dreck am Stecken. Egal, wer den Rudolf jetzt wirklich umgebracht hat, der andere war Mitwisser und vermutlich Mittäter.«

Martin stellte den Motor ab, und sie stiegen aus. Die Hand am Autodach, sah Kerstin ihn über dieses hinweg an.

»Geh, aber das gibt's doch nicht, dass sonst keiner im Ort was davon wusste oder einen Verdacht hatte«, schimpfte sie. »Können wirklich alle Beteiligten die ganzen Jahre dichtgehalten haben, auch der Heinz, der ja noch ein Kind war?«

Sie knallte die Autotür zu und rückte sich den Einsatzgurt zurecht. Gemeinsam gingen sie auf das Bauernhaus zu. Ein aus dem Gehege ausgebüxtes Hendl rannte aufgeregt flatternd vor ihnen über den Hof.

»Martin, was glaubst du, wie der Flattacher den Ragger befragt hat? Der Ragger wird ja nicht gerade freiwillig damit herausgerückt sein, sonst hätte er es dir doch schon erzählt.«

Oder Irmgard Leitner, die ebenfalls hartnäckig in der Sache herumzustochern schien. Mit dem Flattacher zusammen. Auweia!

Martin schürzte die Lippen. »Na, gefoltert wird er ihn wohl nicht haben.« Hoffentlich. Auch wenn er davon ausgehen musste, dass Flattacher vielleicht Methoden eingesetzt hatte, die ihnen als Polizisten verboten waren, blieb das ihr geringstes Problem, zumal die derart erhaltene Information sie ein gutes Stück weitergebracht hatte. »Besser, wir fragen gar nicht erst groß nach. Solange der Ragger keine Anzeige erstattet ...«

Wie hatte Flattacher so treffend gesagt? Ich kratz mich nicht dort, wo's nicht juckt.

Und sie würden gleich sehen, ob Ragger ein blaues Auge hatte oder nicht. Je nach Verfassung des Bauern konnten sie entscheiden, wie sie weiter vorgehen würden.

Energisch klopfte Kerstin an die Haustür, doch es öffnete niemand. Probehalber drückte sie die Klinke. Offen.

»Frau und Herr Ragger?«, rief Martin laut ins Haus.

Keine Antwort.

»Typisch«, maulte Kerstin.

»Ragger«, brüllte er laut über den Hof.

Kerstin stieg die hölzerne Außenstiege des Nebengebäudes hinauf. Die Tür zu Pauli Schindlers heruntergekommenem Reich war dieses Mal versperrt.

Martin rannte zum Stall hinüber. »Ragger! Ist jemand da? Pauli!«

»Da kommt wer«, rief Kerstin ihm zu.

Tatsächlich kam von der südlichen Straße Traudl Ragger herauf, einen Wäschekorb gegen die Hüfte gestemmt.

»Unten beim Troadkastn war ich«, erklärte sie auf Martins Frage hin. »In der Ferienwohnung, frische Bettwäsche aufziehen für Viktor, also, unseren Gast.«

»Wer macht denn um die Jahreszeit bei uns Urlaub? Skisaison ist noch nicht, und zum Wandern ist's auch schon zu kalt«, wunderte sich Kerstin.

»Der Herr Riedl mag die Ruhe bei uns am Land«, verteidigte sich Traudl mit mehr Feuer, als es ihr Martin zugetraut hätte. Ihre Wangen leuchteten rot. War Viktor Riedl das Objekt ihrer Begierde, auf das ihr Bruder mit seinem Hinweis auf Traudls Liebeskummer angespielt hatte?

»Wie lange ist er denn schon Gast?«, fragte Martin.

»Seit Anfang November.«

Martin blinzelte. Er bemerkte, wie Kerstin ihr Gewicht von einem Fuß auf den anderen verlagerte.

»So lang schon?« Er bemühte sich, beiläufig zu klingen.

»Warum nicht?«, gab Traudl trotzig zurück. »Vielleicht zieht er ganz nach Kärnten, wer weiß? Ihm gefällt es gut bei uns, sonst täte er seinen Aufenthalt nicht immer wieder verlängern.«

»Mich wundert, dass ich ihn noch nie gesehen habe, wo ich doch … oft am Hof bin. Sagen S', war er Anfang letzter Woche auch da, der Herr Riedl, als das Unglück mit Adolf Ragger geschah?«

»Nein. Viktor ist am Sonntag in der Früh heimgefahren für ein paar Tage und erst seit gestern wieder da.«

Adolf Ragger war am Montag gestorben.

»Wo kommt er denn her?«

»Aus Linz. Warum –«

»Die Neugierde gehört zum Job«, mischte sich Kerstin mit einem offenherzigen Lächeln ein. »Martin will immer alles ganz genau wissen, wer wer ist und so. Am einfachsten wär's, wenn Sie uns kurz mit Herrn Riedl bekannt machen könnten.«

Bedauernd hob Traudl die Schulter. »Er ist gerade nicht da. Bei seinem Auto hat's geklopft, deshalb ist er nach dem Frühstück runter nach Spittal zum ÖAMTC.«

»Ist ja nicht so wichtig. Wir wollen ohnehin zu Heinz Ragger und Pauli.«

Doch sobald er wieder auf der Dienststelle war, würde er Viktor Riedl abfragen, um herauszufinden, wann und wo der Urlauber geboren wurde.

»Ach, die beiden sind im Wald, Holz machen.« Traudl verlagerte den Wäschekorb von der linken auf die rechte Körperseite. »Der Papa wollt ihn ja nicht hacken lassen, den Wald, aber kaum ist er unter der Erden … Nächste Woche hat Heinz eine Partie mit einem Harvester bestellt. Eine ganze Parzelle will er hacken lassen.« Verärgert schüttelte sie den Kopf.

»Hat Ihr Bruder ein Handy dabei?«

»Nein. Da oben ist so schlechter Empfang. Er ist am Abend wieder daheim.«

Unwillkürlich sah Martin zum Wald hinauf; fast erwartete er, an den Bäumen … Ihm lief ein kalter Schauer über den Rücken. Er hatte ein verdammt ungutes Gefühl. »Können Sie uns beschreiben, wo wir die beiden finden?«

Trotz Wegbeschreibung bogen sie zweimal falsch ab, bevor sie auf einem steilen Forstweg auf einen quer abgestellten Traktor trafen. Vom hinteren Teil, an dem sich eine Seilwinde befand, führte ein Drahtseil in den unter ihnen befindlichen Steilhang.

»Gut, dass unsere Einsatzstiefel fast wie Bergschuhe sind, was?«

Martin konnte Kerstins Optimismus nicht teilen. Skeptisch sah er hinunter. Das Gelände war fast senkrecht und unwegsam mit Wurzeln und Geröll. Ein richtiger Hindernisparcours. An manchen Stellen lag etwas Schnee, unter den Bäumen war der Waldboden aper.

»Steigeisen wären recht«, murmelte er.

»Willst zur Alpinpolizei gehen?«

»Niemals, ich bin nicht schwindelfrei«, antwortete er, während er sich vorsichtig über die steinige Böschung hinabtastete.

»Nein? Dabei wäre das doch spannend. Stell dir vor, wie du dich fünfzig Meter über dem Boden von einem Hubschrauber aus abseilst, so richtig schön im Wind schaukelst, weit, weit unter dir die Felsen …«

»Ich kann auch allein zur Dienststelle zurückfahren«, warnte er sie. »Du bist ja gut zu Fuß mit deinen Fast-Bergschuhen.«

»Spielverderber!«

Sie orientierten sich an dem Seil, das schlaff durchhing, hielten aber einen angemessenen Sicherheitsabstand ein. Immer wieder blickte Martin nach oben, ob sich nicht irgendwo ein Baum bedrohlich von der Senkrechten in die Waagrechte bewegte – vor allem nicht in ihre Richtung.

»Herr Ragger«, rief er laut.

Weder die Geräusche einer Motorsäge noch Stimmen waren zu vernehmen.

Sie gelangten an einen kräftigen Baumstumpf, um den ein oranges Seil gewickelt war. Zwei lose Enden lagen auf dem Waldboden. Allerdings handelte es sich dabei nicht um die eigentlichen Seilenden, sondern um eine Schlaufe, die offensichtlich gerissen war. Oder durchtrennt wurde.

»Das Drahtseil verläuft da hinten weiter«, sagte Kerstin und lief voraus, sofern man die über Gehölz stolpernde Fortbewegungsart laufen nennen konnte.

Plötzlich führte das Drahtseil nach oben, wo es in ein paar Meter Höhe an einer Schlinge an einer kräftigen Fichte befestigt war. Sie folgten dem Seil in entgegengesetzter Richtung, bis sich Kerstin bückte und ein schweres Metallteil aufhob, durch das es lief.

»Das sieht aus wie eine Umlenkrolle.«

»Auf Deutsch?«

»Baum, Drahtseil, Rolle, zum Traktor hinauf zur Seilwinde«, erklärte sie, wobei sie auf jedes genannte Objekt zeigte.

Martin richtete seinen Finger auf sie. »Landei.«

»Durch zu viele Dienstjahre in Wien verblödetes Landei«, konterte sie, auf ihn deutend.

»Sorry, aber funktionstüchtig wirkt das nicht«, wandte Martin ein, der zugegebenermaßen von Holzarbeiten keine Ahnung hatte.

»Die Umlenkrolle war vermutlich am Baumstumpf hinten befestigt.«

Wenn die Umlenkrolle samt Seil vorher am Baumstumpf befestigt war, wie Kerstin meinte, hatte das Seil vom Traktor zur Fichte verlaufend ein Dreieck gebildet und sie befanden sich jetzt im Innenwinkel desselben. Das Seil lag erschlafft am Boden. War es ursprünglich gestrafft gewesen, so richtig unter Zug, um einen Baum zu Fall zu bringen, dann aber samt Umlenkrolle am Baumstumpf abgerissen …

»Scheiße!«, rief Kerstin, offensichtlich dieselbe Schlussfolgerung ziehend.

Wenn das Seil tatsächlich zurückgeschnellt war, dann Gnade dem, der ihm im Weg stand! Die Namen der Vermissten rufend, suchten sie den Gefahrenbereich ab.

Was sie fanden, waren zwei junge, brutal vom Drahtseil geköpfte Fichten. Martin griff sich an den Hals. Er wollte sich gar nicht ausmalen, mit was für einer Wucht das Seil aufgeprallt war. Einen älteren Baum mit ansehnlichem Durchmesser hatte es geknickt.

»Martin!«

Unter den buschigen Ästen der zu Boden gegangenen Fichte ragte ein derber Arbeitsschuh mit leuchtend roten Schuhbändern hervor. Steigeisen waren noch immer daran fixiert.

»Aua«, flüsterte Kerstin.

Missmutig schob Sepp sein Einkaufswagerl in das Geschäft. Zuerst kamen Obst und Gemüse. Vitamine konnten nicht schaden, vor allem Vitamin A, für die Augen. Er griff sich ein Sackerl Karotten. Früher hatte es alles nur aus dem eigenen Garten gegeben, heute gab's das Geschäft. Die dumme Redensart, dass früher alles besser war, traf in manchen Fällen doch zu, das dachte er zumindest, als er die Erdbeeren entdeckte.

Im Dezember? Sepp kannte sich mit Geografie gut genug aus, dass ihm bei den meisten Herkunftsangaben die Grausbirnen aufstiegen. Vom anderen Ende Europas stammten die leuchtend bunten Paprika, die Weintrauben kamen aus Südafrika, bei den Erdbeeren sah er gar nicht mehr nach. Worauf er schaute, war, dass die Äpfel aus der Steiermark ihren Weg ins Mölltal gefunden hatten.

Er schüttelte den Kopf, als eine Hausfrau gleich zwei Packungen Erdbeeren nahm, nur damit der Gschråp daneben zum Tschentschen aufhörte. Er wollte schon eine treffende Bemerkung machen, aber dann hörte er den beiden zwei Minuten zu und entschied, dass die Mutter schon gestraft genug war. Selbst schuld. Hätte sie rechtzeitig die Antibabypille geschluckt.

Er nahm sich noch einen Sack Kartoffeln und wählte im Kühlregal Milch und Käse, beides von der Spittaler Kärntnermilch. Bevor er die Stirnseite des Geschäftes erreichte, kam er an einem provisorischen Stand vorbei, an dem appetitliche Kostproben verschiedener Wurstsorten angeboten wurden. Da konnte man schon einen außerplanmäßigen kurzen Aufenthalt einlegen. Nachdem er den Inhalt des ersten Tellers verspeist hatte, widmete er sich dem nächsten. Auf Zahnstocher aufgespießt, waren die Happen eh nur für den hohlen Zahn.

»Wenn's Ihnen so gut schmeckt, wollen Sie vermutlich etwas für zu Hause mitnehmen?«, fragte die dralle Verkäuferin, die kaum über die Theke hinausragte und eine verblüffende Ähnlichkeit mit dem auf ihrer Schiarzn prangenden, lachenden Fackle hatte. Sepp schob sich noch zwei Beißer zwischen die Lippen.

»Möchten Sie ein Stück von der Polnischen oder lieber –«

»So guat schmeckt's a wieder nicht, dass ich dafür blechn

tat.« Er griff sich noch drei Happen und warf die Zahnstocher in die kleine Schüssel. »Sie sollten noch a Wurst aufschneiden für die Leit. Wie schaut denn das aus, nur leere Teller?«, riet Sepp ihr im Weitergehen.

Vor dem nächsten Gang hielt er kurz an, um seinen Einkaufszettel aus der Hosentasche zu ziehen. Ja, Listen waren etwas Gutes. Klopapier. Geschirrspülmittel. Da kam er nie in die Verlegenheit, wahl- und hirnlos einzukaufen, an der Kasse wie ein Luster zu brennen und lauter unnützes Zeug daham zu haben. Er grinste breit, als die Erdbeerenmama mit ihrem Fråtz an ihm vorbeihetzte und er einen Blick auf ihre Einkäufe ergatterte. Das ganze Wagerl voll, nur konnte mit dem Schas kein Mensch was Vernünftiges kochen.

Zugegeben, Wurst stand nicht auf seiner Liste, aber die Kostproben hatten Sepp doch so ånglustet, dass er zur Fleischtheke schlenderte, zumal nur ein Mann vor ihm anstand. Als er sich neben diesen stellte, erkannte er – mehr an dem blöd dreinschauenden Mops, den er auf dem Arm hielt, als an der Person – Franz Pichler. Sepp musste zweimal hinschauen, um sicher zu sein, dass das winzige Hundsvieh tatsächlich einen karierten Mantel trug.

»Darf's noch etwas sein?«, schallte es von jenseits der Theke.

»Drei Deka von der feinen Salami«, antwortete Pichler.

»Drei?«, fragte der Feinkostverkäufer verdattert nach.

»Und noch drei Deka von der Extrawurst.«

»Pichler«, knurrte Sepp ihn ungeduldig an und beobachtete befriedigt, wie der samt Hund einen Satz auf die Seite machte. »Hast wohl kein Prostataleiden? Weil wenn du so zizerlweis brunzt, wie du deine Wurst bestellst, dann könnt's dir am Pissoir passieren, dass dir amål wer von hinten auf die Fiaß schift.«

»Die Wurst ist für meinen Rocky«, rechtfertigte sich Pichler und fügte mehr für den Verkäufer hinzu: »Für seinen Adventskalender. Den fülle ich immer nur ein paar Tage im Voraus, damit er immer frische Wurst hat. Da freut er sich, der süße Kleine. Jetzt noch drei Deka.«

»Geh weiter, wenn du willst, dass dein Süßer morgen noch ein Türle aufmacht.«

»Hast du keine weihnachtlichen Gefühle?«, fragte Pichler spitz, als ihm der Verkäufer mit einem erst jetzt aufrichtig erscheinenden Lächeln die Wurst reichte.

»Nein. Aber jede Menge Patronen für mein Gewehr.«

Mit einem zufriedenen Grinsen sah Sepp ihm nach.

»Das ist ganz schön nervig, wenn einer die Wurst scheibchenweise bestellt«, sagte der Verkäufer und verdrehte die Augen. »Was darf es denn für Sie sein?«

Sepp betrachtete die Auswahl und entschied, es sich heute richtig gut gehen zu lassen. »Fünf Deka Ungarische, fünf von der Polnischen und fünf vom Bauernschinken. Die Krakauer ist in Aktion? Dann können S' mir davon zehn Deka geben.«

Das Zniachtl von einem Feinkostverkäufer brauchte ewig, bis er alles aufgeschnitten hatte. So a Tschurehane! In der Zwischenzeit holte Sepp eine Stange Extrawurst aus dem Regal. Akko sollte auch was Gutes haben.

Während Sepp dann an der Kasse stand – ausgerechnet Pichler war vor ihm, den er ganz dezent mit seinem Wagerl anrempelte –, hatte er Muße, sich zu überlegen, wie er Belten seine Frechheit heimzahlen konnte. Bissiger Nachbar! Der war so was von tot, der Piefke!

20

»Er lebt!«

Martin keuchte vor Anstrengung, während er sich mit dem Rücken weiterhin gegen den Stamm presste, den er mit vollem Körpereinsatz noch ein wenig weiter anzuheben versuchte. Es genügte, dass Kerstin sich unter einen Ast winden und die Lebenszeichen des Mannes prüfen konnte.

»Wer ist es?«, brachte er mühsam hervor.

»Ragger.«

Kerstin krabbelte hastig hervor, griff nach ihrem Funk – Gott sei Dank waren sie nicht in ein Funkloch geraten! – und setzte die Rettungskette in Gang.

»Die Flugrettung braucht mehr als zehn Minuten.« Sie bückte sich hinunter. »Wenn du den Baum noch etwas weiter hochdrückst und nach hinten biegst, kann ich ihn vielleicht herausziehen.«

Entgeistert starrte Martin sie an. Vermutlich sollte er sich geschmeichelt fühlen, dass sie ihm Bärenkräfte zutraute. Er dachte an den hirnrissigen Actionfilm zurück, den sie im letzten Nachtdienst gemeinsam angesehen hatten.

»Ich bin nicht Dwayne Johnson!«

»Martin, der eine Ast da liegt so beschissen auf seinem Oberkörper, dass er fast keine Luft kriegt. Ragger muss raus oder der Baum weg, such's dir aus.«

Nein, er konnte nicht zulassen, dass Ragger ihnen unter den Händen wegstarb; nicht, wo sie ihn gerade noch rechtzeitig gefunden hatten. Verzweifelt sah sich Martin um. Da!

Er konnte den Stamm nicht loslassen, ohne dass der den Verletzten noch mehr belasten würde.

»Kannst du Fliegengewicht eine Motorsäge bedienen? Kennst dich damit –«

»Drei Brüder«, erinnerte sie ihn knapp und schnappte sich die Motorsäge, auf die Martin mit dem Kinn deutete.

»Schneid zuerst rechts von mir, weg vom Ragger. Vielleicht reicht das schon.«

Kerstin wählte mit geschultem Auge – ein echtes Mölltaler Vollblutweib eben – die Stelle, an der der Baum auf einem bemoosten Felsen zu liegen gekommen war. Einen Fuß auf dem Stamm, startete sie die Motorsäge.

»Pass bloß auf damit!«

»Natürlich. Oder meinst, ich will mir vom Treichel den Hintern versohlen lassen, wenn ich einen von uns aus Versehen an Hax wegschneide?«

Mit zusammengekniffenen Augen senkte sie das Schwert; kreischend grub es sich in das trockene Holz. Martin krallte seine Finger noch fester in die raue Rinde und ignorierte den schneidenden Schmerz in der Hand. Sie mussten die Vibrationen für Ragger so gering wie möglich halten; wenn ihm der Baum auskam …

Mit einem lauten Knacksen brach der Stamm; nur mit größter Mühe konnte er ihn am Rutschen hindern.

Kerstin stellte die Motorsäge ab und eilte an seine Seite. Gemeinsam versuchten sie, ihn nach hinten zu schieben.

»Keine Chance«, ächzte sie.

Es genügte nicht; sie mussten den Stamm auch auf der anderen Seite durchtrennen.

»Ich schwör dir, ab morgen gehst du ins Fitnesscenter zum Gewichtheben!«

»Ich? Und du?«, protestierte Martin.

»Ich bin eine Frau. Ich muss nicht stark sein, nur schön«, konterte Kerstin, um gleich darauf in bester Actionheldmanier die Motorsäge zu schwingen.

Wenn er genug Luft hätte, würde er ja über ihren Scherz lachen. Das Schönsein sprach er ihr nicht ab; Kerstin war ein attraktives Madl, aber eine burschikosere Ausgabe einer Frau hatte er noch nie getroffen. In einem Rock würde sie sich nie blicken lassen, bei einer Feier trank sie Gerhard mit Schnaps locker unter den Tisch, und alles in allem war sie genau die Art Kollegin, die sich jeder Polizist nur wünschen konnte. Ob bei einer Verkehrskontrolle, bei einem Raufhandel oder jetzt im tiefsten Wald mit einer Motorsäge in den Händen.

»Vorsicht! Gleich bin ich durch. Ich weiß nicht, wie viel Halt der Stamm dann noch hat. Wenn der absackt, brauchen wir keinen Notarzt mehr.«

Martin ging tiefer in die Knie, um auch die Unterarme gegen die Fichte pressen zu können. Einen Fuß stemmte er gegen den Felsen vor sich. Fitnesscenter mit Krafttraining klang in dem Moment äußerst sinnvoll; vom Gewichtheben würde er jetzt vermutlich mehr profitieren als von seinem regelmäßigen Laufen. Er konzentrierte sich auf seine Atmung und spannte seine Muskeln an. Ein Leben hing davon ab.

»Jetzt!«, schrie Kerstin.

Verzweifelt spürte Martin, wie der Baum seitlich wegzukippen drohte. Er versuchte, sein Gewicht dagegenzupressen, fand aber zu wenig Halt auf dem steilen, mit Nadeln bedeckten Waldboden.

Kerstin schleuderte die Motorsäge zu Boden und warf sich mit ihren ganzen knapp fünfzig Kilo gegen den Stamm. Was ihr an Masse fehlte, machte sie mit purem Willen wett.

»Hab ihn«, japste sie.

Ihm rann der Schweiß über das Gesicht. »Auf drei heben wir an und drücken ihn zurück«, keuchte er. »Eins ... zwei ... drei!«

Martin stolperte rückwärts über eine Wurzel, und auch Kerstin landete auf ihren Knien im Gatsch. Zum Verschnaufen blieb keine Zeit. Als eingespieltes Team machten sie sich über den Schwerverletzten her und leisteten Erste Hilfe.

Ragger war bewusstlos; seitlich am Kopf zeigte sich eine stark blutende Wunde. Seine Beine mussten die Wucht des fallenden Baumes abbekommen haben, denn der linke Unterschenkel wies einen offenen Bruch auf. Ragger hatte Glück im Unglück gehabt: Hätte ihn der Baum am Brustkorb erwischt, hätte er nicht überlebt.

Zuerst konnte Martin das lauter werdende Geräusch gar nicht richtig zuordnen, doch dann atmete er erleichtert auf. »Der Hubschrauber.«

»Gott sei Dank«, stöhnte Kerstin und rappelte sich hoch, um die Flugretter einzuweisen.

Es kam Martin wie eine Ewigkeit vor, bis Heinz Ragger geborgen und abtransportiert worden war und die Anspannung nachließ. Jetzt erst fühlte er, dass seine Hose an Knien und Schienbeinen durchnässt war. Langsam sickerte Schmerz in sein Gehirn. Er betrachtete seine blutig aufgerissenen Hände, als ob sie nicht zu seinem Körper gehörten. Dann sah er zu Kerstin. »Bist du verletzt?«

Sie hielt ihm ihre linke Hand entgegen, die zum Glück nur leichte Kratzspuren von der Rinde aufwies. »Bis zum Heiraten ist alles wieder gut.«

Martin gönnte sich noch ein paar Sekunden, dann raffte er sich auf und stapfte zum Baumstumpf zurück. Das darumgeschlungene Seil wirkte neu. Die beiden Seilenden waren keineswegs ausgefranst, sondern scharf durchtrennt worden. Er hob den Kopf und sah in Richtung Unfallstelle.

Wenn Heinz Ragger sich im Gefahrenbereich aufgehalten hatte, war dies der ideale Platz, um unentdeckt zu bleiben. Von hier aus hatte der potenzielle Täter nahezu freien Blick, war jedoch, wenn er so wie Martin nur einen Schritt zur Seite trat, selbst durch hüfthohes Gehölz verdeckt. Der perfekte Hinterhalt; allerdings nicht von langer Hand planbar. Zu viele Komponenten mussten mitspielen. Das Ganze sah – wenn man nicht von einem Unfall ausging, und an einen solchen glaubte Martin nach all den Ereignissen nicht mehr – eher nach einer günstigen Gelegenheit aus, einer Chance, die der Mörder beim Schopf gepackt hatte.

»Wir müssen Pauli Schindler finden.«

Kerstin nickte nur, zu erschöpft für große Worte. Schweigend stiegen sie den Steilhang hinauf zum Dienstwagen.

»Wie gehen wir's an? Er könnte überall sein.«

»Eine Suchaktion mit Rettung und Feuerwehr kommt nicht in Frage, denn wenn Pauli tatsächlich der Täter ist, ist er gewaltbereit.« Martin ließ kurz seine verkrampften Schultern kreisen.

»Also das volle Programm. LKA, Cobra …«

»Schaut so aus.«

»Ui, der Treichel wird keine Freude haben.« Kerstin grinste schwach.

»Da müssen wir durch.«

Martin öffnete die Fahrertür, hielt aber inne, als er aus den Augenwinkeln eine Bewegung beim Traktor wahrzunehmen meinte. Kerstin saß schon auf dem Beifahrersitz. Langsam ging er ein paar Schritte den Weg entlang, sich nahe am Abgrund haltend.

»Männer! Das ist das Einzige, um was ich euch beneide«, rief Kerstin ihm nach. »Dass ihr im Stehen ludeln könnts!«

Martin zog seine Dienstwaffe und näherte sich dem Traktor. Er hörte ein leises Schniefen.

Die Waffe im Anschlag, tat er noch einen vorsichtigen Schritt nach vorn. Ein rascher Blick zurück zeigte ihm, dass Kerstin längst geschnallt hatte, was los war, und sich mit ebenfalls gezückter Pistole auf die Vorderseite des Traktors zubewegte, während er noch am Hinterrad verharrte.

Er nickte ihr zu und stieg über das unverändert den Hang hinunterreichende Drahtseil. Gleichzeitig erreichten sie die Rückseite und nahmen Schindler in die Zange.

»Pauli? Pauli!«

Wie das sprichwörtliche Häufchen Elend saß Pauli auf dem morastigen Weg, das Gesicht dreckverschmiert. Mit beiden Händen raufte er sich die Haare.

»Pauli?«

Sich darauf verlassend, dass Kerstin ihn sicherte, steckte Martin seine Waffe weg und hockte sich vor ihn auf den Boden. Pauli stieß halbherzig mit den Füßen nach ihm. Martin packte seine Unterschenkel und hielt sie am Boden fest.

»Lass das. Ich bin's, der Martin. Komm, schau mich an.«

Pauli wimmerte, öffnete aber die Augen.

»Weißt du noch, wer ich bin?«

Ein Nicken und Schniefen.

»Wo warst du denn? Hast uns nicht rufen gehört?«

Pauli schüttelte den Kopf und verbarg sein Gesicht in seiner Armbeuge. »Ich hab Angst gehabt«, wimmerte er.

»Angst? Vor was? Vor wem?«

»Der Hubschrauber war so laut! Genau drüber! So laut!«

Martin ließ Paulis Beine los und rieb sanft seine Schulter.

»Der Hubschrauber ist schon wieder weg. Pauli, warst du mit dem Heinz im Wald?«

»Ja.«

»Was habts denn gemacht?«

»Holz.«

»Macht das Spaß?«

Pauli vergrub seine Finger im erdigen Weg. »Heute nicht.«

»Was war denn heute? Ist etwas passiert?«

»Des war a so … Ich … ich war zornig auf den Heinz.« Wie ein kleines Kind schob Pauli seine Unterlippe vor. Er sah kurz an Kerstin hoch, ohne sich an der Waffe in ihrer Hand zu stören. »Er hat mich nicht gelassen!«

Martin wechselte einen Blick mit Kerstin.

»Ich wollte mit dem Fichtnmoped. Aber Heinz hat mich nicht gelassen. Er hat mich nicht gelassen! Ich kann das! Aber Heinz … Er hat gesagt, das ist zu steil da unten, und ich tue mir weh, wenn ich abrutsche. Dabei habe ich eh die Steigeisen angehabt.«

»Deshalb bist zornig geworden auf den Heinz?«

»Ja, ja, ja.«

»Und dann?«

»Dann bin ich weg.« Pauli raufte sich wiederum die Haare und begann zu weinen. »Er wird bös sein auf mich.«

»Warum?«, fragte Kerstin zunehmend ungeduldig.

»Weil ich sie verloren habe, die Steigeisen. Ich habe mich nicht mehr zurückgetraut zum Heinz. Ich hab gesucht, aber ich hab sie nicht gefunden. Er wird so bös sein auf mich, weil ich alleweil was verlier. Das kostet alles Geld, sagt er, viel Geld.«

Martin seufzte und stand auf. Entweder war Pauli tatsächlich beeinträchtigt und er tat ihm mit seinen Verdächtigungen unrecht, oder der Knecht verdiente einen Oscar für seine schauspielerische Leistung.

»Pauli, fährst wieder mit uns im Polizeiauto mit?«

»Mit Tatütata?«

»Ganz kurz Tatütata. Sonst erschrecken sich die Leute in Obervellach.«

Pauli grinste und rappelte sich hoch.

»Sollen wir ihm die Achter anlegen?«, fragte Kerstin leise.

Es gab zu viele Tote, um ein Risiko einzugehen. »Ja.«

Martin griff nach den Handschellen an seinem Gürtel.

»Pauli, du musst diesmal hinten sitzen«, erklärte er ihm. »Und ich muss dir Handschellen anlegen. Auf dem Polizeiposten nehme ich sie dir wieder ab, versprochen. Okay?«

Ohne zu zögern, streckte Pauli ihm die Hände entgegen. »Okay.«

21

»Wie geht es ihm?«

Traudl stellte Irmi eine Tasse Kaffee und einen Teller mit Kuchen hin. Die Nachbarn waren in den letzten Tagen so lieb und um sie besorgt. Sie gaben sich geradezu die Klinke in die Hand, fragten nach ihrem Wohlbefinden, brachten Kuchen und mehr. So umhegt hatte sich Traudl schon lange nicht mehr gefühlt. Ein bisserl anstrengend war nur, dass sie immer wieder erzählen musste, was genau geschehen war. Vor allem, da sie von der Polizei nur erfahren hatte, dass Pauli in Untersuchungshaft war, nicht mehr.

»Schon viel besser«, antwortete sie Irmi. »Er ist von der Intensivstation auf die normale Station verlegt worden. Mit seinen Beinen … das wird dauern, sagt der Arzt, bis er wieder richtig gehen kann, weil beide gebrochen sind. Aber er schafft das.«

»Daran habe ich keinen Zweifel. Wir Ragger sind ein zaches Volk.«

Traudl brach sich ein Stück vom Marmorkuchen ab. »Du wirst nie glauben, wer ihn besucht hat«, verriet sie Irmi.

»Wer?«

»Die Monika! Sei Ex.«

»Im Ernst?«

»Ja. Die Miriam ist ja häufig bei ihm. Na, für sie als Tochter sollte das eigentlich selbstverständlich sein. Ich kann ja nicht so oft weg, schon wegen dem Hof.«

Zu ihrer Erleichterung packten die Nachbarn mit an, und im Winter hielt sich die Arbeit glücklicherweise in Grenzen. Wie es wohl weitergehen würde?

»Was die Monika bei ihm zu suchen hat …«

»Ärger dich doch nicht darüber. Sie waren verheiratet, haben ein Kind und ein Enkale zusammen.«

»Du verstehst das nicht, Irmi! Die Monika ist –«

»Bitte, lass doch die dumme Streiterei. Es ist so viel Schlimmes passiert in unserer Familie. Können wir uns nicht alle ein bisserl zusammenreißen und uns vertragen?«

Eingeschnappt verzichtete Traudl auf eine Antwort. Irmi hatte leicht reden. Sie lebte, seit ihr Mann gestorben war, allein im großen Haus; die Söhne in Wien, noch keine Schwiegertochter in Sicht. Eine lustige Witwe war die Irmi, die alles hatte, was sie brauchte. Im Gegensatz zu ihr.

Ein leises Klopfen an der Küchentür. Hoffentlich war es nicht wieder einer von den Pleschgatternigs.

»Edeltraud? Komme ich ungelegen?«, fragte Viktor höflich.

»Aber gar nicht!« Sie sprang auf und eilte ihm entgegen, um ihm herzlich die Hand zu drücken. Dann stellte sie ihm Irmi vor.

»Sie sind Traudls … Cousine?«

Irmi lachte. »Nein, ihre Nichte.«

Auf Viktors verdutzten Gesichtsausdruck hin beeilte sich Traudl, ihn über die Familienverhältnisse aufzuklären – und betonte, dass sie sogar zwei Jahre jünger war als Irmi. Argwöhnisch beobachtete sie, wie Viktor Irmi ansah, ob es ein Anzeichen dafür gab, dass sie ihm besser gefallen könnte als Traudl.

»Ach, Ihre Mutter war die Schwester von Rudolf und Adolf. Lebt sie noch in Obervellach?«

»Ja, aber im Heim.«

»Sie ist schwer dement«, erläuterte Traudl.

»Ich hoffe, sie hat einen guten Platz. Pflegeheim ist ja nicht gleich Pflegeheim. Da hört man oft Schauergeschichten.«

»Keine Sorge, das ›Christophorus‹ ist ideal, und die Betreuerinnen sind kompetent und herzlich«, erwiderte Irmi.

»Beruhigend zu wissen. Man möchte seine Mutti schließlich in den besten Händen wissen, wo sie es doch war, die einen großzog und umhegte. Das verdient Respekt.«

Irmi sah auf die Uhr. »Willst ein paar Tage zu mir kommen, Traudl, damit du nicht so allein bist im großen Haus?«

Bevor sie antworten konnte, legte Viktor seine Hand auf die ihre und drückte sie zärtlich. »Edeltraud ist nicht allein.«

»Schatzi, ich hole dich um sieben gleich am Posten ab, und dann fahren wir zu meinen Eltern rauf«, informierte Bettina ihn telefonisch.

»Ähm, ich würde vorher schon noch gern heim und duschen.«

»Keine Zeit. Ich liebe dich!«

Und aufgelegt.

Martin streckte sich ausgiebig und gähnte. Es war ein langer Tag gewesen. Oder kam ihm der Zwölf-Stunden-Dienst nur deswegen so lange vor, weil er davor fast eine Woche zu Hause auf der faulen Haut gelegen war? Auf Anweisung vom Treichel: Krankenstand. »Geh gefälligst zum Arzt, sofort, und komm erst wieder, wenn deine Patschhändchen wieder gut sind«, hatte der geschimpft. Und nur, weil der Chef Kerstin noch am Tag von Paulis Verhaftung dabei erwischt hatte, als sie ihm ein Pflaster über einen etwas tieferen Kratzer in seinem Daumenballen kleben wollte. Treichel war und blieb eben ein fürsorglicher Papa Schlumpf.

Jetzt freute sich Martin schon wieder darauf, morgen freizuhaben und mit Bettina auszuschlafen, die freitags keine Vorlesungen an der Uni hatte. Vielleicht sollten sie sich eine kleine Auszeit gönnen?

Seine Finger und Handflächen waren gut verheilt. Er googelte die Öffnungszeiten der Felsentherme in Bad Gastein sowie den ÖBB-Fahrplan. Sich in Mallnitz in den Zug setzen, ab durch die Tauernschleuse und in Bad Gastein gegenüber der Therme aussteigen hörte sich angenehm stressfrei an. Dann einen Tag Wellness und relaxen, die Sauna und das warme Wasser genießen und mit Bettina auf einer Liege kuscheln. Oh ja!

Zeit zu zweit war genau das, was sie beide jetzt gebrauchen konnten. Anscheinend fühlte sich Bettina von ihren Eltern stark unter Druck gesetzt, was den potenziellen Hausbau und Nachwuchs betraf. Da nutzte es wenig, dass Martin das Thema peinlich vermied. Es musste ihm gelingen, die Kurve zu kriegen, bevor Bettina schlimmstenfalls in einer Panikreaktion das

Weite suchte. Wenn er eines gelernt hatte, dann, ihr Freiraum und Freiheit zu geben, sie das Tempo bestimmen zu lassen; denn wenn sie sich in die Ecke gedrängt fühlte, brach sie aus. Das hatte er mit ihr schon mehrmals erlebt, und obwohl sie immer wieder von sich aus zu ihm zurückgekehrt war, konnte er auf diese Form von Auszeiten verzichten.

Müde blätterte Martin den Akt Ragger durch, wozu er erst jetzt so kurz vor Dienstschluss Gelegenheit hatte. Noch konnte er ihn nicht abschließen. Der Staatsanwalt hatte die Untersuchungshaft sowie die Erstellung eines psychiatrischen Gutachtens angeordnet. Geständnis gab es von Pauli keines. Sie hatten nicht mehr als Indizien, die in Summe gesehen aber äußerst belastend waren. Pauli hatte Adolf Ragger tot in der Hütte aufgefunden; Pauli war mit Heinz Ragger allein im Wald gewesen. Ebenso hätte er ausreichend Gelegenheit gehabt, Gerfried Ragger zu erhängen. Keinen Schritt weiter waren die Ermittlungen in der Frage gekommen, ob Pauli denn in Wahrheit Anna Mosers Sohn war.

Was Martin blieb, war ein nagender Zweifel. Pauli wirkte so naiv und hilflos. War es nur eine Fassade, hinter der sich ein Monster verbarg? Wie viele eiskalte Serienmörder kamen in einem freundlichen Gesicht daher?

Genug für heute! Er zog sich um.

Im Journaldienstraum war Kerstin gerade damit beschäftigt, das gerahmte Gütesiegel der »Demenzfreundlichen Dienststelle« aufzuhängen. Einen Nagel im Mund, den Hammer in der Hand und mit der anderen das Bild festhaltend, um die richtige Stelle für den Haken zu finden, konnte sie Gerhard nicht antworten, der hinter ihr stand und sich selbst auf die Brust tippte.

»Ich bin Mr. Neunundneunzig Prozent! Ich habe den Schnitt unserer Dienststelle gepusht.«

Kerstin legte das Bild zur Seite und klopfte den Nagel in die Wand. Heftiger, als es sein musste.

»Neunundneunzig, also fast hundert Prozent. Wie viele Punkte hast du erreicht?«

Martin hängte seinen Einsatzgürtel und die Uniform in den Spind.

»Du siehst, dass ich einen Hammer halte?«, fauchte Kerstin.

»Ja.«

»Wenn du noch einmal mit den Testergebnissen anfängst, haue ich ihn dir dahin, wo es dir zu neunundneunzig Prozent wehtut!«

Eingeschnappt setzte sich Gerhard auf die Tischkante und sah zu, wie Kerstin das Bild aufhängte. »Schief.«

»Hammer!«

Martin verließ schleunigst, aber mit einem Schmunzeln die Dienststelle. Bettina wartete auf ihn. Er drückte ihr einen Kuss auf die Lippen, und sie gab Gas. Vermutlich vertraute sie darauf, dass Martin sie – sollte ein Kollege sie aufhalten und an die Geschwindigkeitsvorschriften erinnern – schon rausreden würde. Er klammerte sich an den Haltegriff am Fahrzeughimmel, als sie die nächste scharfe Kurve schneidig nahm.

»Sollen wir morgen in die Felsentherme und es uns richtig gut gehen lassen?«

»Hm.« Bettina schaltete einen Gang runter, um genug Schwung zu haben, ein langsamer, sprich: angemessen fahrendes Auto vor ihnen zu überholen. Sollten sie jemals Kinder haben, würde nur Martin mit ihnen die Fahrstunden für den L17 absolvieren, das schwor er sich.

»Betti? Magst mit mir morgen in die Therme?«, wiederholte er.

Sie warf ihm einen flüchtigen Blick zu. »Warten wir heute Abend ab.«

Er hasste ominöse Aussagen wie diese. Denn noch als sie das Auto vor dem Elternhaus zum Stehen brachte, zerbrach er sich den Kopf, was sie damit meinen konnte. Wollte sie mit ihm Schluss machen? War etwas vorgefallen, von dem er noch nichts wusste? Herrgott, war sie letztes Jahr am 13. Dezember bei ihm eingezogen, und er hatte das Datum, einem Hochzeitstag vergleichbar, verschwitzt? Ins Schwitzen kam Martin, während er Bettina ins Haus folgte.

Barbara und Raimund sah man keine auf ein Unheil hindeutende Regung an. Sie begrüßten ihn wie immer. Reini naschte ein Stück Käse vom Tisch, was ihm einen Klaps seiner Mutter einbrachte. Alles wirkte wie immer. Und dennoch …

Warten wir heute Abend ab.

War es die Ruhe vor dem Sturm?

Die verlockende Jause, unter der sich der massive Holztisch beinahe bog, erschien Martin fast wie eine Henkersmahlzeit. Er zuckte die Schultern und langte ordentlich zu.

»Wegen Weihnachten hab ich's mir überlegt«, begann Bettina. »Ich will daham feiern.«

Dabei sah sie ihn erwartungsvoll an. Martin schluckte das Stück Brot im Mund unzerkaut hinunter.

»Klar«, erwiderte er.

Er hatte nichts anderes erwartet. Auch das letzte Weihnachtsfest hatten sie bei ihren Eltern am Hof verbracht, nachdem sie zuvor in Spittal seine Mutter und deren Lebensgefährten besucht hatten. Er hatte kein Problem damit.

»Schön! Ich koch uns was Gutes –«

»Nein, Mama. Ich will es bei *uns* daham feiern.« Bettina griff nach Martins Hand und drückte sie fest. »Beim Martin und mir.«

»Habt's denn genug Platz?«, fragte Barbara skeptisch.

»Einen Stuhl werden wir noch brauchen, denn mit dem Reini-Heini sind wir zu fünft. Den organisieren wir schon. Passt das für dich auch, Papa?«

»Mir wurscht, wo.«

»Soll ich das Essen mitbringen?«

»Auf keinen Fall, Mama! Wir kochen für euch, nicht wahr, Schatz?«

Bettina war richtig aufgekratzt, und Martin ermunterte sie dazu, mit ihrem Vater ein Stamperl zu trinken. Er grinste breit, als er es ihr zuschob. »Am Heimweg fahre ich!«

Auf der Rückfahrt überlegte Bettina laut, was sie für ihre Eltern kochen könnten.

»Unbedingt was richtig Exotisches. Indisch oder thailändisch, meinetwegen auch mexikanisch.«

»Isst dein Vater das denn? Von wegen ein Bauer und was er nicht kennt? Sollten wir nicht lieber bei einem Schweinsbraten bleiben?«

»Bist du wahnsinnig? Ich konkurriere doch nicht mit meiner Mama! Wir kochen asiatisch – dann können wir immer behaupten, das muss so sein, egal, wie's schmeckt.«

Beschwingt hüpfte Bettina in Obervellach unten aus dem Auto und packte Martin am Arm. »Du, eine Überraschung habe ich noch für dich«, raunte sie ihm zu.

Oh, oh.

Vor den Postfächern am Hauseingang blieb sie stehen, drehte sich zu ihm um und forderte einen Kuss ein. Dann trat sie einen Schritt zur Seite und zeigte – »Tada!« – auf das Klingelschild. *Hader/Schober.* »Und? Gefällt es dir?«

Martin blieb die Spucke weg. »Es ist perfekt.« Wie Bettina.

Hand in Hand eilten sie die Stiege hinauf; kaum war die Wohnungstür hinter ihnen ins Schloss gefallen, riss Martin sie in seine Arme. Küssend tapsten sie durch den Flur.

»Als … als Hauptmieter musst du noch meinen Meldezettel unterschreiben«, brachte Bettina noch hervor.

»Aber nicht jetzt«, flüsterte er und zog ihr den Pullover über den Kopf. »Morgen.«

22

Nachdem sie ihre Mutter im Heim besucht und ihr frisch
gebackene Vanillekipferln gebracht hatte, fuhr Irmi zum
Lerchbauer hinaus. Angesichts der Todes- und Unglücks-
fälle war sie weit öfter in Leutschach als in den Jahren zuvor.
Doch wer sonst sollte Traudl beistehen? Ganz einsam lebte
sie jetzt auf dem Hof; innerhalb weniger Wochen hatte sich
alles geändert.

Ob sich ihre Beziehung mit Heinz wieder normalisieren
würde? Oder war es gänzlich undenkbar, dass Traudl mit
ihrem Bruder weiter unter einem Dach leben konnte? Beim
letzten Krankenhausbesuch – Irmi war mit Traudl hinunter-
gefahren, da diese so lange Strecken nicht gern allein mit dem
Auto fuhr – hatten sie Miriam am Krankenbett angetroffen.
Da sich Heinz' Genesung noch lange hinziehen würde und
er eventuell sogar einen Reha-Aufenthalt benötigte, hatte sie
beschlossen, bald mit Kind und Kegel nach Obervellach zu
ziehen. Ihr Lebensgefährte Lukas war damit einverstanden;
der kleine Luciano freute sich riesig darauf und wünschte sich
vom Christkind statt einem Dreirad einen Trettraktor samt
Anhänger. Der Prospekt lag auf Heinz' Beistelltisch.

Auch wenn Miriam betonte, dass ihr Einzug nur übergangs-
weise sei, »bis es dem Papa besser geht«, war Traudl aus dem
Häuschen geraten.

»Dann brauchts mich ja nimma«, hatte sie ihrem Bruder an
den Kopf geworfen. Heinz hatte ihr nicht widersprochen.

Irmi fühlte sich mitschuldig, obwohl es keinen vernünftigen
Grund dafür gab – vielleicht, weil ihr diese schreckliche Art
von Beziehung in der eigenen Familie erspart blieb und sie sich
über ein sehr gutes Verhältnis zu ihren beiden erwachsenen
Söhnen freuen durfte. Deshalb war sie heute schon wieder auf
dem Weg nach Leutschach. Traudl tat ihr vom Herzen leid, und
sie wollte sie unterstützen.

Mit einem Teller voll Vanillekipferln betrat Irmi die Küche. Traudl stand am Herd und legte zwei Wiener Schnitzel ins brutzelnde Öl.

»Gut, dass für dich kochst«, entfuhr es Irmi, froh, dass Traudl sich in ihrer abrupten Einsamkeit nicht gehen ließ, sondern ihren gewohnten Tagesrhythmus beibehielt.

Irmi selbst war es nach dem Tod des Mannes schwergefallen, sich aufzuraffen und für sich allein zu kochen; wozu die Mühe? Das war es nicht wert gewesen, hatte sie in ihrer Trauerphase oft gedacht und dabei unbewusst gemeint, dass *sie* es nicht wert wäre. Irmi posaunte es nicht hinaus, da man gerade am Land noch schief angesehen werden konnte, aber sie hatte damals dankbar die Hilfe einer Psychologin in Anspruch genommen.

Sie stellte den Keksteller auf den Tisch, trat zu Traudl und legte ihr den Arm um die Schulter.

»Was?«

»Es ist gut, dass du auch für dich allein etwas Gutes kochst. Das bist du wert«, sagte Irmi mit einem Lächeln.

Traudl runzelte die Stirn. »Ich koch nicht nur für mich! Viktor kommt zum Essen.«

Der Feriengast. Irmi fürchtete, dass er Traudls derzeit emotional instabile Lage ausnutzen könnte; andererseits war es für sie wichtig, eine Aufgabe zu haben. Wenn sie sich einen »Ersatzmann« ins Haus holen wollte, bis sie sich an die neuen familiären Rahmenbedingungen gewöhnt hatte, warum nicht? Traudl war alt genug. Hoffentlich.

»Ich habe nur zwei Schnitzel«, sagte sie kurz angebunden, während sie den Deckel eines Topfes anhob und den Erbsenreis umrührte.

Verwundert über die ungewohnt ungastliche Art strich Irmi sich die Haare zurück und blieb stehen, statt sich an den bereits gedeckten Tisch zu setzen.

»Zum Essen wollte ich mich eh nicht einladen. Ich wollte nur schauen, wie es dir geht und ob du etwas brauchst.«

»Ich habe alles«, entgegnete Traudl, und wie auf Kommando kam Viktor Riedl in die Küche.

Traudls griesgrämige Miene erhellte sich schlagartig; sie lächelte ihm selig entgegen, die Augen glänzten.

»Gut, dann werde ich mich verabschieden«, sagte Irmi, die sich nicht nur vor den Kopf gestoßen, sondern wie das sprichwörtliche fünfte Rad am Wagen fühlte.

Traudl nickte nur und wendete die Schnitzel in der Pfanne.

»Pfiat di!«

Irmi ging und zog die Haustür hinter sich zu, als sich eine Hand um deren Kante schloss und sie wieder aufzog. Riedl.

»Darf ich ganz kurz mit Ihnen unter vier Augen sprechen?«

Ohne eine Antwort abzuwarten, schob er sie hinaus und blieb ein paar Meter weiter dicht an der Hausmauer stehen.

Irmi verschränkte die Arme vor der Brust. »Was gibt es?«, fragte sie argwöhnisch.

Aus den Augenwinkeln bemerkte sie, wie sich die Gardine des gekippten WC-Fensters sacht bewegte. Ein Windzug oder Traudl, die ihre Neugierde nicht bezähmen konnte? Irmi sagte nichts.

»Sie können mir gewiss weiterhelfen«, begann er und zeigte ihr ein gekünstelt wirkendes Lächeln.

Was fand Traudl nur an ihm?

»Diese Weihnachten werden schwer werden für Edeltraud, nach all den tragischen Verlusten. Da möchte ich ihr eine Freude bereiten und sie mit einem Christbaum überraschen.«

»Dann tun Sie es«, antwortete Irmi. Obwohl es unfair war, ließ sie ihren Ärger über Traudls abweisendes Verhalten an ihm aus. »Um die Zeit gibt es überall Christbaumstände –«

»Ich will keine überteuerte Nordmanntanne kaufen. Edeltraud sagte mir, dass man sich hier im Mölltal den Christbaum einfach aus dem Wald holt.«

»Das gilt nur für Einheimische und den eigenen Wald, sonst ist's fladern und Sie kriegen mächtigen Ärger.«

»Zum Bauernhof gehört doch auch Wald?«

»Sie können nicht irgendeinen Baum entnehmen ohne Rücksicht –«

»Deshalb bitte ich ja Sie um Hilfe. Sie kennen sich im Wald aus und wissen, welchen Baum man nehmen kann. Bitte.«

Irmi seufzte. »Ich bring Ihnen einen –«

»Nein, nein. Ich möchte ihn selbst aussuchen. Wie schaut das denn sonst aus?«

Warum sich Irmi von seinem Dackelblick beknien ließ, konnte sie später nicht mehr sagen. Jedenfalls ließ sie sich breitschlagen, sich mit ihm um drei auf dem Weg zur Burg Falkenstein hinauf zu treffen.

»Ziehen Sie sich ordentliche Schuhe an«, ermahnte sie ihn noch mit Blick auf seine wenig wintertauglichen Halbschuhe.

»Natürlich. Bitte verraten Sie Edeltraud nichts. Ich will sie überraschen.«

»Der Ragger hat mehr Glück gehabt als Verstand«, sagte Kerstin und reichte Martin das Gutachten des Sachverständigen weiter. »Wenn den das Drahtseil direkt getroffen hätte, wär's ihm wie den Fichten ergangen.« Sie machte eine eindeutige Handbewegung ihren Hals entlang.

»Ein beschissener Fall. Ich hoffe, dass der Psychiater bald mehr sagen kann.«

»Wenn Pauli Schindler es war, könnte er leicht auf Unzurechnungsfähigkeit plädieren. Vielleicht war das von Anfang an seine Taktik?«, spekulierte Kerstin.

»Möglich.« Martin rieb sich mit Daumen und Zeigefinger die Nasenwurzel. »Oder er war's nicht.«

»Ich weiß nur eines. Wenn wir hier in Obervellach noch einen verflixten Mordfall haben, lass ich mich versetzen!«

»Immer diese leeren Versprechungen.« Martin zog seine Schreibtischlade auf; er brauchte Zucker. Vorsichtig schob er die Mausefalle zur Seite und hob den Adventskalender heraus. Dass Kerstin mit einem fetten Grinsen dasaß und ihn beobachtete wie die Katze die sprichwörtliche Maus, ließ ihn Böses erahnen.

Er prüfte das heutige Türchen auf Beschädigung – nichts – und öffnete es besonders vorsichtig. Es war leer. »Kerstin …«

»Was denn?«

»Du warst das.«

Sie warf den Kopf zurück und lachte. »Hast einen Beweis dafür? Nein? Dann gilt die Unschuldsvermutung. Aber ich bin großzügig und hol dir einen Kaffee.«

Während sie draußen war, kontrollierte er die übrigen Kalendertürchen. Er begutachtete die Nummer vier. Was, wenn sich Kerstin darüber Zutritt zu der für den heutigen Tag bestimmten Schokolade verschafft hatte? Behutsam hob er das Papier an und prüfte die Festigkeit des aus Plastik bestehenden Innenlebens. Mit ein bisserl Fingerspitzengefühl könnte es durchaus gelingen, die Schokolade unter dem Karton von einem noch verschlossenen Türchen zu einem offenen zu bugsieren, ohne die Hülle zu beschädigen.

»Ich bin dir auf der Spur«, erklärte Martin, als Kerstin zurückkam und ihm eine Tasse auf den Tisch stellte.

»Schön für dich. Ich hab dir einen Extralöffel Zucker hineingetan als Ersatz.«

Und Milch.

Kerstin wusste genau, dass er seinen Kaffee schwarz trank. Rache war süß. Er würde sich schon was einfallen lassen.

Er ging nochmals seine Notizen durch. Auf einem Zettel hatte er sich handschriftlich den Namen des Feriengastes notiert. Viktor Riedl. Martin griff zum Hörer und rief das Meldeamt an, um Auskunft aus dem Zentralen Melderegister zu erhalten.

»Wiederholen Sie das bitte!« Er fing Kerstins fragenden Blick auf und erhob sich, noch bevor er das Gespräch beendet hatte. »Ja, danke.«

»Was ist los?«

»Komm! Der Feriengast Viktor Riedl hat laut Meldeamt das gleiche Geburtsdatum wie Anna Mosers Sohn laut Geburtenbuch. Geburtsort ist bei ihm Villach. Fahren wir!«

»Aber mit Tatütata«, antwortete Kerstin mit grimmiger Miene.

Auf das Folgetonhorn verzichtete Martin zwar, aber vom

Tempo her passte er sich an Bettinas rasanten Fahrstil an. Als sie am Ziel ankamen, eilten sie zuerst zum Troadkastn hinunter. Der Autoabstellplatz davor war leer, die Tür zum Ferienhäuschen verschlossen. Sie hasteten hinauf zum Bauernhaus. Traudl Ragger kam ihnen aus dem Stall heraus entgegen.

»Ist schon wieder etwas passiert?«, rief sie ängstlich.

»Wissen Sie, wo Viktor Riedl ist?«

»Wieso?«

»Beantworten Sie bitte meine Frage.«

»Er wird unterwegs sein«, antwortete sie nach kurzer Pause, aber sie sah ihm dabei nicht in die Augen.

»Wo?«, fragte Kerstin drängend.

»Er hat mir nicht gesagt, wo er hingeht«, erwiderte sie nahezu trotzig und stemmte sich die Hände in die Hüften. »Woher soll ich riechen, wo –«

Martin hatte weder Zeit noch Lust für dumme Spielchen. Mit einem angedeuteten Lächeln zog er seine Samthandschuhe aus.

»Weil Sie in ihn verliebt sind und garantiert wissen, wo er sich aufhält«, knallte er ihr an den Kopf.

Sie schnappte hörbar nach Luft und lief rot an. Traudl leckte sich nervös über die Lippen; ihr Blick schweifte zum Wald hinauf. Bitte nicht schon wieder Bäume, dachte Martin in einem Anflug von Verzweiflung.

»Er hat mir nichts verraten … also, nicht direkt. Er plant eine Überraschung für mich.«

»Frau Ragger, jetzt ist nicht die Zeit, sich die Würmer aus der Nase ziehen zu lassen. Wo ist er?«, fuhr Kerstin sie schärfer an.

»Nicht, dass ich gelauscht hätte … aber ich war zufällig am Klo, als er mit der Irmi vor dem Haus tuschelte. Und da habe ich zufällig gehört, dass er mit ihr im Wald einen Christbaum holen will, für mich.«

Natürlich im Wald. Martin schloss nur einen Moment die Augen und dachte daran, wie friedlich und ruhig es doch in Wien gewesen war. Ohne Berge und so viel Wald.

»Warum fragt er da Frau Leitner?«

»Na, weil Irmi sich gut auskennt in unserem Wald. Sie weiß genau, wo die Grenzen verlaufen. Der Wald gehört ja auch zum Jagdgebiet der Hubertusrunde.« Traudl sah auf ihre billige Armbanduhr. »Um drei wollten sie sich treffen, am Weg hinauf zur Burg Falkenstein.«

Jetzt war es halb vier.

»Haben Sie eine Ahnung, wo genau Frau Leitner hingehen würde?«

Traudl zuckte mit den Schultern und machte eine weit ausholende Handbewegung. »Die Parzellen hinauf bis über die Eisenbahntrassen und bei unserer Almhittn, südlich davon, das ist alles unser Wald. Da irgendwo …«

Kerstin stöhnte laut auf.

Martin holte sein Handy hervor; Leitners Nummer hatte er eingespeichert. Er landete auf der Mobilbox.

»Wenn …« Kerstin unterbrach sich nach einem misstrauischen Blick auf Traudl Ragger. »Wir brauchen Hilfe!«

»Eher ein Wunder.« Martin trat ein paar Schritte zur Seite und scrollte durch das Protokoll seiner angenommenen Anrufe, dann hob er das Handy erneut ans Ohr und betete inbrünstig, dass am anderen Ende abgehoben wurde.

23

Sepp brütete über einer weiteren Liste. Lang war sie. Achtzehn Zeilen. Achtzehn gute Ideen, wie er es seinem Nachbarn, dem Belten, so richtig zeigen konnte. Wer die Wahl hatte, hatte die Qual. Nun, vielleicht konnte er auch ein paar Ideen kombinieren.

Als das Handy klingelte, tastete er genervt und ohne auf das Display zu sehen danach und knurrte seinen Namen.

»Ich brauche Ihre Ortskenntnisse im Revier«, begann Martin Schober und schilderte ihm die Lage.

Sepp bemerkte gar nicht, dass sein altersschwacher Küchenstuhl zu Boden krachte, als er entsetzt aufsprang.

»Was? Die Irmi ist mit dem mutmaßlichen Mörder allein im Wald? Seids ihr bei der Polizei völlig tepat?«

»Flattacher! Ausflippen können S' später«, gab Schober in der gleichen Lautstärke zurück. »Denken Sie nach, wo Frau Leitner sich befinden könnte. Wo sollen wir die Suche beginnen?«

Sepp hetzte in den Flur und stieg in seine Stiefel, während er Schober – konnte der überhaupt einen Nadel- von einem Laubbaum unterscheiden? – die Zufahrt zu einem in Frage kommenden Waldabschnitt zu erklären versuchte. »Am Forstweg müssen Sie bei einem Holzlagerplatz links abbiegen und weiter bis zu einer … Kruzitürken … bis zu einer großen Fichte … mit zwei Stämmen, wie a Zwilling, die kann ein Blinder nicht übersehen! Die Irmi ist nicht auf der Pirsch«, überlegte er laut, »die will einen Christbaum holen. Das heißt, sie hat irgendwo am Weg ihr Auto abgestellt, einen braunen Dacia Duster, und ist nicht zu weit rein in den Wald, nicht mit einem Vollkoffer von einem Stadtmenschen wie dem Riedl!«

Er legte auf, schnappte sich sein Gewehr, rief Akko und stürmte hinaus.

Sein Ziel war eine weiter oben bei der Almhütte der Ragger

gelegene Waldparzelle, die den passenden Baumbestand für Weihnachten aufwies. Und mit seinem Suzuki Jimny hatte er auf dem zuführenden, durch Forstarbeiten stark beschädigten Weg weit bessere Chancen als Schober mit dem Dienstwagen.

Mein Gott, wenn Irmi etwas geschah, würde er sich das nie verzeihen. Dem Schober auch nicht. Niemandem!

Er fuhr nicht erst hinunter ins Tal, sondern weiter hinauf auf den Pfaffenberg, wo die kurvenreiche Straße am Berghang entlang weiter in Richtung Falkenstein führte. Auf den ebenen Streckenabschnitten trat er das Gaspedal durch.

Die Augen auf der Straße, fischte er sein Handy aus der Tasche. Irmi hatte er als Kurzwahl eingespeichert. Bei jedem Freiton hätte er vor Wut und Angst durch das Autodach schießen können, und als sich die Mobilbox einschaltete, war er nahe davor, sein Handy aus dem Fenster zu schmeißen. Ohne dieses vorher zu öffnen.

Aufgeschreckt durch Sepps laute Flüche – und von den rücksichtslos genommenen Kurven –, begann Akko zu winseln.

»Alles wird gut«, rief Sepp ihm zu, mehr, um sich selbst zu beruhigen. »Wir finden Irmi, schießen den Riedl auf den Mond, und dann kriegst du einen riesengroßen Knochen. Versprochen!«

Er bog in den Forstweg ab und war nur froh, noch seine eigenen Zähne zu besitzen: Ein Gebiss wäre bei der wilden Rumpelei im weiten Bogen davongeflogen.

Als sein Handy läutete, hätte er beinahe einen ungünstig an einer Kreuzung platzierten Wanderwegweiser erwischt.

»Irmi?«

»Nein, Schober. Wir sind an diesem Zwillingsbaum; keine Spur von Leitners Auto. Wohin jetzt?«

Seine Aufmerksamkeit zwischen Lenkrad und Handy teilend, gab Sepp dem Polizisten eine weitere Wegbeschreibung durch.

»Wo ich bin? Ober der Raggerhittn.«

»Flattacher, wenn Sie auf Leitners Auto stoßen, sagen Sie

uns sofort Bescheid! Keine Alleingänge! Wenn Riedl unser Mann ist, ist er gefährlich.«

»Ja, mordsgefährlich. Keine Sorge, ich bin bewaffnet.«

»Ich meine es ernst.«

»Ich auch!«

Irmi reversierte vorsichtig, damit ihr neues Auto mit der Beifahrerseite ganz an der Böschung zum Stehen kam, ohne dass ein Stein oder zu starker Ast den Lack zerkratzte. Auf Riedls wildes Wachtln – ihn hatte sie vor dem Einparken aussteigen lassen – achtete sie nicht. Zum wiederholten Male fragte sie sich, warum um Gottes willen sie sich dazu überreden lassen hatte, mit ihm einen Christbaum zu holen.

Er nervte sie, seit er von seinem in ihren Wagen umgestiegen war, obwohl er vermutlich nur freundlich sein und Interesse bekunden wollte. Es war ihr Problem, dass sie nicht gern über ihre Mutter und deren gesundheitliche Probleme sprach. Und noch weniger wollte sie mit einem Fremden über ihre Familie reden – und das war Riedl für sie, auch wenn Traudl ihm anscheinend schon recht nahestand, bei all dem, was sie ihm schon erzählt hatte und er daher zu Irmis Überraschung wusste. Er erwies sich jedoch als erstaunlich hartnäckig.

»Ihr Vater Oswin hat Ihre Mutter einfach sitzen gelassen, weil –«

»Ja«, unterbrach sie ihn verärgert, wobei sich der Zorn mehr gegen Traudl richtete, die doch wusste, was für ein wunder Punkt Oswin und das aufgelöste Verlöbnis für Irmi war.

Als Kavalier bestand Riedl darauf, Axt und Säge zu tragen.

»Hm, und Ihre Großmutter war nicht wirklich erfreut, ein unehelich geborenes Kind am Hof zu haben, ein, wie war die Bezeichnung? Pa… Pakerl? Nein …«

»Bankat«, stieß sie zwischen zusammengebissenen Zähnen hervor. »Aber das war kein so großes Thema« – wie es ihm Traudl anscheinend suggeriert hatte – »denn ledige Kinder gibt's bei den Bauern oft, und wir leben ja nicht mehr im Mittelalter.«

»Nun, ich kann mir vorstellen, dass es Sie als Kind und auch

Ihre arme Mutter belastet hat und Sie beide darunter litten«, sagte Riedl. »Das ist vielleicht jetzt kein Makel mehr, aber in den fünfziger und sechziger Jahren war die Gesellschaft doch noch sehr konservativ und auf die Ehe fixiert eingestellt.«

Sollte das verständnisvoll klingen? Typisch überheblicher Großstadtmensch! Irmi nahm eine Abkürzung Richtung Jungwald. Mit etwas Gerechtigkeit seitens des Universums würde es Riedl auf die Pappm hauen.

Herrgott, erschrak sie über ihren eigenen boshaften Gedanken. Sie war eindeutig zu oft mit Sepp Flattacher zusammen, der immer und ohne Rücksicht auf Verluste aussprach, was sie – und noch dazu mit schlechtem Gewissen – nur zu denken wagte.

Für seine grobe, oft verletzende Art war Sepp im ganzen Ort verschrien. Ein richtiger Pülcha war er. Ein Einzelgänger. Ein Außenseiter, sah man mal von seiner Funktion als Aufsichtsjäger im Jagdverein ab, und selbst da nahm er eine Sonderstellung ein, blieb seltsam isoliert und für sich. Sepp benahm sich wie die sprichwörtliche Axt im Walde, immer daneben. Wie im Kindergarten. Oder als er Irmi unterstellte, unter Wechseljahrbeschwerden zu leiden und deshalb launenhaft zu sein. Charmant oder auch nur höflich konnte man Sepp nicht nennen.

Obwohl, etwas Gutes hatte seine unverblümte Offenheit. Bei Sepp wusste man immer, wie man dran war. Der würde niemandem gegenüber scheißfreundlich tun und ihm dann die Hackln ins Kreuz hauen. Nein, wenn ihm etwas nicht passte oder er jemanden nicht mochte, fuhr er ihm mit dem Stellwagen mitten ins Gesicht.

Irmi strich gedankenverloren über den Wipfel einer jungen Fichte.

»Das sind aber schöne Tannenbäumchen«, rief Riedl entzückt und riss sie unsanft zurück in die Gegenwart. Wie viel lieber wäre sie jetzt mit Sepp im Revier unterwegs.

»Fichten.« Sie zwang sich, auf einen beißenden Kommentar zu verzichten. Riedl konnte nichts dafür, dass er ein Stadtmensch war. »Suchen wir eine schöne aus.«

Irmi ging weiter und besah verschiedene Bäume, aber keiner wollte ihm so recht gefallen.

»Sagen Sie, Ihre Mutter, Linde, hat doch auch am Hof gelebt. Hat sie damals mitbekommen, dass ihr Bruder Rudolf nicht Selbstmord beging, sondern ermordet wurde?«

»Das weiß ich nicht.«

Noch heute würde Irmi Traudl die Nummer ihrer Psychologin geben. Wenn diese schon das Bedürfnis hatte, sich bei jemandem auszuweinen und Irmis Angebot, doch mit ihr zu reden, nicht annehmen wollte, dann war jemand vom Fach und mit Diskretion empfehlenswert. Dass Traudl dem Feriengast sämtliche schmerzhaft ans Licht gekommenen Familiengeheimnisse verriet, ärgerte Irmi.

Endlich fanden sie einen symmetrisch und dicht gewachsenen Baum, der auch Riedl zusagte. Er sägte einen trockenen Ast ab, legte die Säge zur Seite und griff nach der Axt. Das falsche Werkzeug, wie sie ihm vielleicht sagen sollte.

»Um noch einmal auf Rudolf Ragger zurückzukommen. Er hatte eine Liebschaft mit der Magd am Hof, nicht wahr, Anna Moser? Was hat Ihre Mutter über sie erzählt?«

»Nichts.«

In der Hoffnung, ihm das Ende ihrer Gesprächsbereitschaft zu signalisieren, holte Irmi ihr Handy heraus, das sie im Wald wie immer auf lautlos gestellt hatte. Zu ihrer Überraschung leuchteten sieben versäumte Anrufe von Sepp sowie dem Polizisten Martin Schober – allesamt in der letzten Dreiviertelstunde – auf. Was konnte so dringend sein? Den Daumen bereits auf das grüne Telefonsymbol gelegt, sah sie auf, als Riedl mit unvermutet aggressivem Ton weitersprach.

»Na, das kann ich mir schwer vorstellen! Die beiden waren doch so gute Freundinnen. Sogar im Kindbett stand Linde ihr bei.«

Irmi starrte ihn mit offenem Mund an. »Woher wissen Sie das?«

24

Nachdem Sepp auf Irmis Auto gestoßen war, folgte er eilig dem Wildwechsel. Hoffentlich war sie nicht vom Weg abgekommen und querfeldein gelaufen! Er war ziemlich sicher, dass sie zum Jungwald hinaufgegangen war.

Er schnaufte stark, denn aufwärts hasten und gleichzeitig telefonieren ging trotz seiner Kondition nicht gut zusammen. »Rechts! Rechts geht der Weg rauf«, wies er Schober an.

Nie war er so froh wie jetzt, die Polizei knapp hinter sich zu wissen. Er hielt die Verbindung zu Schober und hetzte weiter. Akko rannte aufgeregt voran. Ein polizeilicher Diensthund, am besten ein aggressiver Schäfer, wäre ihm jetzt lieber als sein jagdlich abgerichteter Wachtel.

Er gelangte auf die Kuppe und sah sich um. Unter ihm breitete sich über einen Graben hinweg weitläufig der Jungwald aus. Er brauchte kein Fernglas, um die Gesuchten zu entdecken, denn während Irmi mit ihrer Lodenjacke recht gut getarnt war, stach Riedl mit seiner hellblauen Steppjacke hervor.

»Ich seh sie«, keuchte er ins Telefon.

Allerdings hatte Irmi – wie es anscheinend in der Natur der Frauen lag, wer konnte das schon sagen? – nicht den nahe liegenden Pfad gewählt, sondern musste einen Haken geschlagen haben, um auf die andere Seite des Grabens zu gelangen. In der Luftlinie trennten sie grob geschätzt nur etwas mehr als zweihundert Meter.

»Schober! Nicht dem Wildwechsel nach, Sie müssen sich östlich halten, auf die andere Seite des Grabens. Da im Jungwald sind sie.«

»Geht es Frau Leitner gut?«

»Ja!«

Sollte er pfeifen, um Irmi auf sich aufmerksam zu machen? Das fragte er sich und dann Schober.

»Nein. Erschrecken Sie Riedl nicht. Provozieren Sie keine Kurzschlussreaktion! Nur beobachten, wir sind gleich oben.«

Er stellte das Handy auf Lautsprecherfunktion und legte es vorsichtig in einer Astgabel neben sich ab. Fernglas hatte Sepp keines umgehängt, deshalb hob er sein Gewehr und sah durch das Zielfernrohr. Typisch Frau! Stand dort einem Mörder gegenüber, und was tat sie? Mit ihm ratschen! Irmi und Riedl schienen in ein intensives Gespräch vertieft. Über was hatten die beiden zu reden? Das Wetter?

Wenigstens ging Irmi ein bisserl auf Abstand zu dem … Sepp stockte der Atem.

»Er hat a Håckn in der Hand!«

»Bedroht er sie?«

Riedl hielt die Axt auf Schulterhöhe; Irmi wich weiter zurück, der Angreifer folgte ihr. Sepp konnte nicht hören, was die beiden sprachen, aber die Szene wirkte eindeutig bedrohlich.

»Ja!«

»Geben Sie einen Warnschuss ab!«

»Jetzt soll ich ihn doch erschrecken?«, fragte Sepp völlig verunsichert von Schobers einmal Hü, einmal Hott, drückte aber die Wange an den Schaft und legte den Finger auf den Abzug.

Entsetzt musste er mit ansehen, wie Irmi abwehrend die bloßen Hände hob. Sie wankte zurück, sank nieder. War sie gestolpert? Er sah sie nicht mehr hinter den Bäumen! Was er sah, war, wie Riedl zum Schlag ausholte, ein dermaßen gemeines Grinsen auf dem Gesicht, dass …

»Warnschuss!«, hörte er Schobers Stimme.

Es waren keine vierzig Meter.

Es waren mehr als zweihundert.

Er hatte das Hirschtier auf vierzig Meter gfalt.

Die ganzen in die Kategorie Jägerlatein fallenden Angebersprüche von Waidkameraden, wonach sie einen Gams auf mehr als dreihundert Meter sauber erlegt hätten, schossen ihm durch den Kopf.

Sepp schob die Zunge zwischen die Lippen, seine linke Hand krampfte sich um den Lauf. Er hatte Angst, so eine Scheißangst wie selten zuvor in seinem Leben!

»Schieß, Flattacher!«

Ein Schuss.

Nur einer.

»Flattacher? Flattacher! Sagen Sie was!«, rief Martin, das Handy vor dem Gesicht. Obwohl die Verbindung nicht unterbrochen war, meldete sich Flattacher nicht.

Martin stolperte über eine vertrocknete Ranke, fing sich aber noch rechtzeitig. Rannten sie überhaupt in die richtige Richtung oder nur blindlings durch den Wald, den er zu hassen begann? Vor ihm wurde es lichter, die Bäume kleiner. War das der Jungwald, den Flattacher erwähnt hatte?

Auf dem von Nadeln und trockenem Geäst übersäten Waldboden, mehr rutschend als laufend, querte Martin – Kerstin keuchte hinter ihm her – einen Hang. Plötzlich sah er vor sich zwischen den Bäumen einen braunen Schatten vorbeijagen. Ein Reh? Ein Hund?

»Schober? Wo sind Sie?«

Die Rufe verschafften ihm die notwendige Orientierung. Nach einem leichten Kurswechsel stürmte Martin weiter und entdeckte gleich darauf Flattacher, der zwischen hüfthohen Christbäumen stand und mit seinen über Kopf gehobenen Armen wild winkte. Ihm fiel ein Stein vom Herzen, als Irmgard Leitner neben dem Jäger auftauchte.

»Wo ist Riedl?«, rief Kerstin, noch bevor sie die anderen erreicht hatten.

Martin kämpfte sich zwischen zwei dicht zusammen stehenden Bäumen durch. Innerlich stellte er sich auf eine Verfolgungsjagd über Stock und Stein ein. Scheiß Wald!

»Da.« Flattacher hatte seinen Arm um Leitner gelegt und stützte sie.

Kerstin drängte sich ungestüm an Martin vorbei und riss die Pistole aus dem Halfter. Er tat es ihr gleich. »Wo?«

»Na, da!« Flattacher deutete mit den Daumen über seine Schulter.

Martin vergewisserte sich hastig, dass Leitner keine Hilfe benötigte. Sie wirkte zwar blass und unter Schock, aber äußerlich auf den ersten Blick unverletzt.

»Soll ich dem jetzt seine Rechte aufsagen oder wie?«, fragte Kerstin und sah Martin ratlos an, während sie ihre Waffe wegsteckte. Mit ironischer Stimme fragte sie nur für Martins Ohren bestimmt. »Also, ich weiß nicht, welcher Richter einen perfekten Kopfschuss als unabsichtlichen Irrläufer abhaken wird.«

»Nothilfe«, gab er ebenso leise zurück. »Besser Riedl als Leitner.«

»Weg ist weg und macht kan Dreck. Und wir ersparen uns eine Niederschrift«, nahm Kerstin mit ihrem schwarzen Humor einen Großteil der Spannung aus der Situation.

Martin starrte Riedl noch einen Moment an, rieb sich den Nacken und wandte sich mit einem Seufzer an Flattacher. »Was haben Sie denn an dem Wort ›Warnschuss‹ nicht verstanden? Sie waren doch auch einmal beim Bundesheer, oder?«

Flattacher grummelte etwas Unverständliches.

»Wie bitte? Ich habe Sie nicht ganz verstanden.«

Martin hob die Brauen. Flattacher fuhr sich mit der Hand über den Mund, sah Leitner an und schob schließlich sein Kinn vor. Die Augen zornig verengt, die Schultern gestrafft, verkündete er: »Glauben S', ich verschwende auf so ein Arschloch eine teure Patrone mehr als nötig?«

25

Recht war es Irmi nicht, doch auf Drängen der Polizistin hatte sie doch eingewilligt, sich im Krankenhaus Spittal untersuchen zu lassen, was ihr prompt einen Aufenthalt über Nacht einbrachte. Sicher ist sicher, hatte der Arzt gemeint, da sie sich beim Fallen den Kopf recht heftig gestoßen hatte, eine ordentliche Beule aufwies und eine Gehirnerschütterung nicht auszuschließen war.

Da sie zu Hause zudem niemanden hatte, der auf sie hätte schauen können – und Traudl hätte sie niemals um Hilfe zu fragen gewagt –, hatte sie zugestimmt.

Sie schreckte schon jetzt vor der ersten Begegnung mit ihr zurück. Der von Traudl angehimmelte Feriengast hatte sich nicht nur als Mörder entpuppt, sondern dürfte mit höchster Wahrscheinlichkeit als Rudolfs und Nanes Sohn mit ihnen verwandt sein. Ob die jähe Übelkeit, die in Irmi hochstieg, Anzeichen einer Gehirnerschütterung war? Eher nicht.

Ein leises Klopfen an der Tür lenkte sie ab. Fast dachte sie, Traudl würde vorbeikommen, doch es war Haribert, der wenige Minuten vor Ablauf der abendlichen Besuchszeit mit einem riesigen Blumenstrauß in der Hand in ihr Einzelzimmer trat. Wie gut, dass auf dem Nachttisch in weiser Voraussicht eine leere Vase bereitstand; er befüllte sie im kleinen Bad mit Wasser und stellte die Blumen sorgsam hinein.

»Wie schön, danke.«

»Schöne Blumen für eine schöne Frau«, erwiderte er, ließ sich auf der Bettkante nieder und ergriff ihre Hand. »Liebste Irmi! Wie geht es dir?«

Als sie aufstehen wollte, um sich mit ihm an den Tisch zu setzen, widersprach er besorgt. Er begrüßte die ärztliche Entscheidung und wies auf die rechtlichen Aspekte hin, welche die Unterzeichnung eines Revers mit sich ziehen würden.

»Ich bin doch nicht invalide«, gab sie mit einem Lächeln

zurück. »Nur zur Beobachtung über Nacht soll ich bleiben. Morgen kann ich schon wieder nach Hause.«

»Trotzdem! Schone dich. Auch wenn du physisch keine größeren Verletzungen davongetragen hast, solltest du den Schock nicht unterschätzen. Was für eine grauenhafte Tat! Ich wünschte, ich hätte dir beistehen können in der Stunde deiner allergrößten Not.«

Er legte seine zweite Hand über die ihre und drückte sie sanft. Sie schloss kurz die Augen, als die schrecklichen Bilder über sie herfielen. Viktor Riedl über ihr, bereit, ihr mit einer Axt den Schädel zu spalten. Das würde sie nie vergessen. Niemals. Wenn Sepp nicht rechtzeitig da gewesen wäre … Sie zitterte und klammerte sich an seine Hand.

Die Frage schoss Irmi durch den Kopf, wie Haribert an Sepps Stelle agiert hätte. Sie mochte ihn sehr, und ja, sie spielte mit dem Gedanken, seinem Werben nachzugeben. Er war ein gebildeter, gut aussehender Mann, charmant und ihr gegenüber von einer Liebenswürdigkeit, die jede Frau entzücken würde. Und dennoch trat ein leiser, nagender Zweifel auf.

Zum ersten Mal in ihrem Leben hatte sie Todesangst verspürt; gewusst: Jetzt ist es aus mit mir! Zwar war keineswegs das ganze Leben an ihrem inneren Auge vorbeigezogen, wie es so oft hieß, aber das furchtbare Erlebnis hatte sie bis in ihre tiefste Seele hinab erschüttert. Völlig ausgeliefert war sie Riedl gewesen! Unbewaffnet, unfähig, zu fliehen oder sich zur Wehr zu setzen. Sie hatte bereut, ihre Hündin Baika nicht dabeizuhaben, weil sie Rückbank und Kofferraum, in dem sich sonst die Hundebox befand, für den Christbaum frei gelassen hatte. Sie war wie erstarrt gewesen. Alles war so schnell gegangen, so unbegreiflich. So unerwartet war Riedls Angriff gekommen. Wer hätte damit rechnen können? Wer hätte in diesen Bruchteilen von Sekunden besser reagiert?

Irmi durchlebte noch einmal, wie sie vor Riedl zurückgewichen war. Sie war gestolpert, zu Boden gefallen. Hilflos. Sie hörte noch immer sein höhnisches Lachen; sah seine Fratze vor sich, die all das Böse in seinem Herzen offenbarte. Die

Axt, unmittelbar davor, auf sie niederzusausen. Sie hatte den Arm noch schützend vor ihr Gesicht gehalten, doch gewusst, gefühlt, gespürt, dass sie sich nicht retten konnte.

Dann war da ein lauter Knall.

Ein Schuss.

Und plötzlich war es vorbei.

Ohne in dem Moment zu verstehen, was geschah, hatte sie Riedl fallen gesehen. An seiner Schläfe ... ein klaffendes Loch. Blut.

Halb sitzend, halb liegend hatte sie am Boden verharrt. Ob sie geatmet hatte? Sie hatte das Gefühl gehabt, nicht länger in ihrem eigenen Körper zu sein.

Bis sich ein dunkelbraunes Fell in ihr Sichtfeld schob, ihren Blick auf Riedl verdeckte. Eine nasse, raue Zunge, die über ihre Wange leckte. Ein warmer, lebendiger Körper; der Druck einer Pfote auf ihrem Bein. Sie erkannte Akko.

»Nicht weinen, liebste Irmi! Es zerreißt mir das Herz, dich so leiden zu sehen«, flüsterte Haribert.

Irmi fand sich in seinen Armen wieder; sie schluchzte. Sanft hielt Haribert sie fest, streichelte über ihren Rücken, murmelte all die richtigen Worte der Anteilnahme und des Trostes.

Nie kam ihm ein falsches über die Lippen. Keine derbe Beleidigung, keine rücksichtslose Bissigkeit. Haribert war glatt und weich, ohne scharfe Ecken und Kanten. Ganz anders als Sepp, der wie ein Igel seinen verletzlichen Bauch nicht zeigen wollte. Was für ein Gegensatz!

Und doch kam Irmi nicht umhin zu denken, dass der heutige Tag ein anderes, bittereres Ende gefunden hätte, wenn er statt Sepp am Jungwald aufgetaucht wäre. Sie schätzte Hariberts Art, Probleme ruhig und sachlich anzugehen. Ganz der Rechtsanwalt, setzte er auch im Alltag auf den Grundsatz, ebenso die andere Seite zu hören und vorausschauend zu handeln. Lieber vorher gründlich überlegen, als eine hastige Entscheidung fällen, die man bereuen könnte. Als sie mit ihm in der »GrillKunst« essen war, hatte er in aller Ruhe die Speisekarte studiert, verschiedene Möglichkeiten ausgelotet, sich von der Kellnerin beraten lassen und erst dann sein Gericht gewählt. Irmi hatte schmunzeln müssen, und sie hatten, als sie ihn neckte, gemeinsam darüber gelacht. Warum auch nicht? Sie hatten alle Zeit der Welt gehabt.

Was aber, wenn Haribert in einer adrenalingeladenen Situation wie heute, in der es wahrhaft um Leben und Tod ging, binnen Sekunden eine Entscheidung hätte treffen müssen? Eine Entscheidung von enormer Tragweite und mit persönlichen Konsequenzen, die nicht nur die rechtliche Seite betrafen wie die Frage, ob es legitime Nothilfe oder Überschreitung derselben sein könnte, sondern auch das Gewissen: Immerhin ging es darum, mit der Schuld zu leben, einen anderen Menschen getötet zu haben, selbst wenn damit ihr das Leben gerettet wurde.

Wenn es um vereinsinterne Streitigkeiten ging wie zuletzt um den bei der Hubertusjagd von Vinzenz Hinteregger geschossenen Schmalspießer, der eine zu starke Trophäe aufhatte, zählte Irmi gern auf Hariberts kühlen Kopf und sein rationales Abwägen sämtlicher Argumente und etwaiger Folgen. Im Gegensatz zum aufbrausenden Sepp, der wie ein Rammbock ohne Rücksicht auf Verluste vorging, agierte Haribert bedacht und vermittelnd.

Manchmal aber hatte Irmi das Gefühl, dass Haribert im Konfliktfall zu sehr lavierte und sich – wenn verschiedene Ansichten heftig aufeinanderprallten – gern hinter seinen Paragrafen versteckte, um nicht selbst Stellung beziehen zu müssen. Ihm seine Meinung zu einem Streitthema zu entlocken erwies sich selbst unter vier Augen als schwierig. Vermutlich war es tatsächlich eine Berufskrankheit, dass er sich immer ein Hintertürchen offenhielt und es sich mit niemandem ganz zu verscherzen versuchte. Er war der geborene Diplomat.

Verlangte Irmi insgeheim zu viel von Haribert, wenn sie sich hin und wieder etwas mehr entschlossene Tatkraft von ihm wünschte? Sehnten sich Frauen nach Jahrtausenden etwa unbewusst nach einem Höhlenmenschen, der sich laut auf die Brust trommelte – oder, an heutige Zeiten angepasst, einmal mit der Faust auf den Tisch hieb? Es waren doch gerade Haribert Intellekt und sein in allen sozialen Situationen angemessenes Verhalten, die ihn als potenziellen Partner erscheinen ließen. Doch wenn es hart auf hart kam, alles auf dem Spiel stand, wen würde sie sich dann an ihrer Seite wünschen? Ja, sie fragte sich, wie Haribert heute an Sepps Stelle gehandelt hätte.

»Sei mir nicht böse, aber ich habe ziemlich starke Kopfschmerzen«, sagte sie leise, löste sich aus seiner Umarmung und wischte sich die Tränen vom Gesicht. »Du bist den weiten Weg von Obervellach gekommen, und das weiß ich zu schätzen, aber ich würde dich dennoch bitten, dass wir ein anderes Mal ...«

»Selbstverständlich.«

Er stand auf und beugte sich vor, um ihr einen Kuss auf die Wange zu geben. Dann verließ er das Krankenzimmer.

Haribert hatte die äußere Klinke noch in der Hand, die Tür stand noch einen Spalt offen, als sie ihn sagen hörte: »Irmi hat Kopfweh und möchte keinen Besuch.«

»Ich bin gleich wieder weg.«

»Rücksicht nehmen –«

»Sepp!«, rief sie überrascht.

Er kam herein und schlug Haribert die Tür vor der Nase zu. Typisch Sepp. Sie lächelte.

»Hm. So schlecht schaust nicht aus«, brummte er, nachdem er sie gemustert hatte.

Es war ihr peinlich, vor ihm im Bett zu liegen – seltsam, dass es sie bei Haribert nicht gestört hatte –, und sie erhob sich eilig.

»Mir fehlt auch nichts, nur ein wenig Kopfweh.« Irmi ging auf ihn zu. »Dank dir.«

Sepp hielt ihr eine einzelne Christrose hin; behutsam nahm sie die schneeweiße Blüte entgegen.

»Wo hast du die gefunden?«, flüsterte sie, einen Kloß im Hals.

Sepp rieb über seinen Bart und wich ihrem Blick aus; er wirkte verlegen. »Ich kann dir die Stelle einmal zeigen. Wenn's dir besser geht.«

Sie stellte die Christrose in ihr noch halb volles Wasserglas.
»Willst dich nicht kurz hersetzen zu mir?«

Er wirkte unschlüssig. Sein Blick blieb auf den großen Blumenstrauß gerichtet, während sie das Glas vor die Vase rückte. »Du hast ja schon einen Puschkawettel. Vom Maierbrugger?«

»Ja. Aber –«

»Schlaf gut. Kurier dich aus«, sagte Sepp brüsk, und fort war er.

Irmi betrachtete die Blumen, dann legte sie sich ins Bett und drehte sich auf die andere Seite. Sie sah aus dem Fenster hinaus in die dunkle Nacht. Dicke Schneeflocken rieselten leise vom nächtlichen Himmel. Sie lächelte.

Ein verschneiter, im Sonnenlicht glitzernder Winterwald. Ein blauer Himmel ohne Wolken. Die Berge zum Greifen nah. Noch kitschiger geht gar nicht. Postkartenidylle pur. Sepp schnaubte. Er blinzelte gegen die grelle Mittagssonne an und zog sich den Hut tiefer ins Gesicht. Während Akko leichtfüßig über den Schnee vorauslief, versank er selbst mit jedem Schritt tief. Seine Laune sank auf dasselbe Niveau wie die Temperaturen der letzten Tage: weit, weit unter Gefrierpunkt.

Normalerweise würde er den winterlichen Pirschgang genießen; jeden Dezembertag, der das Jahresende und damit die Schonzeit näherbrachte, auskosten. Er verharrte kurz und betrachtete die Hirschfährten, die seinen Weg kreuzten. Es musste sich um ein starkes Rudel handeln.

Normalerweise würde er sich bei diesem Anblick auf den Hirschenriegler am Stefanitag freuen.

Aber was bitte war noch normal? Im Mölltal hatte das abgrundtief Böse sein Unwesen getrieben. Also, nicht das übersinnliche Böse, wie manche Deppen glaubten. Sepp gehörte zwar nicht zu denen, die Reden auflosn, aber er hatte das Gemunkel über die Familie Ragger freilich mitbekommen. Von einem Fluch war die Sprache; in neumodischeren Kreisen von schlechtem Karma. A so ein Blödsinn! Was hatte das mit Karma zu tun, wenn ein Schtirzla anscheinend in die männliche

Version einer Wechseljahrkrise geriet und einen Rachefeldzug startete?

Dass Sepp selbst wieder in den Mittelpunkt der allgemeinen Neugierde gerückt war, passte ihm gar nicht. Aus und vorbei war die Sache mit Viktor Riedl, und langsam sollten sich die Leute wieder beruhigen. Schließlich stand Weihnachten vor der Tür, und ehrlich gesagt hatte Sepp weit Wichtigeres zu tun, nämlich den Verbrecher zu jagen, der sich in seinem Revier herumtrieb und illegal Apfeltrester und Weizen an das Rotwild verfütterte.

Er atmete tief durch und stapfte weiter, bis er nahe einem Forstweg die Stelle erreichte, an der er vor nicht allzu langer Zeit eine Kirrung entdeckt hatte, mit Irmi. Seit er sie vor fast einer Woche im Krankenhaus besucht hatte, hatte er nichts von ihr gehört. Einmal war er ganz zufällig bei ihrem Zuhause vorbeigefahren, bereit, einen ganz spontanen Besuch zu absolvieren. Aber dann hatte er gesehen, dass mindestens sechs Autos in ihrer Einfahrt parkten, und er hatte Gas gegeben. Er hoffte nur, dass es ihr gut ging.

Sepp hielt sich vom aufgewühlten Schnee fern und schlug einen weiten Bogen, wobei er sich über jede einzelne Hirschfährte ärgerte, die zur verbotenen Futterstelle führte. An einer Lärche hatte er eine seiner geschätzten Wildkameras angebracht, gut verborgen durch Geäst, das er darüber drapiert hatte. Für ihn war klar: Kamera schlägt Karma alleweil.

Enttäuscht musste er jedoch zur Kenntnis nehmen, dass die Wildkamera lediglich äsende Hirsche aufgenommen hatte, vom Täter jedoch nichts zu sehen war. Das war zum Tamischwerden! Seit Wochen war er dem Falott hinterher, und noch hatte er nicht den leisesten Hinweis darauf, wer es sein könnte. Liste hin oder her.

Er brachte die Kamera wieder in Position und stieg die Böschung hinauf, die ihn vom nahen Forstweg trennte. Das war charakteristisch für die Kirrungen: Allesamt waren sie nur wenige Meter von einem befahrbaren Weg entfernt. Nicht nur âbgedraht war der Täter, sondern obendrein ein gehfauler Hund,

und das als Jäger! Sepp wusste gar nicht, was davon ihn mehr verstimmte. Es half seinen Ermittlungen jedoch nicht weiter, denn neunzig Prozent der Jagdvereinsmitglieder stufte er als arbeitsscheu und träge ein, sofern Sepp sie nicht mit einem kräftigen Tritt in den Allerwertesten antrieb.

Akko erreichte den Weg vor ihm, gab kurz Laut und lief dann aufgeregt ein paar Meter abwärts. Doch nicht die deutlich erkennbare Hasenfährte war es, die Sepp ein befriedigtes »Hah!« entlockte, sondern Reifenspuren. Er hockte sich hin. »Und nur hinauf, keine Spur wieder den Berg hinunter«, murmelte er und befühlte die Schneefahrbahn.

Akko folgte – durch zahlreiche erfolgreiche Nachsuchen erprobt – Sepps Hand, bohrte seine Schnauze in den Schnee und schnaubte heftig, wohl in der Erwartung, jetzt aber endlich die Witterung der Beute aufzunehmen. Mit einem Winseln hob er schließlich den Kopf und leckte sich den Schnee von der Schnauze. Man musste kein hochbezahlter Hundeflüsterer sein, um zu wissen, was zwischen den langzottigen Ohren vorging. Obwohl ein Deutscher Wachtelhund, beherrschte Akko den Dackelblick perfekt. Er konnte offensichtlich nicht nachvollziehen, wie Reifenabdrücke in Sepp Jagdfieber auslösen konnten, und er schien am Geisteszustand seines Besitzers zu zweifeln.

»Wir sind etwas Größerem auf der Spur als einem Hirsch, Akko.« In grimmiger Entschlossenheit schritt Sepp den Weg entlang. In der dritten Kurve zweigte ein schmaler Forstweg ab, der, wie er wusste, nach rund dreihundert Metern an einem Holzstapelplatz endete. Ein idealer und vor allem uneinsichtiger Parkplatz, zumal der nächste Hochsitz weiter am Berg oben stand und nur über einen anderen Fahrweg erreichbar war. Der Übeltäter geriet so kaum in Gefahr, einem aufrechten, gesetzestreuen Waidkameraden zu begegnen.

Etwas erstaunt war Sepp allerdings, als er einen blauen Subaru Forester erblickte. Auf Anhieb wollte ihm nicht einfallen, welchem Vereinsmitglied das Fahrzeug gehören könnte, wo er es sich doch zu seiner Aufgabe gemacht hatte, genau das zu wissen: Welchem Jäger der Geländewagen, über den er gerade im Revier stolperte, zuzuordnen war. Bedächtig ging Sepp um das Fahrzeug herum und schüttelte den Kopf, als er zwei Kindersitze auf der Rückbank entdeckte. Dann fand er im Schnee Fußspuren, die schnurstracks in den Wald führten. Mit Akko an der Seite und dem Gewehr über der Schulter bestens gerüstet, machte sich Sepp an die Verfolgung.

Lange musste er nicht gehen, bis er eine Männerstimme hörte. Na ja, das war kein Wunder: Wer würde schon einen Sack Weizen oder Apfeltrester weiter als unbedingt nötig durch den Wald schleppen? Mit einem zufriedenen Grinsen schlich Sepp voran, wobei er den ledernen Gewehrriemen über seinen Arm hinuntergleiten ließ. Zwischen zwei schneebedeckten Lärchenästen hindurch konnte er im unwegsamen Hang unter sich ein Stück von einer gelben Winterjacke sehen. Vorsichtig, sich mit der rechten Hand am Ast festhaltend, beugte er sich vor, um mehr erkennen zu können.

»Papa, ich kann das schon allein«, schallte eine Stimme zu ihm herauf.

Sepp schnaubte.

Nein, da unter ihm kirrte niemand Rotwild an. Eine freche Räuberbande war's, die er auf frischer Tat ertappte! Ein Fråtz hielt eine Säge in den Händen, die fast so groß war wie er selbst, und attackierte ein wehrloses Fichtenbamle.

»Wart, Mario, ich helfe dir.«

Na, helfen würde Sepp den Christbaumdieben. Er raffte sich auf, legte sich in Gedanken sein Donnerwetter zurecht, machte einen Schritt nach vorn – und stolperte über ein unter dem Schnee verborgenes Hindernis. Sein lauter Fluch half ihm kein bisserl: Kopfüber stürzte er den Hang hinunter und versank im kalten Weiß.

»Ja, Kruzitürken, verdammt noch einmal«, schimpfte er und kämpfte sich, vergeblich nach festem Halt suchend, hoch. Halb kniend und noch reichlich tief im Schnee versunken, das Gewehr unter dem Bein einzementiert, fand er sich auf weniger als einer Armlänge Auge in Auge … mit einem rosaroten Etwas.

Sepp blinzelte.

Sein Gegenüber nicht.

A Gitschn. Eindeutig, denn welche Eltern würden einen Bua von Kopf bis Fuß rosa anziehen. Die Händchen steckten in dicken Fäustlingen, was dem Daumenlutschen eine etwas irritierende Note verlieh.

»Santa Claus!«, piepste das Etwas.

»Was?«, brachte Sepp nach einer Schrecksekunde hervor, unsicher, ob er das Genuschel richtig verstanden hatte.

Das Kind nahm den Daumen kurz aus dem Mund, sodass die nächsten Worte klar und hell durch den Wald schallten.

»Santa Claus! Hallo Weihnachtsmann!«

Was?

»Kommen Sie, ich helfe Ihnen. Leonie, weich aus.«

Es ging Sepp zwar gegen den Strich, sich vom Christbaum-räuber helfen zu lassen, aber nach kurzem Zögern akzeptierte er die dargereichte Hand. Der fremde Mann zog ihn auf aperen Waldboden und begann ihn abzuklopfen. Schulter und Rücken ließ er sich noch gefallen, aber als der Kerl seinen schneebe-deckten Hosenboden erreichte, wurde es Sepp zu viel.

»Pfoten weg! Ich bin doch kein Poppa!«

Von Abstand hatten diese Leute wohl noch nie was gehört, denn auf einmal umklammerte das kleine Mädchen Sepps Beine. Mit einem viel zu breiten Lächeln im Gesicht sah es zu ihm auf. »Santa Claus!«

Sepp versuchte, das Mädchen abzuschütteln; aber anders als der gut erzogene Akko reagierte es weder auf sein »Pfui!« noch auf sein scharfes »Aus«. Endlich befreite ihn der Vater von dem rosa Klammeraffen.

»Leonie, du bist so ein Baby!«, belehrte Mario seine Schwes-ter. »Das ist nicht Santa Claus. Santa Claus hat einen roten Anzug. Und einen Schlitten und Rentiere und den Sack mit unseren Geschenken.«

Sepp ignorierte das völlig sinnbefreite Keppln der Kinder, ob er nun der Weihnachtsmann war oder nicht, und fixierte deren Vater mit einem äußerst strengen Blick, bevor er auf das

Corpus Delicti wies, den nahezu gekappten Weihnachtsbaum in spe.

»Was haben Sie zu Ihrer Rechtfertigung zu sagen?«

»Ähm ... Hören Sie, das ist doch nur ein mickriges Bäumchen. Das geht doch keinem ab!«

»Das sieht der Bartlbauer sicher anders, dem der Wald gehört! Wo kommen wir denn hin, wenn jeder seinen Christbaum einfach fladert? Ha?«

»Aber –«

»Und was glauben S' erst, wie schlimm das für das Wild ist? Nicht genug, dass im Sommer die Schwammerlsucher durch jede Fratn laufen. Im Winter braucht das Wild Ruhe und keine Deppen, die kreuz und quer durchs Revier stolpern und es aufscheuchen. Jede unnötige Flucht raubt ihm lebenswichtige Energie!«

»Aber –«

»Wir wollen doch Santa Claus helfen«, rief Mario unerzogen dazwischen.

Jetzt platzte Sepp der Kragen. »Hardigatte! Hörts mir auf mit diesem tepaten Santa Claus. Es gibt kan verdammten Weihnachtsmann!«

Na bitte.

Still waren sie, die Fråtzn. Und der diebische Vater auch.

Ist ja wahr.

Langsam, ganz langsam, kullerten dicke Tränen über Leonies Wangen.

»Und wer bringt uns dann die Geschenke?«, flüsterte Mario kleinlaut.

»Na, wer wohl? Bist ja sonst a so a schlauer Bua!«, schimpfte er. »Die Geschenke bringt –«

»Nicht!«, ächzte der Vater und versuchte, Leonie die Ohren zuzuhalten.

Sepp starrte Mario an. Der Gschråp starrte zurück. Ob er überhaupt schon alt genug war, um in die Schule zu gehen? Vielleicht ein Erstklässler, wenn man vom zåhnluckaten Gebiss ausging.

Jetzt, ja, jetzt wünschte er sich die Irmi herbei. Die hat's im Kindergarten auch draufgehabt und einen ganzen Tschippl Kinder gebändigt. Er spürte, wie ihm heiß wurde. Was hatte Irmi gesagt? Dass er ja auch einmal ein Kind war? Er versuchte, sich zurückzuversetzen in die Zeit, in der er so ein Stoppel gewesen war wie Mario. Damals als sein Vater mit ihm in den Wald gegangen war, um einen Christbaum zu holen. Was für Geschichten der Vater zu erzählen gewusst hatte, vom Christkind und den Engalan, die in der Vorweihnachtszeit umherschwebten und durch die Fenster lugten, ob die Kinder auch brav waren.

Am meisten hatte sich Sepp auf den Weihnachtsabend gefreut. Nicht auf die Geschenke, viel hatten sich die Eltern eh nicht leisten können, aber darauf, dass die Pendeluhr im Wohnzimmer zwölf schlug. Denn am Heiligen Abend um Mitternacht, so hatte ihm sein Vater erzählt, könnten alle Tiere für kurze Zeit sprechen. Auf diesen Augenblick hatte er immer hingefiebert, nur um sich am nächsten Morgen zu ärgern, weil er es nicht geschafft hatte, wach zu bleiben. Und er erinnerte sich an seine Enttäuschung, als er viel zu wenig Jahre später erfahren musste, dass es nur ein Märchen war; eine Geschichte für kleine Kinder.

Sepp kratzte sich den Bart. Er überlegte. Und dann war alles so klar wie der frische Schnee.

»Pst«, zischte er. »Ganz leise! Keine Bewegung!«

Mit den Händen bedeutete er den anderen hektisch, niederzugehen, bevor er auf eine nahe Baumgruppe deutete.

»Was ist? Ein Wildschwein?«, flüsterte der mutige erwachsene Christbaumdieb mit riesengroßen Augen. »Ein Wolf?«

»Depp«, raunte Sepp dem Kindsvater zu.

»Was ist dort?«, fragte Mario verunsichert.

»Da, hinter den zwei Lärchen! Schauts genau! Seht ihr es denn nicht?«

Leonie packte ihren Bruder furchtsam am Arm und starrte ebenso gebannt wie dieser zu den Bäumen.

»Ich sehe nix«, grummelte der Vater. »Was soll dort sein?«

Sepp stieß ihm seinen Ellenbogen in die Seite. »Was denn wohl?« Er legte eine dramatische Pause ein. Wie die Irmi, wenn sie etwas besonders betonen wollte. »Ich habe das Christkind vorbeiflattern gesehen. A Engale war auch dabei!«

Gut, die Ermahnungen, leise zu sein, hätte sich Sepp schenken können. Wie eine Horde Indianer auf dem Kriegspfad stürmten Leonie und Mario los; Akko rannte ihnen aufgeregt bellend hinterher. Na ja, der sollte auch seinen Spaß haben. Bei dem Krawall, den die Bagage schon davor veranstaltet hatte, war eh kein Hirsch mehr in der Nähe.

Seine Mundwinkel hoben sich von selbst, als er den Gschråpn zuschaute, wie sie das Christkind suchten. Mit so einer Begeisterung und einer Ausdauer und vor allem einem Glauben daran … Da wünschte man sich fast, selbst noch einmal Kind zu sein und träumen zu dürfen.

»Das Christkind, ha?«

»Natürlich das Christkind«, knurrte Sepp. »Wir sind hier ja nicht in Amerika. Bei uns in Kärnten kommt das Christkind, und sonst niemand! Schreib dir das hinter die Ohrwaschl!«

»Okay. Und wegen dem Baum …«

»Der gehört dem Bartlbauer!«

26

Am Nachmittag des 24. Dezember belud Irmi einen extra großen Teller mit ihren besten Keksen; auf die Linzer Augen, die Vanillekipferln und die Rumkugeln war sie besonders stolz. Letztere waren immer die Ersten, die verschwanden, und nur die leeren Papierhüllen blieben dann wenig dekorativ zurück.

»Ich muss noch kurz weg«, rief sie ihren beiden Buben zu, die im Wohnzimmer den Christbaum aufgestellt hatten und – ging man vom Ergebnis aus – diesen aus drei Meter Entfernung mit bunten Weihnachtskugeln und Strohsternen bewarfen. Manchmal, nur manchmal dachte sie, wie es wohl wäre, wenn sie auch ein Dirndl gehabt hätte. Sie schmunzelte, schüttelte den Kopf und suchte das Weite. Leonhard und Bastian kamen für eine Stunde gut ohne sie zurecht. Am Rückweg würde sie die beiden abholen und mit ihnen ins Heim »Christophorus« fahren, um dort ein paar gemeinsame Stunden mit Mama zu verbringen.

Zum Glück war die schmale Straße auf den Pfaffenberg hinauf gut genug geräumt, dass sie keine Ketten anlegen musste. Das wäre technisch zwar kein Problem für sie, und sie hatte es schon oft allein bewältigt, aber sie hatte sich erst heute Morgen die Nägel neu lackiert. Sie musste über sich selbst lachen, Tussi!, während sie – die Hand am Lenkrad – die Finger spreizte und ihr Werk bewunderte. Knallrot und mit zarten Glitzersteinen; passend. Weihnachten war nur ein Mal im Jahr. Und dass Irmi die Festtage mit ihren Liebsten verbringen durfte, war ein Geschenk, das sie früher vielleicht nicht genug geschätzt hatte. Jeder Tag war ein Geschenk und war es wert, die teure Perlenkette anzulegen, die ihr Leonhard zur Geburt des ersten Kindes überreicht hatte. War es wert zu leben.

Weiße Weihnachten! Die waren richtig selten geworden. Umso mehr genoss sie die verschneite Landschaft; wie friedlich und unschuldig alles wirkte. Irmi hielt in einer Ausweiche an, von wo aus man einen besonders guten Blick über das Tal hatte. Alles glitzerte im Sonnenlicht. Von hier aus konnte sie die Wiesen und Felder sehen; sie ahnte, wo sich jenes Stück Land befand, an dem die geplante Ehe der Eltern gescheitert war. Es war noch immer im Besitz der Ragger-Familie. Ja, Hektar besteht. Doch die Liebe war, soweit es ihre Mama betraf, nicht vergangen. Immer öfter sprach sie von Oswin, dem ihr Herz gehörte. Bis in den Tod. Irmi starrte über die schneeweiße Decke, die alles zudeckte. Das Land. Den ganzen Dreck. Den Schmerz.

Sie gab sich einen Ruck und griff zum Telefon, um Traudl anzurufen. Sie waren Familie, es war Weihnachten, und sie wollte nicht zulassen, dass die Vergangenheit ihr Leben bestimmte.

»Traudl? Ich bin's. Du ...«

Irmi wusste nicht, was sie sagen sollte.

Es tut mir leid?

Du tust mir leid?

»Magst heute nicht doch zu uns kommen?«

»Nein«, antwortete Traudl nach einer langen Pause.

Irmi biss sich auf die Unterlippe. »Aber Traudl ... es ist Heiliger Abend.«

»Ich will allein sein.«

»Wir sind eine Familie. Wir stehen das durch, gemeinsam.«

»Nach den Feiertagen.« Traudls Stimme klang tränenerstickt.

Irmi hörte sie schniefen. »Sollen wir nach den Feiertagen auf einen Kaffee gehen? Nur wir beide? Wie in alten Zeiten?«

»Ja, bitte. Frohe Weihnachten.« Traudl legte auf.

Erleichtert gönnte sich Irmi noch einen Moment, dann fuhr sie weiter. Als sie ihr Ziel erreichte, parkte sie das Auto hinter Sepps Suzuki, nahm den Keksteller und stapfte den schmalen Weg, den er in seiner Einfahrt freigeschaufelt hatte, zum Haus.

»Was machst denn du da?«, fragte er barsch, sichtlich überrascht, dass sie vor der Tür stand.

Sie grinste ihn an. Schade, dass sie den Keksteller hielt,

sonst hätte sie ihn umarmt und ihn damit gewiss noch mehr erschreckt.

»Frohe Weihnachten! Und jetzt lass mich rein, du Grummelbär, bevor die Vanillekipferln Eiszapfen kriegen.«

Sie drängte sich an ihm vorbei, streifte im Flur die Stiefel ab und lief auf bloßen Socken voraus ins Wohnzimmer. Schön warm hatte er es, und …

»Dass du einen Christbaum hast, hätte ich nicht erwartet!«

Sie stellte die Kekse außer Reichweite von Akkos eifrig schnuppernder Nase auf den Tisch.

»Ähm … ja. Der Bartlbauer hat den Bam nicht gebraucht«, murmelte Sepp und rückte einen Strohstern zurecht, der auf dem Zweig ein sehr einsames Dasein führte.

Irmi zog sich ihre Jacke aus, legte sie über einen Stuhl und setzte sich aufs Sofa. Denn wenn sie auf eine höfliche Einladung warten würde, würde sie morgen noch mitten im Raum stehen und vergebens mit Zaunpfählen winken.

Apropos Zaunpfahl. Sie kramte in ihrer Tasche, überreichte zuerst Akko einen Kauknochen, mit dem er sich schleunigst auf sein Platzerl verzog, und dann Sepp eine in buntes Geschenkpapier gewickelte kleine Schachtel.

»Für mich?« Zögernd nahm er es an. »Ich hab nix für dich.«

»Du hast mir genug geschenkt«, erwiderte sie und schüttelte nachsichtig den Kopf, als er sie nur verständnislos ansah. Typisch Sepp. »Mein Leben.«

Er wurde tatsächlich rot, der alte Grantscherbm. Das konnte selbst sein struppiger Bart nicht verbergen. Irmi lachte.

»Das hätte a jeder getan«, wehrte er ab und riss das Papier von seinem Packerl. »Pfefferminztee?«

»Genau. Kochst du uns einen?«

Irmi spürte viel zu viel Energie in sich, als dass sie im Wohnzimmer sitzen geblieben wäre. Sie folgte Sepp in die Küche und ging ihm ungebeten zur Hand. Wie ein altes Ehepaar ergänzten sie die Handgriffe des anderen.

»Was war mit dem Baum? Der ist vom Bartlbauer?«

»Ja.«

»Erzähl.«

Als Sepp auf seine trockene Art berichtete, wie er an den Baum gekommen war, musste sich Irmi vor lauter Lachen die Seiten halten. Sie wischte sich Tränen von den Augen.

»Das glaub ich dir, dass der blöd geschaut hat, wie du mit dem abgeschnittenen Baum vor seiner Tür gestanden bist!«

»Er kann ihn ja nimma anpicken im Wald, also soll ich ihn behalten, hat er gesagt. Tja. Deshalb habe ich einen Christbaum.«

Mit den Tassen in der Hand schlenderten sie zurück ins Wohnzimmer. Neben dem Baum entdeckte Irmi eine offen stehende Bananenschachtel mit Christbaumschmuck. Sie stellte den Tee ab und kniete sich auf den Teppich. Behutsam klaubte sie die Weihnachtsdekoration durch, die schon etliche Jahrzehnte auf dem Buckl haben musste. In metallenen Klammerhaltern fanden sich halb abgebrannte blaue Kerzen. Sie befestigte die erste an einem Zweig.

»Nur keine Müdigkeit vorschützen. Komm, hilf mit, sei ka Zwiderwurzn!«

In stiller Eintracht putzten sie den Baum auf. Irmi fand ein paar alte »Gruß vom Krampus«-Karten in der Schachtel und hielt sie Sepp unter die Nase. Er blätterte sie durch und wollte die anzüglicheren Motive doch tatsächlich vor ihr verbergen.

»Nichts da!«, rief sie. »Das fallt schon fast wieder unter Kunst.«

Aber nur fast.

»Willst sie haben?« Er hielt ihr alle bis auf eine, die er mit einem boshaften Grinsen auf die Seite legte, hin. »Nur die brauch ich selbst.«

Nach getaner Arbeit setzten sie sich auf das Sofa; der Tee war längst kalt, aber wen störte das schon? Sepp langte bei den Keksen zu, während sie sich über die traditionsreiche Stefanijagd am 26. Dezember unterhielten.

»Hast was Neues herausgefunden über den Rotwildkirrer?«, fragte sie.

»Nein.«

»Mit dem haben wir noch eine Rechnung offen. Am 27. kann ich nicht, da sind meine Buben noch da. Gemma am 28. Dezember auf die Jagd?«

Sie verabschiedete sich von ihm. Als sie schon bei ihrem Auto war, sah sie zu ihm zurück. Mit Akko an der Seite stand er vor der Tür. Es fiel ihr schwer, zu gehen.

»Was wirst denn du heute noch machen, am Heiligen Abend? Wird dir wohl nicht fad allein?«

Sepp kraulte Akkos Nacken und lächelte. »Ich bin ja nicht allein. Akko und ich, wir warten auf Mitternacht.«

27

Sepp traf sich mit Irmi wie verabredet unten im Ort, um gemeinsam ins Revier zu fahren. Als er in ihr Auto stieg, wunderte er sich kurz, dass sie auf der Rückbank lauter buschige Tannenzweige hatte, bekam aber auf seine diesbezügliche Frage nur die knappe Antwort, dass sie noch einen Zwischenstopp einlegen mussten.

Beim Kindergarten. Ihm stiegen die Grausbirnen auf.

»Ist der zwischen den Feiertagen nicht zu?«

»Ist er offiziell auch, inoffiziell gibt's heute eine Ausnahme«, antwortete Irmi und zwinkerte ihm zu.

»Hilfst mir tragen?«

»Ah –«

»Keine faule Ausrede«, fiel sie ihm ins Wort, milderte ihren scharfen Kommandoton jedoch mit einem Lächeln ab.

Widerwillig stieg er aus und half dabei, die stupfigen Zweige hineinzutragen. Er hörte nicht zu, wie Irmi kurz mit der Kindergartenpädagogin sprach, sondern wollte nur seinem Fluchtreflex folgen.

Leider trat ihm Matthias in den Weg.

»Weißt du, was für ein Tag heute ist?«, fragte er ihn ganz gschaftig, ohne ihm Zeit zum Nachdenken, geschweige denn für eine Antwort zu lassen. »Heute ist Unschuldiger Kindertag!«

Sepp sah sich von einer wilden Horde umringt, den Fluchtweg versperrt. Alle redeten durcheinander, das Gschra war kaum auszuhalten.

»Erinnert ihr euch an den lieben Sepp?«, überschrie Irmi die kleinen Bestien.

»Jaaaaa!«

Sepp fürchtete um seine Trommelfelle.

Irmi hielt einen Tannenzweig in die Höhe. »Wer von euch will ihn als Erstes frisch und gesund wichsen?«

»Iiiiii«, kreischten mehr als zwanzig Fråtzn.

Sollte in Obervellach jemals die Sirene ausfallen, hätte Sepp einen heißen Tipp, wo man rasch Ersatz finden könnte. Im Chor sangen sie dann falsch, aber umso lauter: »Frisch und gsund, frisch und gsund, lång leben und gsund bleiben und a glückliches Neues Jahr! Frisch und gsund, frisch und gsund, lång leben und gsund bleiben, nix klunzn, nix klågn, bis i wieda kum schlågn.«

Teixl eine! Das hätte Sepp sich denken können. Am 28. Dezember zogen die Kinder in der Nachbarschaft von Haus zu Haus, um ein gutes und vor allem gesundes neues Jahr zu wünschen. Dafür erhielten sie Süßigkeiten oder ein wenig Geld. Nur dass an seiner Haustür selten ein Kind läutete, obwohl sie nebenan, bei Belten, sehr wohl aufkreuzten. Er hätte nichts dagegen gehabt, wenn sie auch bei ihm angeklopft hätten.

Sepp trieb es die Tränen in die Augen. Nicht vor Rührung. Wie so a aufgstellter Mausdreck wie der Matthias derart fest zuschlagen konnte, war ihm ein Rätsel. Dann kam die blonde Gitschn an die Reihe und grinste ihn schadenfroh an, bevor sie ausholte. Aua! Larissa. Den Namen würde er sich ewig merken. Und er würde sich merken, dass die Gschråpn bei Irmi weit weniger hart ans Werk gingen.

Die Kinder stellten sich danach brav in Zweierreihen aus, um mit ihrer Tante Susi durch den Ort zu ziehen und gemeinsam den schönen Brauch aufleben zu lassen. Sepp aber ließ sich – vorsichtiger als sonst – auf dem Beifahrersitz von Irmis Wagen nieder. Er hatte die Karte in der Hand, in der sie die aufgespürten Kirrungen eingezeichnet hatten. Systematisch würden sie eine nach der anderen kontrollieren. Und wenn sie den Schurken erwischten, würde er ihn ebenfalls frisch und gesund wichsen.

»Schau, der Haribert ist auch im Revier«, rief Irmi aus, als sie auf dessen Auto stießen – parallel zum Forstweg hinter fast mannhohem Gedaks geparkt, was für sich selbst genommen noch nicht verdächtig wäre.

Verdächtig war jedoch, dass sich in unmittelbarer Nähe eine der Kirrungen befand.

»Ha, der Maierbrugger!« Sepp feixte und rieb sich die Hände.

»Was?«, fragte Irmi, die nicht so schnell wie er einen Zusammenhang herstellte.

Er tippte bedeutungsvoll auf die über seinen Schoß gebreitete Karte und das X, das die Stelle vor ihnen markierte.

»Nein, nie im Leben!«, widersprach sie heftig. »Haribert ist viel zu rechtschaffen, Himmel, er ist selbst Rechtsanwalt. Das würde er nie tun.«

Sie stellte den Motor ab; sie stiegen leise, sehr leise aus.

»Würdest du für ihn die Hand ins Feuer legen?«, flüsterte er und zerrte die zerknudelte Liste der Verdächtigen hervor. »Vier Punkte haben wir ihm gegeben.«

»Du! *Du* hast ihm vier Punkte verpasst«, zischte Irmi.

Sie eilte ihm voraus auf den Ort des Verbrechens zu. Sepp konnte nicht aufhören zu feixen. Wenn's echt der Maierbrugger war … hach. Ein schöneres verspätetes Weihnachtsgeschenk könnte er sich gar nicht wünschen. Dann bräuchte er nicht mehr länger überlegen, unter welchem Vorwand er ihn aus dem Verein raus und von der Irmi wegbringen könnte.

»Haribert!«

Volltreffer! Wenn er vierzig, ach was, zwanzig Jahre jünger wäre, würde Sepp einen Freudentanz aufführen.

Gschnäuzt und gekampelt wie immer, stand Maierbruger vor ihnen; nur dass ihm das Ladl runtergefallen war und ihn sein entgeisterter Gesichtsausdruck noch blöder aussehen ließ als sonst. Also, Sepp gefiel er so eindeutig besser.

»Irmi! Es ist nicht, wonach es vielleicht aussieht …«

Von wegen. Kein Wort verlor Sepp, während Irmi den auf frischer Tat Ertappten zur Rede stellte. Und wie! Er hätte ihr gar nicht zugetraut, solche Worte zu verwenden! Ha, sie war und blieb hâlt doch a wansche Tudl, wie er stolz bemerkte. Der Maierbrugger könnte einem fast leidtun, aber nur fast …

»Nie, nie, *nie* hätte ich gedacht, dass du der Falott bist und das Rotwild kirrst! Hast die letzten drei Abschüsse, die du vorgelegt hast, auf die Art erlegt? Du falscher Fufzger!«

»Nein … natürlich nicht … nein.«

Wie ein Racheengel drängte Irmi den abgedrahten Hund in die Enge, sowohl verbal wie auch körperlich. Wie der Maierbrugger vor ihr zurückwich, mit hinter seinen Gogolore weit aufgerissenen Augen und schwitzend wie der Fåck, der er war. Dem Schauspiel zusehen zu dürfen war für Sepp ein Genuss.

»Was soll ich dir noch glauben? Hast allein gekirrt, oder war noch jemand daran beteiligt?« Die Irmi geriet richtig in Fahrt.

»Ähm …« Maierbrugger starrte auf das Corpus Delicti zu seinen Füßen – einen halben Kübel voll Apfeltrester und Weizen. »Das ist nicht meiner! Ich war's nicht!«

»Und was machst du dann hier?«, fuhr sie ihn an.

Maierbrugger glaubte wohl, Oberwasser zu gewinnen. Er straffte sich, nahm die Brille ab und putzte sie.

»Dasselbe wie ihr zwei«, behauptete er frech. »Ich bin auf die Kirrung hier gestoßen und –«

»Luagntschippl, elendiga«, knurrte Sepp.

»Nein, wahrlich! Irmi, du kennst mich doch! Mein Gott, ich würde doch nichts Illegales tun, allein meine Berufsehre –«

»Red du mir nicht von Ehre! Kannst nicht einmal zu deiner Tat stehen wie ein richtiger Mann?«

Auweh. Der Tiefschlag hatte gesessen. Sepp konnte sich einen Lacher nicht verbeißen, als Maierbruggers Hände in einer unbewussten Geste schützend vor seinen Schritt zuckten.

»Ich hab's für dich getan«, probierte Maierbrugger eine andere Taktik. »Wegen dem Abschussplan, damit wir den erfüllen.«

Irmi schnaubte nur. Maierbrugger redete sich um Kopf und Kragen, was Sepp nur recht sein konnte.

»Also, juristisch gesehen –«, stammelte er.

Sepp hatte genug. Er trat einen Schritt vor und baute sich neben Irmi auf.

»Praktisch gesehen war das deine letzte Pirsch im Revier«, fiel er ihm entschieden ins Wort. »Und jetzt schleich di!«

»Vergiss deinen Kübel nicht«, rief Irmi spitz.

Wie ein geprügelter Hund suchte Maierbrugger das Weite.

»Sag's nicht«, warnte Irmi, als er sich mit einem breiten Grinsen an sie wandte.

»Was soll ich nicht sagen? Dass ich's dir gleich gesagt habe?«

Sie seufzte laut und schlug sich die Hand an die Stirn. »Wie hab ich mich nur so in ihm täuschen können? Das hätte ich nie geglaubt, nicht vom Haribert.«

Jedem anderen hätte Sepp seinen Fehler unter die Nase gerieben, aber so richtig. Nur Irmi gegenüber wollte er gar nicht darauf herumreiten, dass er schon immer gewusst hatte, dass der Maierbrugger nicht ganz astrein war.

»Man kann in einen Menschen nicht hineinschauen«, sagte er.

Langsam gingen sie zum Forstweg zurück. Irmi hatte ihre Arme um ihren Bauch gelegt, als ob ihr schlecht war. Sie lehnte sich mit dem Rücken an das Auto. »Wieso? Das begreif ich nicht! Wer hat's denn nötig …« Sie schüttelte niedergeschlagen den Kopf.

»Die Gier ist und bleibt ein Schwein.«

»Aber ein Disziplinarverfahren und einen Ausschluss riskieren wegen einem Hirsch? Ich versteh sie nicht, die Leit.« Sie blickte auf ihre Füße. Ihre Stimme klang traurig und verzagt.

»Wozu a Mensch fähig ist aus Gier und Neid und Hass. Dass sie vergessen, was gut und böse ist und … sogar über Leichen gehen, wie Viktor Riedl.«

Zaghaft, besorgt, er könnte etwas Falsches tun, nahm Sepp sie in den Arm.

»Ist dir klar, dass er mein Cousin ist, der Riedl? Seine eigene Familie ermorden … Und alles nur wegen dem Hof. Es geht immer nur ums Geld und den Besitz, immer wird darum gestritten.«

Sepp nickte. »Ja. Deshalb ist nix håbn a rinkes Leben.«

28

»Was ist bei dem Mörder rausgekommen? Weiß man da schon was?«, fragte Gerhard, eine Runde auf dem Bürostuhl drehend, den Kugelschreiber zwischen den Fingern.

Martin hielt sich mit Gerhard und Kerstin im oberen Journaldienstraum auf, wo Treichel gerade den Dienstplan für den nächsten Monat aufhängte.

»Das Motiv würde mich brennend interessieren. Dass der anfängt, seine eigene Familie zu killen ...« Mit einem hämischen Seitenblick auf Gerhard fügte Kerstin hinzu: »Kollegen könnte ich ja verstehen.«

Martin versteckte sein Grinsen hinter seiner Hand. Seit Koller den Wissenstest zum Thema Demenz mit Bravour absolviert hatte, war er nicht mehr so stinkig wie sonst, sondern schlug ins andere Extrem aus: Er war dermaßen happy, dass es auch schon wieder kaum zum Aushalten war. Vor allem nutzte er jede mögliche und unmögliche Situation, um sein Testergebnis – neunundneunzig Prozent! – anzubringen. Nun ja, wenigstens hatte Gerhard schwer widersprechen können, als Treichel ihm die Funktion des Ansprechpartners – das war für die Zertifizierung als demenzfreundliche Dienststelle erforderlich – aufs Auge gedrückt hatte.

»Laut Untersuchungsrichter« – mit dem hatte Martin gestern gesprochen, da dieser noch Detailfragen zu den Örtlichkeiten hatte – »kamen vermutlich mehrere Faktoren zusammen. Riedl hat heuer seinen Job verloren, gleichzeitig eine fiese Scheidung hinter sich und musste wieder bei seiner Mutter einziehen. Die hat offensichtlich schon immer intensiv auf ihn eingewirkt, dass Riedl eigentlich ein großer Bauer in Kärnten sein müsste, statt –«

»Ein Loser«, ergänzte Gerhard.

»Und da sind bei ihm auf einmal die Sicherungen durchgebrannt und er hat nach so vielen Jahren einen Rachefeldzug gestartet? Schon verrückt, oder?«, fragte Kerstin.

»Ein psychiatrisches Gutachten steht noch aus. Anna Moser, also jetzt Riedl, wurde natürlich auch einvernommen. Sie hat den Mord an Rudolf anscheinend nie verkraftet.«

Der Untersuchungsrichter hatte sie Martin als verbitterte alte Frau geschildert, die zwar jetzt um ihren Sohn trauerte, aber seine Taten keineswegs verurteilte. Eher im Gegenteil. Zum Grausen war das.

»Dass Riedl die Mörder von damals angeht, kann ich ja noch irgendwie nachvollziehen. Zu seiner Logik passt auch, dass er Heinz Ragger loswerden musste, weil der alles geerbt hat. Aber wieso die Irmgard Leitner? Die war damals noch ein kleines Kind und hat ja mit dem Hof nichts zu tun.«

»Sie gehört auch zur Familie, und zudem hatte er Angst, dass sie ihm auf die Schliche kommen würde. Anscheinend hat sie ihn gesehen, als er Paulis Wohnräume durchsuchte.«

»So ein Psycho!«, sagte Gerhard.

»Sogar bei Linde Ragger im Heim ist er gewesen. Er hat ihr Rosen gebracht und sie ausgefragt. Sie glaubte, die Blumen wären von ihrem Verlobten.«

»Ein Glück, dass wir ihn stoppen konnten, bevor er noch mehr Leute umbringen konnte. Das habts gut gemacht, Leitln.« Treichel sah sehr zufrieden aus. »Den Heinz Ragger rechtzeitig gefunden und die Irmgard Leitner –«

»Na, das ist allerdings das Verdienst vom Flattacher. Unser Irrer hat den anderen Irren erledigt«, feixte Gerhard und hielt sich den Finger an die Schläfe. »Peng!«

»Mir tut die Traudl leid«, sagte Kerstin. »Die war ja über beide Ohren in den Riedl verknallt.«

Das Telefon klingelte und sie hob ab.

»Uuuh. Schweinisch.« Gerhard schüttelte sich in gespieltem Ekel. »Die sind doch blutsverwandt.«

»Da ist ja nichts gelaufen«, beeilte sich Martin, Gerhards Kopfkino zu stoppen. »Riedl hat ihr nur was vorgespielt, um Einblicke in die Familie zu erhalten. Bequem war's für ihn, so wie Traudl Ragger ihn umsorgt hat. Aber am Ende wollte er sie auch töten.«

»Ein echter Romeo«, kommentierte Treichel mit einem Grollen.

»Ich sag's ja, ein Irrer!«

»Ein Heinrich Belten hat eine Bombe vor seiner Haustür!«, schrie Kerstin, die Hand über die Sprechmuschel des Telefonhörers gelegt.

»Was?« Gerhard sprang auf; der Kuli rutschte ihm aus der Hand und segnete gleich darauf knirschend das Zeitliche, als Treichel zum Tisch stürmend drauftrat.

»Belten? Am Pfaffenberg? Martin, war das nicht der mit der Mafia?«, rief er alarmiert – was ein Alarmzeichen für die anderen war. Treichel konnte normalerweise nichts aus der Ruhe bringen. »Schalt auf Lautsprecher! Herr Belten?«

»Ja«, erklang eine zaghafte Stimme.

»Geht es Ihnen gut?«, bellte Treichel.

»Nein.« Ein Schluchzen, eindeutig.

»Notarzt?«, flüsterte Gerhard, der bereits am zweiten Telefon in Habachtstellung stand und mit dem Finger die Notrufnummern entlangfuhr, bis er auf dem Eintrag für die Sprengstoffexperten landete.

»Sind Sie oder eine andere Person verletzt?«

»Nein. Noch nicht. Aber … aber … oh Gott, da liegt eine Bombe vor meiner Haustür! Oh Gott, oh Gott! Haben Sie einen Bombenroboter? So wie im Fernsehen?«

Der norddeutsche Dialekt half Martin, sich das Bild des Anrufers in Erinnerung zu bringen. Ein älterer Herr, alleinstehend. Sepp Flattachers Nachbar.

»Keine Angst! Wir –«

»Keine Angst? Da ist eine Bombe, eine Bombe!«, kreischte Belten.

»Beruhigen Sie sich. Sind Sie im unmittelbaren Gefahrenbereich?«, fragte Treichel, über Kerstins Schulter gebeugt.

Pause.

»Wie meinen Sie das?«

»Wo halten Sie sich auf?«

»In der Küche?«, kam es als Frage zurück.

»Gut, bleiben Sie dort.« Treichel rieb sich über die Stirn und atmete einmal durch. Seine tiefe Stimme verriet nichts von seiner deutlich sichtbaren Anspannung. »Herr Belten, sind Sie sicher, dass es sich um eine Bombe handelt?«

»Was denn sonst? Es ist ein Paket mit ganz viel Klebeband herum, und daraufgeklebt ist eine blutrote Karte mit einer schrecklichen Teufelsfratze!«

»Ist das ein Mafiasymbol?«, fragte Gerhard etwas zu laut, denn Belten bekam es mit.

»Was meinen Sie mit Mafia?«, quietschte es am anderen Ende der Leitung.

Treichel stützte beide Hände auf dem Tisch ab. »Herr Belten, wenn es sich tatsächlich um eine Bombe handelt, könnte die Mafia dahinterstecken, weil –«

»Nee, die Bombe ist nicht von der Mafia«, gab sich Belten sehr überzeugt.

»Nein? Woher –«

»Na, es steht doch ›von Sepp‹ drauf, auf der Karte. Also, eigentlich ist da gedruckt ›Gruß vom Krampus‹, aber der Krampus ist durchgestrichen und ›Sepp‹ darübergekritzelt.«

»Sepp Flattacher?«, fragte Treichel verdutzt.

»Ja!«

Treichel verschlug es für einen Moment die Sprache. Kerstin sah groß zu ihm auf. Gerhard nahm den Finger von der Liste und schüttelte den Kopf.

»Dem Flattacher ist ja viel zuzutrauen, aber eine Bombe?«, flüsterte Martin.

Treichel dachte wohl ähnlich. Er signalisierte Kerstin, Belten auszublenden. Sie drückte den entsprechenden Knopf, sodass der Anrufer ihr Gespräch nicht mithören konnte.

»Verrückt genug wäre der alte Spinner«, spekulierte Gerhard. »Wer weiß, wie es zwischen den beiden wieder eskaliert ist. Erinnert ihr euch noch daran …«

Alle auf der Dienststelle kannten den dicken Akt, der sich den langjährigen Nachbarschaftsstreitigkeiten zwischen Flattacher und Belten widmete; jeder von ihnen war auf die eine oder andere Art schon einmal involviert gewesen. Die beiden alten Herren waren wie Hund und Katz.

Und dann wieder wie Arsch und Hose wie im letzten Jahr, als Flattacher dem Nachbarn in einer lebensgefährlichen Situation beigestanden hatte. Martin traute dem boshaften Flattacher vieles zu, sogar einen tätlichen Angriff in Form einer Ohrfeige oder eines Faustschlages, garniert mit wüsten Beschimpfungen. Aber eine heimtückische Bombe? Nein, das passte nicht zu ihm.

»Wissts was, ich ruf einfach den Flattacher an und frag ihn«, schlug Martin vor.

»Gute Idee«, stimmte Treichel zu.

Nur Gerhard geriet ins Stottern. »Wir können doch nicht den Verdächtigen –«

»Doch. Wir hier in Obervellach kennen unsere Pappenheimer!«, entschied der Chef.

Martin war froh, dass Flattacher gleich abhob. »Grüß Gott. Schober. Ich hätte eine Frage. Haben Sie Ihrem Nachbarn ein Packerl vor die Tür gelegt? Ja? Aha. Alles klar. Danke für die Information.« Mit einem Grinsen legte Martin auf.

Treichel richtete sich entspannt auf. »Was ist drin?«

»UHU. Der Flattacher hat sich ein UHU ausgeborgt und wollts zurückgeben, aber nicht mit dem Belten reden, weil er sauer auf ihn ist.«

Martin machte sich bereit zur Abfahrt; Kerstin erbot sich, ihn zu begleiten.

»Nix da! Das übernehmen wir Männer. Wir waren beim Heer«, protestierte Gerhard und wechselte zu einem oberlehrerhaften Ton. »Außerdem ist der Belten garantiert dement. Ich meine – eine Bombe? Wer kommt denn auf so was. Und wer ist Mr. Neunundneunzig Prozent, ha? Wer? Ich! Wir müssen Belten mit seinen Ängsten ernst nehmen, auch wenn er einen Klopfer hat. Er kann ja nix dafür. Aber wenn Demente das Gefühl haben, man nimmt sie nicht ernst und lacht sie aus, können sie aggressiv werden.«

Treichel, schon auf dem Weg in den Aufenthaltsraum zu

einem hart verdienten Kaffee, streckte noch einmal den Kopf aus der Tür. »Falls doch eine Bombe betoniert, ducken!«

Vor Heinrich Beltens Haustür lag ein kleines Paket, sicher nicht größer als A5-Format und ein paar Zentimeter hoch. Martin wollte es hochheben, aber Gerhard hielt ihn am Arm zurück.

»Ängste ernst nehmen«, mahnte er.

Martin lachte, als er das gelbe Schild an der Haustür sah. Bissiger Nachbar traf den Nagel auf den Kopf.

»Also, wenn ich der Belten wäre, würde ich schon aufpassen, wenn ich das Packerl aufmache.« Gerhard feixte schadenfroh. »Vielleicht ist eine Stinkbombe drin.«

Martin klingelte.

»Überlass mir das Reden«, erinnerte Gerhard ihn zum x-ten Mal und setzte eine gewichtige Miene auf. »Ich kenn mich aus.«

Nur mit Mühe gelang es Martin, nicht mit den Augen zu rollen. Den ganzen Weg herauf hatte Gerhard über die angemessene Vorgehensweise doziert und sich als großen Experten präsentiert, als ob Martin das E-Learning-Programm nicht auch absolviert hätte; beim Test hatte er immerhin zweiundneunzig Prozentpunkte erreicht.

Als er sich jetzt jedoch im Hintergrund hielt und die Interaktion Gerhards mit dem besorgten Heinrich Belten beobachtete, musste er neidlos anerkennen: Die Fachbücher und die Informationsgespräche mit der Leiterin des Heimes »Christophorus«, das als Partnerinstitution fungierte, hatten Gerhard viel gebracht. Martin hätte ihm gar nicht zugetraut, sich so in das Thema zu verbeißen – und noch viel weniger, das Gelernte dermaßen empathisch umzusetzen. Feinfühligkeit war ja sonst nicht die Stärke des cholerischen Kollegen.

Betont vorsichtig hob Gerhard das verdächtige Paket auf. Obwohl ihnen ein eiskalter Wind um die Nase pfiff, nahm er – als Belten ängstlich aufschrie und zurückwich – davon Abstand, damit das Haus zu betreten.

»Sollen wir gemeinsam reinschauen?«, fragte Gerhard über-nett.

»Sind Sie sicher, dass wir nicht auf ein Bombenkommando warten sollen? Ein Roboter ...« Belten hielt sich halb hinter der Haustür verborgen.

Gerhard warf Martin einen raschen Blick zu und verbiss sich ein Grinsen. »Wir kennen uns aus. Keine Angst.«

Martin nickte bekräftigend.

»Also gut.«

Mit bedächtigen, übertriebenen Handbewegungen und unter Zuhilfenahme eines Klappmessers schnitt Gerhard die Kanten auf und hob dann den Deckel ab. Fast hätte Martin eine unliebsame Überraschung erwartet; doch in der Schachtel befanden sich tatsächlich nur zwei UHUs.

»Sehen Sie? Keine Bombe.« Gerhard hielt Belten die Ge-genstände hin, vor denen dieser zurückwich, als ob sie giftig wären. Oder jeden Moment explodieren könnten.

»Herr Belten, wie kommen Sie denn darauf, dass Ihnen Flat-tacher eine Bombe vor die Tür legen könnte?«, wollte Martin wissen und handelte sich einen strafenden Blick von Gerhard ein.

»Er ... er verhält sich so ... verdächtig«, stammelte Belten und wurde rot. »Ich glaube ... er will ... Ich will ihn nicht anschwärzen, aber ...«

»Gehen wir doch hinein, trinken wir einen Kaffee, und Sie erzählen uns in aller Ruhe von Ihren Sorgen«, sagte Gerhard, legte Belten die Hand auf die Schulter und drängte ihn sanft ins Haus. Hinter Beltens Rücken drehte er sich zu Martin um und schnitt eine Grimasse.

Sehr, sehr viel später verließen sie Beltens Haus und gingen zum Dienstwagen.

»Also wirklich, Bomben und Erpresserbriefe? Der arme Kerl hat garantiert Alzheimer.«

»Das sollte lieber ein Arzt feststellen. Ein bisserl verwirrt kam mir Belten zwar auch vor, aber eher zerstreut und wegen dem Packerl ganz aus dem Häuschen. Aber richtig dement?«

»Martin, ich weiß, man soll darüber keine Witze machen, Demenz ist ein ernstes Thema. Aber es hat auch seine guten Seiten, wenn der Belten viel vergisst – wo er doch den Sepp Flattacher als Nachbarn hat.«

Glossar

Die Schreibweise von Mundartausdrücken variiert von Tal zu Tal und orientiert sich in diesem Buch – unter Bedachtnahme auf gute Lesbarkeit – vorrangig an:

Karin Hautzenberger/Petar Pismetrović: Leck Buckl! So ratschn die Kärntner (Graz ²2017).
Karin Hautzenberger/Petar Pismetrović: Leck Buckl II. Die Kärntna ratschn weita (Graz 2017).
Heinz-Dieter Pohl: Kärntnerisch von A–Z. Ein kleines Wörterbuch (Klagenfurt 1994).
Astrid Wintersberger: Wörterbuch Österreichisch-Deutsch (St. Pölten 1995).

a – auch

a, an, ane – ein, einen, eine

A – als Einleitung einer Frage, beispielsweise: A kommst du heute?

A (bist) du a då? – Oft beim (unerwarteten) Anblick einer Person, die sich auch am selben Ort aufhält, gestellte und völlig überflüssige Frage, oft im Sinne von »Grias di« gestellt.

åbgedraht – hinterlistig, unehrlich

åbgnudelt – abgenützt, beschädigt

åbkragln – umbringen

abspringen – Wild, das sein Heil in der Flucht sucht (Jägersprache)

ålle Ritt (å:le Ri:t) – immer wieder, alle Augenblicke

åltfatrisch – alt, unmodern

amål – einmal

ånghabig – auf- oder zudringlich, (lästig) liebesbedürftig *ånglusten* – sich Appetit holen, auf etwas glustig werden

ånschmettan – anschwindeln, anlügen

ansprechen – Beurteilen und Identifizieren des Wildes vor dem Schuss, um festzustellen, um was für ein Stück es sich handelt und ob es laut Abschlussplan geschossen werden darf (Jägersprache)

aper – schneefrei

Äser – Maul des Schalenwildes (wildlebende Huftiere) wie beispielsweise Reh und Hirsch (Jägersprache)

aufhussen – jemanden aufhetzen, aufwiegeln

Auszugsstiberl – Auszugshaus, Auszugsstube

Bam, Pa:m – Baum

Bamle – Bäumchen

Bankat – (abwertend) uneheliches Kind

beinånd, guat (oder schlecht) beinånd sein – in gutem oder schlechtem Zustand befindlich

Bichl, Bichale – kleiner Hügel, Anhöhe

Bissen, Letzter – Dem erlegten Wild wird ein Bruch (von bestimmten Laub- oder Nadelhölzern gebrochener Zweig) als sogenannter »Letzter Bissen« als Zeichen der Wertschätzung gegenüber dem Tier und als Akt der Versöhnung in den Äser geschoben. (Jägersprache)

blechn – (zu viel) zahlen

bled, blead – blöd

blunzn – egal

brauchma – brauchen wir. Klar, für treue Leserinnen und Leser der Sepp-Flattacher-Reihe (oder eingefleischte Kärntnerinnen und Kärntner) brauchma eigentlich kein Glossar. Aber es schadet auch nicht, oder?

brettlbreit – das Wild steht mit der Breitseite zum Jäger gewandt und damit ideal für einen Blattschuss (Jägersprache)

brunzn (prunzn) – urinieren

Buckl – Rücken, Buckel. Gern auch in Redewendungen wie »rutsch mir den Buckl obe« (du kannst mir den Buckel runterrutschen).

Buzele – Baby

daham – daheim

daschiachn, daschiacht – sich erschrecken, gruseln; erschreckt

Diandle, Deandle – Mädchen

Dirn, Dian – Magd

Dirndl – Mädchen, aber auch Bezeichnung für das landestypische Trachtenkleid

dreckat – dreckig, schmutzig

eina – herein

eine, eini – hinein

Einserhirsch – ein über zehnjähriger Hirsch, starker Geweihträger und damit begehrtes Jagdobjekt (Jägersprache)

elendiga – elender

Engale, Engalan (Mz) – Engel

Enkale, Enkalan (Mz) – Enkelkind, Enkelkinder

eppa, eppa går – etwa, womöglich

Fåck, Fåckn (Mz) – Schwein

Fackle (Fakhle) – ebenfalls ein Schwein, meist in kleinerer und niedlicherer Form

faln (fa:ln) – (ver)fehlen

Falott – Schurke, Person mit fragwürdigem Rechtsempfinden

falscher Fufzger – falscher Fünfziger; Person, der man nicht trauen kann

Feigscheißer – Angsthase

Feitel – schlichtes Taschenmesser, Klappmesser; jemandem geht/springt der Feitel im Sack auf, bedeutet, dass jemand in Rage gerät

fesch – hübsch

fetz(e)n – Als Verb verwendet steht es für streiten, raufen, sich prügeln; eine Fetzarei ist daher eine Rauferei.

Fetz(e)n – Lappen, Putztuch; abwertend auch für ein schlecht sitzendes, billiges Kleid

Fetz(e)nschädel – Dummkopf, einfältige Person; Fetzen könnte hierbei für den Rausch (Alkoholisierung) stehen.

fia de Fisch – umsonst, unnötig

Fiaß – Füße

Fichtnmoped – Motorsäge

fladern – klauen, stehlen

Flitschale – Flittchen

Frakale – Flachmann

fralc(wol) (*fra:lc(wo:l)*)   freilich

Fratn – eine durch Holzschlag entstandene Waldlichtung

Fråtz, Fråtzn (Mz) – ungezogenes Kind

frisch und gesund wichsen, auch *schappen* (tschappen, schappm) oder *pisnen* genannt – Brauch am Unschuldigen Kindertag, bei dem die Kinder Erwachsene mit einem Tannenzweig oder einer Rute leichte (!) Schläge verabreichen und damit Glück und Gesundheit für das nächste Jahr wünschen. Dabei werden regional unterschiedliche Sprüche aufgesagt und die Kinder erhalten Süßigkeiten oder Kleingeld als Belohnung.

fuchsen – Schwierigkeiten verursachen, nicht funktionieren; auch: jemanden ärgern; wenn etwas fuchst, kann man sich darüber schon ärgern.

futsch, futschikato – weg, fort, verschwunden

Fu(t)zerl, Fitzal(e) – kleines Stück von etwas

fuxteiflswüld – sehr zornig, und das wird der Sepp ja oft genug und selbst aus objektiv gesehen nichtigen Anlässen. Aber Sepp und nett? Das würde auch wieder nicht passen.

ga? – oder?

gach – womöglich, schnell

Gas, Goas – allgemein Geiß, weibliches Reh

Gatsch – Schlamm, Dreck

Gedaks, Getaks – Unterholz, dichtes Gestrüpp

gemma – gehen wir (auffordernd), den Angesprochenen zur Eile antreiben

Gerschbrein (Geršprain) – auch Ritschert genanntes, empfehlenswertes traditionelles Eintopfgericht aus Rollgerste mit Suppengemüse, Hülsenfrüchten, Geselchtem oder Speck

gfalt (gfa:lt) – verfehlt, missglückt

Gfris – Gesicht, Fratze

Gitschn – Mädchen

Glachter – Gelächter; ein Glachter haben bedeutet, Spaß zu haben, und das kann man im Leben gar nicht genug.

Glump, Glumpat – Gerümpel, wertloses Zeug

(auf etwas) glustig sein – auf etwas Appetit haben, sich nach etwas gelüsten

gmiatlich – gemütlich

Gneat – Stress, Eile; a Gneat haben bedeutet, Stress wegen etwas zu haben. Gern auch als vorwurfsvolle Frage formuliert, wenn man sich auf Besuch (oder im Gasthaus) verabschieden und nach Hause gehen will: »Was hast denn für an Gneat?« im Sinne von: Bleib sitzen und trink noch etwas.

Gogolore, Kokalore – Brille

Goschn – abwertend für Mund

Grale – Zorn

Grant – Missmut, Ärger

Grantn – Preiselbeeren; eingekocht ideal zu Wild und Rind, passt aber auch sehr gut zu Gebackenem wie Wiener Schnitzel oder paniertem Käse

Grantnzipf, Grantscherbm (auch Grantscheabm) – missmutiger, schlecht gelaunter Mensch; jemand, der ständig einen Grant hat

gschaftig – (über)eifrig

Gschaftlhuaba – Wichtigtuer

Gscher – Ärger, Mühe

gschnaprig – schnippisch, bissig, vorlaut

gschnäuzt und gekampelt – adrett, schön hergerichtet (zum Beispiel zum Ausgehen)

Gschra (Gschra:) – Geschrei

Gschråp – Kind

gschwoln – geschwollen, angeberisch

Gstätten – ungepflegter, verwilderter Platz oder Garten

guat, Guats – gut, Gutes

Hackl, jemandem das Hackl ins Kreuz hauen – jemanden hinterrücks angreifen, gegen jemanden intrigieren

Håckn – Hacke, Axt

hålsn – jemanden umarmen, die Arme um den Hals des anderen schlingen

hålt – halt, eben, einfach; das ist hålt so

ham – nach Hause

hamdrahn – sich oder jemanden umbringen

hamgehen – nach Hause gehen

Hardigatte! – Verflixt noch einmal!

Hausstock (Haustokh) – (schwachsinniger) Knecht; regional auch und nicht unbedingt abwertend für geistig beeinträchtigte Personen verwendet, die ledig geblieben waren und lebenslanges Wohnrecht im Elternhaus besaßen

Hax, Haxn (Mz) – Fuß oder das gesamte Bein

heint, hante – heute

Hirnkastl – Ort des Denkvermögens

Hirschtier – Hirschkuh, oft auch nur als Tier bezeichnet; im Unterschied zum Hirsch (männlich) und (Hirsch-)Kalb

Hittn – Hütte

Holz vor der Hittn haben – vollbusig sein

Hupfer, junger Hupfer – junger, unerfahrener Mann

ka, kan – keine, keinen

Kammerle – Verniedlichungsform von Kammer

Keifzångan – schimpfende Frau

keppln – streiten, schimpfen

Keusche – kleines Bauernhaus bzw. abfällig für ein Haus, das sich in schlechtem Zustand befindet

Kirrung – Stelle, an der Jäger Futter als Lockfütterung ausbringen und damit das Wild kirren oder ankirren (anlocken)

Klåppan – Finger (Mz)

kletzeln – zupfen, (meist mit den Fingernägeln) an etwas kratzen, pulen

Klopfer, einen Klopfer haben – dumm sein

klunzn – jammern, sich beklagen

Knicker – Jagdmesser

Köpf(e), kane Köpf zåm haben – sich nicht vertragen, sich nicht verstehen; unterschiedlicher Meinung sein

Kråchane – Lederhose

Kramasure – Unordnung, Chaos

Kretzn (auch Grätzen) – wörtlich: Hautausschlag; abwertende Bezeichnung für einen unangenehmen, lästigen Mitmenschen beziehungsweise ein schlimmes Kind

Krickerln – Jagdtrophäen von Geweihträgern (Rehe, Gämsen), bestehend aus dem Geweih sowie zumeist aus einem Teil des gebleichten Schädelknochens

Kruzitürken – alter Fluch, der sich vermutlich auf die Türkenbelagerung zurückführen lässt und nicht als Ausdruck aktueller Fremdenfeindlichkeit zu verstehen ist

kuman (khu:man), kum – kommen, komm

Labn, Labm – Vorhaus in alten Bauernhäusern

Ladl, das Ladl runterfallen – Wenn das jemandem passiert, hat sein Unterkiefer der Schwerkraft nachgegeben und er steht mit offenem Mund da.

Lattl – kleine Holzlatte

Lauscher – Ohr des wiederkäuenden Schalenwildes (Jägersprache)

Leck Buckl (lekh Pukl) – Fluch; laut Heinz-Dieter Pohl die Kärntner Variante des berühmten Götzzitates

lei – nur

Leit, Leitln – Leute

Liadle – Lied

link – unaufrichtig, betrügerisch

Luagntschippl – Lügner

ludeln – urnieren

Lulu – Urin beziehungsweise das Urinieren von Kindern

Luster, wie ein Luster brennen – sehr (zu viel) bezahlen

ma – lang gezogen ausgesprochen ist es ein Ausdruck der Verwunderung (Ma, ist das schön!); kurz steht es für man oder wir (gemma)

Madl – Mädchen

Månsbüld, Månspild – Mannsbild, meist in der Form schöner Mann oder aber auch abwertend gemeint

Mausdreck, aufg(e)stellter – ein Wichtigtuer von kleiner Statur, nicht unbedingt ein Kind

miad, miadig – müde

Mordsgrant – Steigerungsform von Grant (Missmut, Ärger)

mucken – dem Schuss vorausgehende Angstreaktion. Damit wird das Zusammenkneifen der Augen unmittelbar vor Abgabe des Schusses aus (unwillkürlicher) Angst vor demselben beziehungsweise vor dem Rückstoß bezeichnet. Eigentlich sollte der Schütze ja »durch das Feuer sehen« und verfolgen, wie das Ziel reagiert. Wer muckt, läuft auch leicht Gefahr, die Waffe zu verreißen.

na – nein

nåpfazn, nozn – ein Nickerchen oder kleines Schläfchen machen

narisch, narrisch (na:risch) – närrisch, verrückt

niandascht – nirgends

Nix håbn is a rinkes Leben. – Nichts zu besitzen bedeutet ein unbeschwertes Leben.

no na – ist doch logisch

no na net – selbstverständlich; eine Verneinung des Gesagten wäre völlig unlogisch

Ohrwaschl – Ohr, Ohren

Pappm – abwertend für Mund

Parte oder Partezettel – Die Parte ist die schriftliche Mitteilung eines Familienereignisses wie eines Todesfalls, die Freunden, Bekannten und Nachbarn persönlich oder per Post zugestellt wird.

Påtschgoggl – ungeschickter Mensch

penzn – wenn vorrangig Kinder unbedingt etwas haben wollen und es sich ertrotzen, sich mit ständiger Bettelei durchsetzen

Pimperlverein, Pimperlspiel – Pimperl (Pimpal) drückt in Verbindung mit Hauptwörtern abwertend aus, dass es sich dabei um eine kleine, minderwertige Sache handelt. So bezeichnet Pimpale ein kleines männliches Geschlechtsteil.

plärrn (ple:rn) – weinen, heulen

Plåtztreapn – Schimpfwort für eine weibliche Person

Poppa – Baby, Kleinkind

Psuf – Säufer

Pülcha – ungehobelter Mensch, Rüpel

Puschkawettel (Puschkawé:tl) – Blumenstrauß

Rauchkuchl, Rauchküche – Küche, in der auf offenem Feuer gekocht wurde

Rauschkugel – jemand, der häufig und viel trinkt und nur selten nüchtern anzutreffen ist, also meist einen alkoholbedingten Rausch hat

Reden auflosn – belauschen, Gesprächen zuhören, an denen man selbst nicht beteiligt ist

Reibm – Moped

resch – knusprig; auf Personen bezogen auch lebhaft, resolut, mit herbem, aber herzlichem Charakter

rink – leicht

Roan, Ra:n – Rain, Hang

Rotzbremsn – Schnurrbart, der meist naturgemäß das aus dem Nasenloch rinnende Nasensekret bremst

Rotzglockn – aus dem Nasenloch hängender Rotz (Nasensekret)

runzlat – runzelig

Schas – Scheiße, Furz, übertragen: Blödsinn

Scheit, ein Scheit allein brennt nicht – Wörtlich handelt es sich um ein Stück Brennholz, das allein nicht brennt; übertragen: Zum Streiten gehören mindestens zwei.

schiach – hässlich

schiagln – verpetzen, verraten

Schiazn – Schürze

schifn – stark regnen; urinieren

Schlade, an Schlade håbn – eine Wut/einen Zorn haben

Schlåfhaubn – Schlafhaube; Langschläfer, Träumer, Langweiler *schlåmpat* – schlampig, ungenau

Schlåmpatatsch – schlampiger Mensch

schlawuzig – schäbig, heruntergekommen

Schlecka Patzl! – Geschieht dir recht!; Ätsch, bätsch!

Schmalspießer – junger männlicher Hirsch (weibliches Gegenstück: Schmaltier)

Schmåzer – schmatzender Kuss, dickes Bussi

Schöpfer – fleißiger Arbeiter

schtiadln – suchen, herumkramen; in Dingen herumstöbern, die jemanden nichts angehen oder tabu sind

schtiazln (štirzln) – sich herumtreiben, unterwegs sein; (zur Unterhaltung) aus dem Alltag ausbrechen

Schtirzla – Herumtreiber, Landstreicher

schtrawanzn (štrawánzn) – herumstreunen, sich herumtreiben

Schusszeichen – unmittelbare Bewegungen des getroffenen Stückes, die dem Jäger darüber Auskunft geben, welcher Körperteil getroffen wurde (Jägersprache)

segewohl, selewohl – in der Tat, wohl, freilich, so ist es

spinnert (schpinat) sein – verrückt, eingeschnappt

Spompanadeln – Dummheiten, vernunftwidriges Handeln

Stand, auf jemanden einen Stand haben – Zuneigung für jemanden empfinden, in jemanden verliebt sein

Stellwagen, jemandem mit dem Stellwagen ins Gesicht fahren – jemanden grob anfahren

Stöckelwild – in Anlehnung an Rot- oder Schwarzwild von männlichen Jägern bejagtes »Wild«: Damen in Stöckelschuhen

Stund håltn – Mittagsschläfchen machen

stupfig (štupfig) – stachelig, spitz, piksend

Suad(a)hefn – Person, die ständig jammert

sumpern – jammern, klagen

tamisch – närrisch, verrückt

Tanz (Mz) – Faxen, Widerspenstigkeiten, Blödheiten; »Hör auf mit die Tanz« oder »Mach keine Tanz« bedeutet: »Mach keine Schwierigkeiten«, »Lass die Ausflüchte«.

Teckn – Schaden; der hat an Teckn

Teifl – Teufel

Teixl eine! – so ein Mist

tepat – blöd, dumm

Ti(a)rkn – »Türken«, Bezeichnung für Mais, Kukuruz

Ti(a)rkntschurtschen – Tschurtschen vom Tiarkn (Mais) = Maiskolben

Todl – Dummkopf, Narr

Toker, Togga – Dummkopf, Trottel

tramhapat – verträumt, unausgeschlafen, schlaftrunken

tratzn – jemanden ärgern

Treffen – Ortschaft in der Nähe von Villach, daher der Spruch, wenn einer nichts trifft

Troadkastn – Getreidekasten

Trum – großes Stück

Trutschn – einfältige, langweilige weibliche Person

tschare (tschari) gehen – pleitegehen, bald funktionsuntüchtig werden

Tschentsche – jemand, der ständig tschentscht

tschentschen – nörgeln, weinerlich jammern

Tschick – Zigarette

Tschippl – (große) Menge

Tschriapl, Tschrirsche – Depp, unfähiger oder einfältiger Mann

Tschurehane – trödelnder, langsam arbeitender Mann

Tschurtschen, Tschurtscherln – Zapfen der Nadelbäume oder Maiskolben

Tudl – flottes Mädchen

Tule – Stier; grober Mensch

Tuscha – Knall, auch Dummkopf

uma – herum

ume – hinüber

vawordagglt – missglückt, verdreht, verbogen, schief

verhoffen – Wild, das wachsam stehen bleibt und nach Gefahr
   Ausschau hält

verplempan – vergeuden

wachtln – winken, wehen, einen Luftzug erzeugen

(jemandem die) Wadel viri richten – wörtlich: jemandem die
   Waden nach vorn richten in der Bedeutung, jemanden mit
   durchaus drastischen Mitteln Mores zu lehren

wansch – resolut, unkompliziert, stattlich, dick

wansche Tudl – gemütliche, etwas stärker gebaute Frau

weicher Schuss – Dabei handelt es sich um einen Schuss in
   die Bauchregion des Wildes, an dem das Tier nicht schnell
   verendet, sondern oft noch die Flucht ergreift.

wichsen – schlagen (von »Wichse«, Schläge), aber auch mas-
   turbieren

Wichtschas – wichtigtuerische Person

Wie tuats dir/ihr – wie geht es dir/ihr

zach – zäh, schwer

zåhnluckat – Zahnlücken habend

zåm – zusammen

zåmgeschneizt – adrett

zåmlempern – kleinweise, nach und nach zusammenkom-
   men (beispielsweise Geld)

Zegga – Tasche, Rucksack, geflochtener Korb

zerk(h)nudlt – zerknittert

zizerlweis, ziz(er)lwais – nach und nach

zniacht – schwach, wertlos, hinfällig

Zniachtl – schwächliche Version einer Person, eines Tieres oder eines Gegenstandes

zockeln, zoggln – gemächlich gehen oder fahren; jemandem langsam hinterherzockeln

Zoggl – Holzpantoffel

zuagrast – zugezogen

Zuagraste – Zugezogene

zutz(e)ln, zuzln – saugen, beispielsweise Kinder an der Trinkflasche. Das Wort wird aber auch für gestandene Männer verwendet, die an ihrem Bier (bevorzugt an der Flasche) zutzln.

zwe:gn – »zu Wegen«, daher

zwegnkommen – daherkommen

Zwiderwurzn – schlecht gelaunter, missmutiger Mensch

Danksagung

Mit Rat und Tat zur Seite stand mir wie immer mein persönlicher »Jägersmann« Armin, der nicht davor zurückschreckte, mich über Stock und Stein quer durch den Wald zu jagen, um mir das richtige »Feeling« zu verschaffen.

Auch der »Einheimische« Hans K. und meine Lieblingsschwester Siggi lieferten erneut mit ihren Orts- und Fachkenntnissen wertvolle Beiträge; zudem steuerte Büchsenmachermeister Gregor »WaffenDoc« Unterberger sein Wissen bei und lieh mir auch freundlicherweise seinen Firmennamen.

Ein herzliches Dankeschön an Mag. Gert Grabmeier, Kommandant der Polizeiinspektion Obervellach, der mir wichtige Einblicke ermöglichte und ausführlich über Ziele und Schwerpunkte der seit Neuestem »demenzfreundlichen Dienstelle« informierte. Hut ab vor der engagierten Bereitschaft, sich den Herausforderungen der Zeit zu stellen!

Dass Freundinnen und Freunde sowie meine Familie mit Dank überschüttet werden, versteht sich fast von selbst. Sie sorgten für Motivation, unterstützten mich durch Kinderanimation und versorgten mich mit lebensnotwendiger Schokolade und Vitaminen, wobei ich hier noch auf Kombipräparate hoffe, gell, Sandy!

Ohne meine geschätzte Literaturagentin Aenne Glienke, das engagierte Team bei Emons sowie die mittlerweile schon Flattacher-erfahrene, großartige Lektorin Christine Derrer würde es Sepp in dieser Form nicht geben. Danke!

Alexandra Bleyer
WAIDMANNSDANK
Broschur, 224 Seiten
ISBN 978-3-95451-792-3

*»Die Autorin punktet mit einem leichten und luftigen Schreibstil,
der mit einer Menge Kärntner Dialekt und Jägerlatein gewürzt wird.
Die amüsante Geschichte zieht den Leser bis zur letzten Seite in
ihren Bann!«* Klagenfurt-Stadtzeitung

www.emons-verlag.de

Alexandra Bleyer
WENN DER PLATZHIRSCH RÖHRT
Broschur, 288 Seiten
ISBN 978-3-7408-0165-6

»Wendungsreich & schräg. Klasse Krimi, unterhaltsam und lehr-reich.« Kärntner Woche

www.emons-verlag.de